더 아파하시는 하나님

더 아파하시는 하나님

2016년 3월 5일 인쇄
2016년 3월 9일 발행

엮은이 | 연세대학교 의료원 원목실
지은이 | 이나경 외 26명
펴낸이 | 김영호
펴낸곳 | 도서출판 동연
등 록 | 제1-1383호(1992년 6월 12일)
주 소 | 서울시 마포구 월드컵로 163-3
전 화 | (02) 335-2630
팩 스 | (02) 335-2640
이메일 | yh4321@gmail.com

ISBN 978-89-6447-302-3 03800

더
아파하시는
하나님

연세대학교 의료원 원목실 엮음
이나경 외 26인 함께 씀

동연

이른비와 늦은비를 통해 역사하시는 주님. 각양 질그릇으로 빚어주시는 주님! 고난과 역경 속에서도 선하신 하나님의 은총을 믿고 끝까지 인내하며 새 생명의 길로 힘차게 나아가시기를 기원합니다.

— 박종화 목사 (경동교회 원로목사, 연세대학교 이사)

이 책은 2016년에 쓴 욥기와 같습니다. 때로는 형통의 은혜를 부어 주시지만 때로는 우리가 감당할만한 시험도 주십니다. 통전적으로 주를 만나는 각 사람의 신앙고백이 담긴 감동의 책입니다.

— 이성희 목사 (연동교회 담임목사, 예수교장로회 통합 부총회장)

고난당하기 전에는 듣기만 했던 하나님을, 질병을 통해 만나게 되는 생생한 체험을 담은 글들이 읽는 이로 하여금 자신의 삶을 돌아보며, 하나님 앞에 무릎을 꿇게 합니다. 피와 눈물로 한 자 한 자 써내려간 글들을 통해 독자들의 삶에도 하나님이 주시는 위로와 사랑이 함께하시길 기도합니다.

— 전용재 감독 (기독교대한감리회 감독회장)

나의 삶에는 감사할 것이 없다고 말하는 이들에게, 왜 나에게만 시련을 주시느냐고 하나님을 원망하고 있는 이들에게, 병상에서 고통 가운데 절망하고 있는 환자와 가족들에게 고통의 의미와 희망을 전해 줄 귀한 책을 만나게 되었음을 감사드립니다.

— 이영훈 목사 (여의도 순복음교회 담임목사, 한기총 대표회장)

추천의 글   5

책을 펴내며_ 인생은 생로병사의 파노라마입니다 정종훈   8

축하의 글_ 육체적인 치료와 함께 영적인 치유도 정남식   11

1부   하나님의 병원에 입원했습니다

너무 급하셔서 하나님은 내 코를 부러뜨렸어요 조예찬   16

끝나지 않을 감사 이은혜   29

기적의 아이 설수정   38

너의 심장을 업그레이드시켜주마 김덕상   51

사망의 골짜기에서 건져내진 나 이도현   61

소망이 저를 살렸어요 양점례   72

감사합니다 양은진   81

우리 아이들에게 아빠가 필요해요 다시제벡 어트겅 자르갈   92

하나님의 병원에 입원했습니다 서연 엄마   102

2부 더 큰 고통 속에서 나와 함께하시는 주님

다시 피어난 꽃 오경숙   120

나의 마음까지 치료해주신 명의 고산옥   127

더 큰 고통 속에서 나와 함께하시는 주님 고영범   135

그칠 수 없는 나의 노래 이종진   148

딸의 기도가 나를 다시 엄마가 되게 했어요 한나 엄마   159

다시 태어난 기쁨 이현주   167

우리 집은 밧데리 하우스 김정애   177

나를 살리신 이유 주금자   185

한나터 우리 집 이야기 이규현   194

3부 천사를 아무에게나 보내지 않는다

고난이 아니었다면 홍도훈   204

병상의 작곡가 윤미래   215

천사를 아무에게나 보내지 않는다 강석구   228

내 잔이 넘치나이다 우창숙   237

오늘도 함께 살아갑니다 유숙연   249

머뭇거리기에는 시간이 너무 짧다 김은해   260

은탁이는 나의 천사 장미영   277

완전한 치유를 증언한 딸 정원이 김성환   292

고난은 하나님의 사랑 방식이었습니다 이나경   300

인생은 생로병사의 파노라마입니다

인간의 인생은 생로병사로 구성됩니다. 먼저 세상에 태어납니다. 그러나 인간이 태어나는 것은 스스로의 선택이 아닙니다. 태어나게 하신 하나님의 손길이 작용했기 때문입니다. 세상에 태어난 모든 인간은 하나님의 계획과 기대치 속에서 태어났기에 어떤 상황에 처하든 존재해야 할 이유가 있습니다. 태어난 인간은 어머니의 젖을 빨며 사랑 가운데 성장합니다. 육체적인 성장과 함께 정신적인 측면과 영적인 측면에서 동시에 성장합니다. 어느 한 측면의 성장이라도 멈추게 되면, 병이 들었다는 증거입니다. 인간은 살다 보면, 어느 순간 병에 직면할 수밖에 없는 나약한 존재입니다. 병이 든 인간은 고통 가운데서 아파할 수밖에 없습니다. 그 아픔은 언제나 치유의 과정을 필요로 합니다. 어느 환자가 병에서 치유되면, 기쁘고 감사한 것이 인지상정입니다. 그러나 치유가 되지 않아 고통을 안고 살거나, 죽는다고 할지라도 어쩔 수는 없습니다. 그것이 창조의 질서이자 우리 인생의 현실이기 때문입니다.

세브란스병원은 기독교 정신으로 세워진 한국 최초의 의료기관이자 최고의 의료기관입니다. 선교사와 선각자들의 복음에 대한 열정과 헌신 가운데서 오늘에 이른 세브란스병원에서는 생로병사의 인생이 동시다발적으로 파노라마처럼 매일 전개되고 있습니다. 어린이병원 분만실에서는 아기들이 태어나고 있고, 갓난아기로부터 100세 전후의 노인들까지 각 전문병원의 치료를 받기 위해 바쁘게 움직이고 있습니다. 완쾌의 기쁨으로 감사하며 퇴원하는 분들도 계시고, 중환자실에서 세상의 삶을 마감하는 분들도 계십니다. 장례식장에서는 돌아가신 분의 나이와 상관없이 헤어짐의 아픔과 안타까움으로 인해서 남은 분들의 울음이 그치지를 않습니다.

이번에 우리 연세대학교 의료원 원목실이 오랜 준비를 거쳐 『더 아파하시는 하나님』을 출판하게 되어서 기쁘게 생각합니다. 우리는 다양한 분들의 글을 수집했습니다. 어떤 분들은 쉽지 않은 질병으로부터 완쾌되어서 감사의 글을 쓰셨습니다. 어떤 분들은 여전히 고통의 한가운데 있지만, 하나님의 은총과 인도하심을 기대하며 소망을 담아서 글을 쓰셨습니다. 어떤 분들은 하나님의 부름을 받아 이미 하늘나라로 돌아가신 가족을 생각하면서, 남아 있는 자로서 고난의 의미를 성찰하는 글을 쓰셨습니다. 우리는 수많은 사연의 글들을 하나하나 읽으면서 때로는 기쁨의 눈물을 흘렸고, 때로는 안타까움의 눈물을 흘렸습니다. 그리고 '인생이란 이런 것이구나' 하는 작은 깨달음을 얻게 되었습니다.

저는 『더 아파하시는 하나님』이 출판되기까지 수고한 많은 분들을 기억하고 있습니다. 먼저 자신의 내면을 글로 솔직하게 드러내 주신 스물일곱 분 한 분 한 분에게 머리를 숙여서 감사를 드립니다. 이분들의 글은 읽는 이들에게 위로와 격려, 통찰과 소망을 주기에 넉넉합니다. 다음으로는 이분들로 하여금 글을 쓰도록 권면하거나 기왕에 쓰인 글들을 수집해주신 원목실의 교역자 여러분에게 감사의 마음을 전합니다. 교역자 여러분의 열과 성을 다한 환자목회가 환자들을 행복하게 합니다. 끝으로 수집된 글들을 부드럽게 손질해주신 이나경 작가님과 수필가 안옥수 선생님인천대학교 은퇴 교수께는 무어라 감사를 드려야 할지 모르겠습니다. 두 분의 수고가 책의 감동과 완성도를 매우 높여주었기 때문입니다. 이제 이 책을 손에 들고 읽으실 모든 독자 여러분에게 하나님의 은총이 함께하시어 선한 길로, 가장 필요한 곳으로 인도받으시기를 간절히 기도합니다.

연세대학교 의료원 원목실장 겸 교목실장

정 종 훈

육체적인 치료와 함께 영적인 치유도

연세대학교 의료원 원목실이 세브란스병원에 입원했던 환우 분들의 감동적인 이야기를 담아 『더 아파하시는 하나님』을 출판하게 된 것을 축하하며, 수고하신 모든 분께 진심으로 감사를 드립니다. 이 책을 통해서 많은 분들이 희망과 용기를 얻기를 소망합니다. 특히 이 책에서는 질병과 장애, 나아가 죽음에서조차도 고난의 의미를 발견하고, 그 고통 너머에 있는 하나님의 섭리를 고백하는 진솔한 이야기들이 큰 감동을 주고 있습니다. 과연 이러한 상황에서 나는 이러한 고백의 언어가 나올 수 있을까 되돌아보게 됩니다. 한 분 한 분의 이야기가 모두 소중하며 심금을 울립니다.

이 책을 통해서 가족들의 정성 어린 돌봄은 물론이려니와, 의료진의 정성 어린 치료, 목회자들의 기도, 주위 분들의 따뜻한 말 한마디가 얼마나 소중한가를 깨닫게 됩니다. 그러면서 우리 연세의료원 교직원들의 환자 돌봄과 섬김의 자세를 다시 한 번 생각합니다. "하나님의 사랑으로 인류를 질병으로부터 자유롭게 한다"는 우리 연세의료원의 고귀한 사명을 우리 교직원들과 함께 언제나 마음 깊이 간직할 것을 다짐합니다.

우리 연세의료원은 창립 초기인 제중원 시절부터 모든 사람을 존중히 여기며 치료해 왔습니다. 그중에는 장티푸스로 죽어가던 백정도 있었습니다. 그는 정성을 다한 제중원 의료진의 사랑으로 살아났습니다. 당시 제중원의 의료진은 고종 황제의 주치의를 겸하고 있었습니다. 그런데 황제를 치료하고 돌보던 그 손으로 일반 백성, 나아가 조선 시대에 가장 천시받던 백정까지 돌보았던 것입니다. 그 백정은 자기 같은 천민을 살려준 제중원 의료진의 치료 이면에 기독교 신앙이 있음을 알고, 이렇게 좋은 종교라면 자신도 믿겠다고 하여 기독교인이 되었습니다. 그는 예수님을 구주로 영접해서 자기 인생에 봄이 왔다고 하여 박성춘이라는 이름을 스스로 짓고, 동료 백정들을 전도하였습니다. 후에 그는 출석하는 교회의 두 번째 장로가 되었는데, 그 교회가 발전하여 현재 안국동에 위치한 승동교회가 되었습니다.

아울러 연세의료원은 제중원 시절부터 환자의 육체적인 질병뿐만 아니라, 영적 돌봄에 관심을 갖고, 예배와 기도와 전도 활동을 활발히 하였습니다. 한국 최초의 교회들은 제중원의 선교활동을 바탕으로 세워진 것이며, 연세의료원은 병원 내 전문적인 선교활동을 위해 선교 초창기부터 원목실을 운영해서 지난 131년 동안 한국 병원선교의 모델이 되어 왔습니다. 올해로 세브란스병원 본관 개원 11주년이 되는데, 본관 건립 시에 소액 후원자들의 기부를 위해서 060 ARS 전화를 개설했던 적이 있습니다. 그때의 후원 전화번호가 0675영육치료였습니다. 즉, 우리 연세의료원은 육체적인 치료만 하는 병원이 아니라, 영적인 치유까지 확장하는 전인치유의 의료기관임을 선포한 것입니다.

앞으로도 연세의료원은 육체적인 치료와 함께 영적인 치유에도 더욱 힘쓸 것입니다. 질병으로 고통과 절망 가운데 있는 우리 환우들이 원목실 교역자들의 영적인 돌봄을 통해서 하나님의 사랑을 고백하고, 힘과 용기를 얻어 질병의 치료는 물론이고, 구원의 경험과 신앙의 깊은 고백에 이르기를 바랍니다. 그리고 그러한 고백의 이야기가 우리 연세의료원에 가득하여, 『더 아파하시는 하나님』과 같은 유형의 책들이 계속 출판되기를 소망합니다.

연세대학교 의무부총장 겸 의료원장

정 남 식

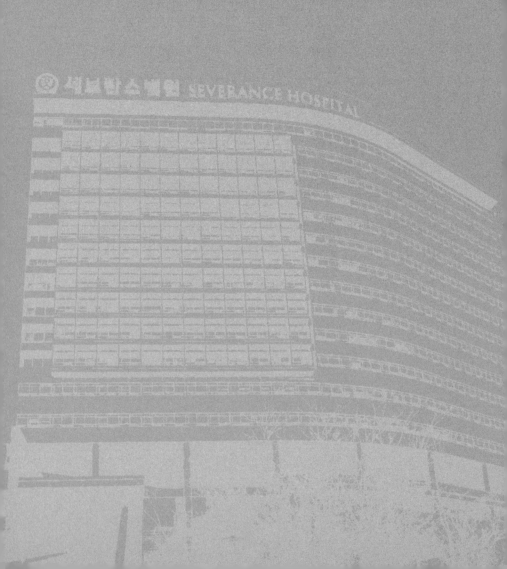

1 | 하나님의 병원에
입원했습니다

너무 급하셔서 하나님은 내 코를 부러뜨렸어요 조예찬

끝나지 않을 감사 이은혜

기적의 아이 설수정

너의 심장을 업그레이드시켜주마 김덕상

사망의 골짜기에서 건져내진 나 이도현

소망이 저를 살렸어요 양점례

감사합니다 양은진

우리 아이들에게 아빠가 필요해요 다시제백 어트경 자르갈

하나님의 병원에 입원했습니다 서연 엄마

너무 급하셔서
하나님은
내 코를 부러뜨렸어요

조예찬

.

뇌종양 수술 전후에 나는 이렇게 기도했습니다.

"하나님, 저를 낫게 해주세요. 제가 병이 나은 뒤 하나님을 잊지 않게 해주시고, 제가 나은 것은 의사의 손을 통하여 하나님이 고쳐 주셨다는 믿음으로 살게 해주세요. 고통 중에서 하나님이 저와 함께 해주신 것을 잊지 않게 해주세요."

이 기도가 이루어지려고 내게 이 글을 쓸 기회가 주어진 것 같습니다.

나는 누나와 아홉 살 차이 나는 늦둥이로 태어났습니다. 아주 어릴 때는 몸이 약해서 시골 할머니 집에서 지내고 병원에도 자주 갔습니다. 그렇지만 그 후에는 건강하게 자라서 4학년 때는 축구 천재로 불리고, 축구를 잘해서 학교 대표로 나갔습니다. 다른 학교 감독님에게 스카우트 제의를 받기도 했습니다. 또한 교회에서는 쉐마학습에 참여했었습니다. 배운 대로 공부를 했더니 성적도 좋아졌고 믿음도 자랐습니다.

그러나 5학년이 되자 키도 크지 않고, 체력도 떨어지고 왕따까지 당해 학교에 가기 싫었습니다. 학교에서 돌아오면 방에 들어가 혼자 울면서 기도했습니다. 금요기도회에 가서도 울며 기도로 하소연했습니다. 이때 하나님은 내게 원수에게 잘해 주라는 의미로 잠언의 말씀을 일러주셨습니다. 그렇지만 그때나 지금이나 원수를 사랑한다는 것은 쉽지 않아 고민입니다.

중학교에 입학한 후에는 한 아이에게 괴롭힘을 당했는데, 그 아이는 자기가 나보다 공부를 잘한다고 뽐내면서 나에게 온갖 욕을 했습니다. 나는 그 아이의 괴롭힘에서 벗어나려고 열심히 공부했습니다. 그 결과, 첫 중간고사에서 반 2등, 전교 5등을 했습니다. 그 애는 나를 더 이상 괴롭히지 않았고, 성적도 오르니 갈수록 공부가 재미있어졌습니다. 학기말고사에서는 반 1등, 전교 4등을 했습니다. 왕따에서 벗어나 오랜만에 학교생활이 아주 재미있어졌고 친한 친구들도 생겼습니다. 그 친구들은 모두 모범생이고 우등생이었습니다.

그런데 내 몸이 이상해졌습니다. 소변을 너무 자주 많이 봤습니다. 다른 아이들은 학교에서 두세 번 가는 화장실을 나는 쉬는 시간마다 갔습니다. 다른 아이들은 모두 오줌을 잘 참고 있는 줄 알았습니다. 그리고 키도 1년에 겨우 1cm 정도만 클 뿐, 몇 년째 자라지 않았습니다. 작은 일에도 스트레스를 받고 짜증이 났습니다. 망치로 두드려 맞는 것처럼 머리가 아팠고 이유 없이 토했습니다. 학교에서 집에 오면 너무 힘들어서 오자마자 엎어져 잤습니다. 엄마는 내가 체력이 약하고 예민해서 그렇다며 한의원에 데리고 가서 한약을 지어 먹였습니다.

중1 여름방학, 나는 방학 축구 교실을 신청하고, 방학 첫날부터 학교에 가서 축구를 했습니다. 평소와 달리 몸이 너무 따라주지 않아 속상했지만 열심히 필드를 뛰었습니다. 기술 및 발재간은 되는데 몸이 안 따라주니 축구를 잘할 수 없었습니다. 그러던 중, 기회가 와서 나는 헤딩경합을 힘껏 했습니다.

"아그작!"

나는 '코뼈가 부러졌구나' 하는 직감이 들었습니다. 이 소식을 듣고 뛰어온 아빠는 나를 데리고 울산대학병원 응급실로 갔습니다. 엄마였더라면 가까운 동네 병원에 갔을 수도 있었을 텐데, 아빠는 다치는 것을 언제나 심각하게 여겼습니다. 돌이켜보면 참 다행한 일입니다. CT를 찍었는데 그 결과를 본 의사 선생님의 표정이 이상했습니다. "머리에 뭔가 작은 하얀 점이 있어요. 머리가 흔들려서 그럴 수도 있지만 뇌종양일 수도 있으니 MRI를 찍어보자"고 했습니다. 부러진 코에서 흘러나온 피가 굳고 자꾸 목구멍으로 넘어와 숨쉬기가 힘들어서 MRI를 찍는 게 너무 힘들었습니다.

"뇌하수체 부근에서 3.3cm 종양이 발견되었습니다."

의사 선생님이 MRI 촬영 결과를 보고 이렇게 말했을 때, 나는 날벼락을 맞은 것 같았습니다. 꿈인지 생시인지 분간이 되지 않았습니다. 며칠을 울었습니다. 울다가도 '꿈이 며칠 동안이나 가네, 촉감도 느껴지네, 꿈이야 생시야?' 하며 내 앞에 닥친 현실을 믿으려 하지 않았습니다. 응급실에서 울고 있는 나를 본, 어느 환자의 방문객이 자초지종을 듣더니 이사야 53장의 말씀으로 위로해 주었습니다. 그분은 교회의 중고등부 교사이며 의사라고 했습니다.

　지금 생각해보면 참 놀라운 일입니다. 내가 뇌종양이 있다는 진단을 받은 때는, 우리 교회가 특별 새벽기도회를 시작한 첫 주였습니다. 새벽기도회의 주요기도 제목은 '예찬이의 병을 낫게 해주십시오'였습니다. 우리 엄마는 "하나님이 너무 급하셔서 네 코를 부러뜨리셨다"고 늘 말했습니다. 그때 나의 코뼈가 부러지지 않았다면 내 머릿속 종양이 발견되지 않았을 것이고, 우리 교회의 모든 분들이 나를 위해 기도하지 않았을 것입니다. 그랬더라면 오늘 나는 살아있지 않았을 것입니다.

　그러나 그 당시, 나는 너무 슬펐습니다. 여태껏 친구를 사귀고 열심히 공부하는 것을 최고로 여겼고, 여러 과목의 공부를 잘했지만 내 병에는 아무 소용이 없었습니다. 병원에서 휠체어를 타고 아빠와 산책하는데 아빠가 우시는 것을 처음 보았습니다. 아빠는 울지 않는 사람인 줄 알았는데 우셨습니다. 코뼈 수술을 한 후에, 개두수술을 해야 한다고 했습니다.

　엄마는 세브란스병원에 코를 통해 뇌수술을 하는 의사, 김선호 교수님이 있다는 것을 알아내시고 그분에게 진료를 신청했습니다. 그러나 김선호 교수님은 나를 진찰하시더니 코로는 안 된다고 하시며 그날 바로 김동석 교수님에게 연결해주었습니다. 나중에 알고 보니 김동석 교수님은 우리나라에서 소아 뇌종양 쪽으로는 최고 권위자였습니다. 엄마가 교회 '밴드'에 쓴 글을 보면 '뇌종양 전문 명의를 만나게 하시고……'라는 기도의 글이 있는데 이 기도가 이루어진 겁니다.

2013년 8월 5일, 이날 여러 교수님의 진찰을 받았습니다. 세브란스병원에서 김선호 교수님, 김동석 교수님과 안과 등을 종횡무진하면서 진찰을 받고 여러 가지 검사들을 했습니다. 이 모든 결과 내 병명은 '시신경종양'이라고 했습니다. 나는 코로 수술을 못 하고, 머리를 열어 수술을 해야 한다고 했습니다. 너무 무서웠습니다.

8월 15일에 세브란스병원에 와서 입원을 했고 CT, MRI, 뇌하수체 기능 검사 등을 했습니다. 우리는 기도하고 성경을 보면서 수술 날짜를 기다렸습니다. 드디어 8월 22일로 수술 날짜가 잡혔습니다. 엄마는 계속 기도를 했습니다.

수술 전날에는 세브란스병원 번스 예배실에서 우리 온 가족이 모여 예배를 드렸습니다. 이것이 아빠를 포함해서 온 가족이 온전히 드리는 첫 예배였습니다. 수술 당일엔 울산에서 목사님과 집사님들이 오셔서 모두 함께 예배를 드렸습니다. 목사님께서 이사야 41장 10절 말씀을 주셨고, 목사님이 걸고 있던 십자가 목걸이도 선물로 주셨습니다. 엄마랑 수술 대기실에 들어갔는데 천장에 목사님이 말씀하신 성경 말씀이 쓰여 있어서 위로가 되었습니다. 수술 들어가기 전에 나는 집도의인 김동석 교수님을 보고 부탁했습니다.

"기도 좀 해 주세요."

교수님은 나를 보고 웃으시며 대답하였습니다.

"예찬아, 기도해줄게."

교수님이 내 몸에 손을 얹고 기도를 했습니다. 사실, 나는 죽음은 그리 두렵지 않았지만 머리 수술을 하고 난 후에 지능이 저하될까 봐 걱정했습니다. 그리고 수술이 혹시 잘 못 되어서 죽게 되면 느낄 고통이 무서웠습니다. 수술 도중에 죽으면 마취가 되어있어서 아프지 않을 테니, 차라리 수술 도중에 죽기를 바랐습니다.

그런데 막상 수술실에 들어갈 때는 이상하리만큼 무섭지 않았습니다. 눈물 한 방울 나지 않았습니다. 마음은 오히려 편안했습니다. 수술하고 나서 엄마는 말했습니다. 우리 교회의 전교인이 나의 수술이 잘되게 해 달라고 기도했고, 사모님은 기도 중에 수술실에서 나를 둘러싼 천사들과 불 마차와 불 말들을 보았다고 하시며, 수술이 잘 될 거라고 했다고 합니다.

수술실에서 나올 때 나는 머리에 붕대를 칭칭 감고 의식이 없는 상태에서 팔을 하늘로 향해 마구 흔들었다고 합니다. 왜 그랬는지 의문이 생기지만 기억이 나지 않습니다. 나는 중환자실에 들어갔고, 그날 엄마, 아빠, 누나는 번스 예배실에서 기도했는데, 특히 누나는 대성통곡하며 기도했다고 합니다.

나는 중환자실에서 며칠을 보내고, 일반 병실로 옮겼는데 그때는 너무 아팠습니다. 내 머리 안쪽에서 누군가가 망치로 때리는 것 같았습니다. 몹시 아팠을 뿐 아니라 계속 토했습니다. 참을 수 없이 통증이 심해서 마약성 진통제도 맞았습니다. 하루는 MRI를 찍고 병실로 돌아오다가 드라

왜 그랬는지 의문이 생기지만 기억이 나지 않습니다.

나는 중환자실에 들어갔고, 그날 엄마, 아빠, 누나는 번스 예배실에서
기도했는데, 특히 누나는 대성통곡하며 기도했다고 합니다.

마 촬영을 하던 권상우와 여원을 보았습니다. 평소 같으면 들떠서 좇아가 유심히 보았을 텐데 나는 너무 아파서 아무런 느낌도 없었습니다.

병원에서 나를 돌보던 엄마는 더 이상 직장 휴가를 연기할 수 없어서 아빠와 교대를 하고 가야 했습니다. 병원 셔틀버스 정류장에서 엄마를 배웅하는데, 나는 너무 힘이 없어서 제대로 배웅할 수 없었습니다. 휠체어에 앉아 고개를 제대로 들지도 못하고, 손도 들어올려 흔들지 못했습니다. 엄마도 더 이상 나와 함께 있어 주지 못하는 것을 미안해하는 것 같았습니다. 엄마는 계속 내게 손을 흔들며 돌아보았지만, 나는 기운이 없어서 고개도 들지 못하고 눈으로만 엄마를 배웅했습니다. 이 순간이 병원 생활 중에서 제일 슬펐습니다. 그러나 가장 아름다운 기억이 되었습니다.

나는 서서히 회복하면서 거의 매일 번스 예배실에 갔고, 심심해서 병원 안팎 여러 곳을 돌아다녔습니다. 입원실에 같이 있던 재현이 형이랑 친하게 지냈는데, 나는 형에게 매일 같이 예배실에 가자고 졸라서 형과 함께 자주 예배실에 갔습니다. 한번은 형과 싸웠는데, 그땐 내가 형한테 버릇없이 굴었기 때문이었습니다. 어린이병원의 김병권 목사님과 권은미 전도사님과도 친해졌고 재서와 여러 아이들과도 친하게 지냈습니다. 재서 엄마에게 번스 예배실에 가서 예배드리라고 권하기도 했습니다.

재현이 형이 퇴원할 때 나는 형이 꼭 하나님을 믿었으면 좋겠다는 생각이 들어서 형의 엄마에게 부탁했습니다. 매일 형에게 성경을 한 장씩 읽어주시라고요. 나는 병원학교에 가서 책을 많이 읽었습니다. 그런대로 병원생활에 적응하고 있었지만 아빠가 머리를 감자고 할 때는 정말 싫었습니다. 왜냐하면 수술한 머리가 아프고 힘이 없어서 머리 감는 것은 무척 힘들고 아팠기 때문입니다.

9월 12일 퇴원 하는 날, 병원 목사님과 전도사님에게 내 기도 제목과 소망을 적은 종이를 드리면서, 나를 위해서 기도해 달라고 부탁했습니다. 지금도 목사님과 전도사님은 나를 위해 계속 기도한다고 들었습니다. 마음이 든든합니다.

퇴원하고 집에 돌아와서는 매일 아빠와 함께 산에 갔습니다. 엄마는 매일 약을 챙겨주고 야채스프를 만들어주었습니다. 그러나 '캐프라'라고 하는 경기 예방약을 먹는 것은 정말 힘들었습니다. 이 약은 꼭 먹어야 하는 약이라는데 너무 맛이 없어서 먹기가 싫었습니다. 퇴원하고 2주 후에 김동석 교수님에게 외래진료를 받으러 갔습니다. 교수님은 내가 케프라를 잘 먹지 않았는데도 경기를 하지 않은 것을 아시고는 캐프라를 끊어도 된다고 했습니다.

나는 이 시기에 정말 열심히 기도했습니다. 매일 새벽기도회에 아빠와 함께 갔습니다. 우리 집은 교회에서 멀었지만, 기도회에는 늘 일찍 도착했습니다.

그런데 어느 날, 한정우 교수님에게 외래진료를 받으러 갔는데, 교수님은 나에게 바로 입원해서 항암치료를 받으라고 하였습니다. 그 순간이 아직도 생생합니다. 우리는 아무 준비 없이 병원 외래에 간 건데, 바로 입원을 하고 항암치료를 시작했습니다. 항암치료는 무척 힘들다는 말을 익히 들어왔지만 상상 이상이었습니다. 먹으면 토할 것 같았습니다. 나는 토하지 않으려고 안간힘을 썼지만 어쩔 수 없었습니다. 1차, 2차 항암치료까지는 어느 정도 먹으면서 버텼지만 3차부터는 밥을 거의 먹을 수 없었습니다.

4차 항암치료를 할 때는 엄마가 다시 휴가를 내고서, 나와 함께 병원에 왔습니다. 엄마랑 함께 항암치료를 하러 온 것은 이때가 처음이었습니다. 항암치료를 받는 것은 너무 괴롭지만 엄마랑 병원에 가는 것은 좋았습니다. 엄마와 함께 병원에 와도 힘든 것은 마찬가지지만 마음이 안정되고 편안했습니다.

하지만 엄마에게 크게 혼난 적이 있습니다. 교수님이 종양 때문에 지금은 성장호르몬 치료를 받는 게 불가능하다고 하였을 때, 그 말을 듣는 순간 엉엉 울었습니다. 나는 무척 키가 크고 싶었습니다. 이때 엄마가 나를 엄청 혼냈습니다.

"우리는 하나님을 의지하는 사람이고, 하나님은 모든 것을 하실 수 있는데 그렇게 하나님을 원망하면 하나님이 낫게 해 주실 것도 낫지 못한다. 그 누구도 할 수 없는 것도 하나님은 가능하시며, 설령 성장 호르몬을 맞지 못하더라도 사람은 겉모습이 다가 아니다"라고 엄마는 말씀하였습니다. 이땐 엄마가 너무 밉고 싫었습니다. 그러나 지금 생각해 보니 엄마 말씀이 옳았습니다.

엄마는 기도하면서 받은 말씀을 나에게 이야기해주었습니다. "네 병은 죽을병이 아니라 하나님의 영광을 위한 것이고, 재앙이 아니며 미래의 희망을 주는 것이므로 하나님께서 고치실 것이다. 그러므로 믿음을 굳게 가지라"고 하셨습니다. 그러나 나는 너무 힘들어서 엄마에게 이렇게 말했습니다.

"엄마, 사람이 죽을 때 이렇게 아픈가 봐."

배가 고파도 음식 냄새만 맡으면 구역질이 나고, 아무리 자고 싶어도 잠이 오지 않고, 온 몸은 무어라 표현할 수 없이 아파서 누워 있는 것조차 힘들었지만 번스 예배실에는 빠지지 않고 갔습니다. 힘들어도 30분 기도는 꼭 채우려고 노력했습니다. 의지할 곳은 하나님밖에 없었습니다. 이때 성경 일독도 시작했습니다. 완독까지 아주 멀게 느껴졌지만 천천히 읽기로 했습니다. 하루에 3장씩 읽으려고 노력했습니다. 말씀을 읽으면 감동하여 위로가 될 뿐 아니라, 기도할 때 떠오르는 말씀과 깨달음이 있었습니다. 내가 좋아하는 성경 말씀은 시편 18편, 시편 23편, 사무엘상 12장 23절, 욥기 1장 8절 등입니다.

그러나 항암치료를 할 때는 너무 힘들어서 '하나님이 정말 계실까? 부처도 신 아닐까? 알라는? 유교가 진리는 아닐까?' 하는 생각이 들었습니다. 일요일 본관 6층에서 11시 예배를 드리고, 권은미 전도사님에게 이 문제를 여쭤보았습니다.

"전도사님, 하나님이 정말 계신지 모르겠어요. 부처나, 알라가 신일지도 모르잖아요. 도대체 뭐가 신인지, 이 세상에 정말 신이 있는지 모르겠어요. 하나님이 신이신 것을 믿어야 하는데 혼란스러워요."

전도사님은 이렇게 대답해주면서 나를 격려해주었습니다.

"믿음에는 이런 과정이 꼭 필요하다, 사람은 영적인 존재라서 신을 찾게 되는데 이 과정에서 잘못되어 부처 같은 존재, 가짜 신을 찾는 거란다. 예찬이가 더 깊은 믿음을 갖게 되겠구나."

항암치료가 끝나고 외래 진료를 받을 때 김병권 목사님을 만났습니다. 외래 진료를 받으면서 힘들었는데, 목사님이 기도해 주시고, 내가 좋아하는 시편 18편 1-2절 말씀을 해주셔서 힘이 되었습니다.

수술하고 1년간의 항암치료가 끝났지만 지금도 종양이 남아있고 뇌하수체도 정상이 아니라고 합니다. 성장호르몬과 남성호르몬이 부족해서 외모가 다른 애들과 차이가 납니다. 소변조절 호르몬과 스트레스 조절 호르몬 약을 먹어야 하며 성장 호르몬도 밤마다 맞아야 합니다. '내가 왜 살지?' 하는 생각이 들면서 힘들 때도 있습니다.

나도 다른 친구들처럼 평범해지고 싶습니다. 친구들이 너무 부럽고, 그 아이들 앞에서는 내가 작아지는 것 같습니다. 그리고 믿음도 부족합니다. 용서하기로 한 사람을 아직도 용서하지 못하고 있습니다. 지금은 죽음에서 어느 정도 벗어난 것 같으니, 다시 '하나님만이 살길'이라는 깨달음도 잊어가고 있는 듯싶습니다.

그렇지만 아프면서 얻은 것들이 많습니다. 우선 하나님과 친해졌습니다. 몇 주 전에는 새벽기도를 하는데 "일어나 걸으라"는 말씀이 나에게 다가왔습니다. 앉은뱅이가 일어나 걸었습니다. 일어나 걸을 수 없었지만 일어나라는 말씀에 의지하고 그대로 따랐더니 기적이 일어났습니다. '나도 키가 크는 행동을 하고, 정상 아이들처럼 행동하면 낫겠구나' 하는 마음이 들었습니다.

나는 아직 학교에 다니지 않고 있는데 어떤 때는 학교에 못 가는 것이 다행이라고 생각할 때도 있습니다. 학생들은 더 잘 알 것입니다. 요즘 학생들이 음란하고 폭력적이라는 것을요. 중학교에 입학해서 친구들의 이야기를 들어 보니 음란물을 접하지 않은 학생이 없었습니다. 나는 이런 상황을 피해 있으니 다행이라고 생각되기도 합니다. 나는 병 때문에 겸손해지고, 다른 사람의 아픔도 이해할 수 있게 되었습니다. 바울은 유대인 중 가장 높은 바리새인이었고, 학문이 가장 뛰어났고, 기독교인을 체포할 수 있는 권세도 있었으니 예수님을 만나지 않았다면 얼마나 교만했을까요. 나도 공부를 잘했고, 축구선수를 할 만큼 신체능력도 뛰어났지만 하나님이 쓰시기 위해서, 겸손하게 하려고 시련을 주신 것이라고 생각합니다. 믿음으로 살려고 노력하고 있지만, 쉽지 않습니다. 그러나 시편 18편의 말씀처럼 하나님이 나를 지켜 주실 것이라고 굳게 믿습니다.

수술을 해주신 김동석 교수님, 항암치료 때 언제나 친절하게 대해 주신 한정우 교수님, 호르몬 치료를 담당하시는 권아름 교수님, 여러 의사 선생님들과 간호사님들, 감사합니다. 그리고 나의 영혼과 건강을 위해 항상 신경 써주고 기도해주시는 세브란스 어린이병원의 김병권 목사님과 권은미 전도사님, 감사합니다. 또 아픈 나를 위해 기도해주신 우리 교회 목사님과 사모님과 모든 교인들, 감사합니다. 그리고 할머니, 이모, 외삼촌, 감사합니다.

"아빠, 저와 함께 항암치료 때마다 입원하고 퇴원해 준 거 고마워요. 엄마, 2년 동안 매일 쉬지 않고 약 끓여주고, 건강에 신경 써 준 거 고마워요. 누나, 내 아픔 이해해줘서 고마워. 사랑해요."

· · · · ·

글쓴이 조예찬 학생은 중학교 1학년 여름방학 중 뇌종양이 발병되어 1년여의 치료를 마치고 현재는 정기 검진을 받고 있습니다. 아프기 전과는 달리 값진 일을 하며 살길 소망하면서 값진 일이 무엇인지는 계속 하나님께 묻고 기도하며 있답니다.

끝나지 않을 감사

이은혜

♬ 나의 안에 거하라 나는 네 하나님이니
모든 환란 가운데 너를 지키는 자라
두려워하지 말라 내가 널 도와주리니
놀라지 말라 네 손 잡아 주리라. ♪

이 복음성가를 아이의 귀에 대고 부르고 또 부르길 몇 번을 했는지 모릅니다. 의식 없이 주사 줄을 주렁주렁 매단 아이를 안고 마지막을 각오하며 불렀습니다. 지금, 아이는 내 옆에서 잠이 들고 방긋 웃으며 함께 아침을 맞습니다. 글솜씨는 없지만 나의 기적 같은 이야기를 통해 아직 끝나지 않은 감사를 나누고자 합니다.

우리 요한이는 2015년 1월에 태어났습니다. 태어난 지 56일째 되던 날, 갑자기 열이 났습니다. 동네 병원에 갔더니 감기라고 해서 별 걱정을 안했는데 3일째 되는 날 갑자기 경기를 하기 시작했습니다. 놀라서 아이를 안고 집 근처 D병원으로 뛰어갔습니다. 병원에서 여러 가지 검사를 하고 난 후에 '세균성 뇌수막염'이라고 했습니다. 치사율이 40%가 넘는 무서운 병이라고 했습니다. 세균은 뇌수막 전체에 퍼졌고, 척수액은 고름처럼 찐득찐득했고, 모든 검사 결과의 수치는 병원 전체를 통틀어 최고로 나쁘다고 했습니다.

분명히 병원에 도착하기 몇 시간 전까지 내 품에 안겨서 쌔근거리던 아기였는데 호흡이 가쁘고 위험했습니다. 아기가 위험해질수록 간호사는 뛰어다니고, 아기의 몸에 붙인 기계들은 마구 경고음을 냈습니다. 의학적 지식도 없이 아기 부모가 된 지 두 달도 안 된 우리 부부는 무슨 일이 일어나고 있는지 파악도 못 하고, 의사 선생님이 말하는 최악의 상황에 놀라서 겁을 먹고 울기만 했습니다.

D병원에 입원해서 하루도 되지 않았는데 일반 병실에 더 이상 있을 수 없다고 했습니다. 우리 아기는 일반 병동에서 치료하기에는 너무 위험하여 집중 치료를 해야 하므로 중환자실로 가야 한다고 했습니다. 아기를 홀로 떼어놓아야 한다니 미칠 것 같았습니다. 그러나 우리 아기를 위해서는 어쩔 수 없는 선택이라고 여겼습니다. 혹시나 이게 마지막일

수도 있다는 마음에 아기를 안고 위에 적은 복음성가만 속삭이듯 불러 주었습니다. 사실 이 찬송 밖에는 다른 것이 떠오르질 않았습니다.

"요한아, 엄마가 미안해, 엄마가 미안해.

아프게 해서 미안해."

아기를 중환자실에 두고 나온 지 얼마 되지 않았는데 담당 교수님이 최악의 상태에 이르렀다고 하였습니다. 원래 뇌 속에는 백혈구가 0~5개가 정상인데, 요한이의 뇌 속에는 백혈구가 4만개 이상 있다고 했습니다. 그리고 호흡도 되지 않아 기도 삽관을 했는데, 계속 경기를 한다는 것입니다. 그래서 주사도 3종류 늘렸고, 항생제도 3종류를 맞고, 이소 스테로이드도 주사하고 있다고 했습니다. 그런데 아기가 버텨줄지 모르겠고, 살아남아도 뇌가 녹아 있을 수 있다는 것입니다. 아주 좋은 경우라도 청력을 잃을 수 있다고 하였습니다. 이렇게 말을 하고서 의사 선생님은 마음의 준비를 하라고 하였습니다.

이 말을 듣고, 나는 바닥에 주저앉아 버렸습니다. 그리고는 하나님이 진짜 있으면 나한테 이럴 수 있느냐며 소리를 질렀습니다. TV 드라마에서나 땅을 치고 울부짖는 줄 알았는데 내가 이럴 줄은 몰랐습니다. 출산한 지 두 달도 안 되는데 차가운 바닥에 엎어져 엉엉 울었습니다. 피로와 스트레스, 긴장과 불안, 슬픔과 분노가 극에 달해서 그렇게 울었나 봅니다. 여러 개의 주사 줄을 주렁주렁 매달아 놓아도 너무 예쁜데, 죽을지도 모른다니……. 하나님께 울부짖으며 미친 사람처럼 3일을 보냈습니다.

중간중간 요한이를 보러 중환자실에 들어갈 때면 "우리 절대 울지 말자" 하고 약속했지만, 아기를 보면 울음을 참기 힘들었습니다. 그래도 우리 요한이의 손을 꼭 잡고 말해주었습니다.

"사랑해, 우리 요한이, 혼자 둬서 미안해. 여기서 빨리 나가서 엄마랑 아빠랑 같이 살자."

그리고는 성가를 반복해서 불러줬습니다. 그래서인지 요한이는 3일 만에 의식이 돌아왔습니다. 이후에도 여러 번의 고비가 있었지만 11일 만에 일반 병실로 왔습니다. 이게 우리의 첫 번째 기적입니다.

자가 호흡이 가능해지자 요한이는 MRI 촬영을 했습니다. 머릿속이 고름으로 가득 차 있어서 굉장히 큰 범위의 개두 수술이 필요하다고 했습니다. 개두 수술이라는 말에 너무 놀란 우리는 수술을 하더라도 더 큰 병원에서 하는 것이 좋다고 판단했습니다. 그래서 병원을 옮길 준비를 하고, 세브란스병원으로 옮기기로 했습니다.

"엄마랑 서울 구경 가자, 엄마가 제일 좋은 걸로 준비해 놨어. 이제 가면 하나도 안 아플 거야."

세브란스병원으로 오는 앰뷸런스 안에서 나는 요한이의 손을 잡고 그렇게 말해주었습니다.

'삐뽀 삐뽀' 하는 앰뷸런스 소리에 길을 열어주는 자동차들이 얼마나 고맙던지요! 그 자동차들이 우리 요한이 얼른 나으라고 응원하는 것 같았습니다. 이런 가슴 벅찬 응원을 받고 세브란스병원에 도착했습니다.

세브란스병원의 담당 교수님은 수술할 필요는 없다고 하였습니다. 요한이의 머릿속에 있는 것은 고름이 아니라 물이므로 시간은 걸리겠지만 약물로 치료할 수 있다고 했습니다. 수술을 하지 않아도 된다는 말에 나는 기뻐서 또 울었습니다. 우리 요한이와 같은 병에 걸린 아이들 열 명

중 네다섯 명이 죽고 서너 명은 심각한 후유증에 시달리고, 두 명 정도는 운 좋게 살아남는다고 교수님이 설명하였습니다. 그 두 명 안에 우리 아기가 들어갔으니 아주 좋은 사례라고 했습니다.

"하나님, 감사합니다, 감사합니다, 여기로 오는 길에 고름을 물로 바꿔 주셨을 거라 믿습니다. 주님 감사합니다, 감사합니다."

이게 우리가 감사하는 두 번째 기적입니다.

세브란스병원으로 온 후에도 고비는 많았습니다. 열은 떨어지지 않고 계속되고, 경기도 했습니다. 한 달 가까이 열이 잡히지 않았습니다. 그러나 담당 교수님의 빠른 판단과 협진 그리고 늘 최선을 다해주신 의사 선생님과 간호사님 덕분에 열이 정상으로 돌아왔습니다.

열이 떨어진 요한이는 엄청난 속도로 성장 발달했습니다. 마주하는 사람과 눈을 맞추고 방긋방긋 웃고, 모빌을 보며 좋아서 팔딱거렸습니다. 잘 먹고 잘 자고 배설도 잘하고 최고의 몸 상태였습니다.

요한이는 세상에 태어난 지 100일째 되는 날 퇴원했습니다. 40일을 병원에 있다가 집으로 돌아온 것입니다.

요한이와 같이 집에 돌아올 수 있다니 꿈만 같았습니다. 입히지 못할 것만 같았던 옷들과 장난감들이 우리를 맞아 주었습니다. 요한이를 우리가 목욕시킬 수 있다는 것만으로도 흥분되었습니다. 퇴원 후, 첫나들이로 교회에 갔습니다. 목사님이 기도를 해주셨고, 두 번 다시 악몽 같은 일은 벌어지지 않을 거라 믿었습니다.

그런데 교회에서 예배를 드리는 중에 요한이는 또 경기를 했습니다. 입술이 새파래지고 금방이라도 숨이 멎을 것 같았습니다. 놀란 우리 부부는 아기를 안고 다시 세브란스병원으로 갔습니다.

금방 집에 돌아올 거라 여기고 갔었는데 60일이 지나서야 집에 돌아올 수 있었습니다. 요한이는 열도 없고 경기도 하지 않아서 첫 번째 입원만큼 힘들지는 않았습니다. 그러나 예상보다 입원 기간이 길어지고, 빨리 낫지도 않아서 우리는 지쳐가고 있었습니다.

요한이는 이런 엄마를 위로라도 하듯, 목 가누기, 양쪽으로 뒤집기, 손으로 물건 잡기, 손 짚고 앉기 등등, 온갖 재롱들을 보여주었습니다. 의식이 없었던 아기라는 사실이 믿기지 않을 정도로 잘 커 주었습니다. 살아남아도 엄청난 장애가 있을 거라고 했던 아이가 정상적으로 크고 있으니 감사했습니다. 이런 매일이 우리가 감사하는 세 번째 기적입니다.

정신적으로, 신체적으로, 물질적으로, 너무 많이 힘들었던 어느 날, 잠든 요한이를 보며 하나씩 감사한 일들을 써 내려갔습니다.

너무 어린 나이에 병이 나서 커서는 아팠던 것을 기억하지 못할 것에 감사.

머리를 수술하지 않아서, 수술 흉터가 남지 않게 되어서 감사.

내가 엄마가 될 수 있어서 감사.

요한이의 성장 속도가 늦지 않게 발달해주어서 감사.

가족이 하나 되어 기도할 수 있게 하시니 감사.

시간이 오래 걸리기는 하지만 완치될 수 있다는 희망에 감사.

요한이의 치료를 감당할 수 있는 경제적 여건과 능력에 감사.

하루 종일 요한이 옆에서 함께 시간을 보낼 수 있어서 감사.

일일이 다 적을 수 없을 정도로 감사할 일이 많았습니다. 그간 이렇게 많은 감사 거리를 잊고 있었습니다. 이날부터 나는 매일 요한이와 함께 병원 예배실로 가서 같이 예배드리고 기도했습니다. 예비하시는 주님을 믿고 모든 것을 맡기고 평안한 하루하루를 보냈습니다. 회사에 복직하면 언제 다시 이렇게 아기랑 함께 있을 수 있을까 싶어서 최선을 다해서 사랑했습니다.

처음에는 "하나님, 요한이 대신 저 데려가세요, 우리 요한이 못 해 본 게 너무 많아요. 데려가지 마세요"라고 기도하며 울었습니다. 그다음에는 "하나님! 우리 요한이 다른 아이들과 같은 모습으로 자라게 해 주세요"라고 기도하며 울었습니다. 그러나 지금은 이렇게 기도하며 웃습니다.

"하나님! 감사하기만 합니다, 오늘을 주셔서. 요한이와 함께할 수 있어서 감사합니다. 우리에게 가장 좋은 것으로 예비하시는 주님, 감사합니다."

"그러나 여호와께서 기다리시나니 이는 너희에게 은혜를 베풀려 하심이요. 일어나시리니 이는 너희를 긍휼히 여기려 하심이라. 그를 기다리는 자는 복이 있도다." 이사야 30:18

완치는 되지 않았지만 요한이의 몸 상태가 아주 좋고, 그간 잘 성장 발달했습니다. 그래서 퇴원을 했고 지금은 집에서 잘 자라고 있습니다. 요한이는 태어나서 총 100일간 병원 생활을 했습니다.

지나고 보니 엄마 아빠의 두려움보다는 기대, 피곤함보다는 활력, 무표정한 얼굴보다는 웃는 얼굴, 정적보다는 기도 소리가 아기에게 큰 약이 되었습니다. 우리가 아기에게 이런 모습을 보여줄 때마다 요한이는 엄청난 속도로 회복되었습니다. 오늘도 울며 아픈 아이를 위해 기도하고 있는 많은 분들, 지치지 말고 아이에게 웃으며 얘기하세요. "하나님이 너를 지키신다"라고.

우리는 늘 요한이를 위해 아침과 밤에 기도 합니다. 우리가 감사할 수 있는 것이 최고의 기적입니다. 이 기적은 앞으로도 매일매일 일어날 것입니다. 그래서 우리의 감사는 영원히 끝나지 않을 것입니다.

"아무것도 염려하지 말고 오직 모든 일에 기도와 간구로, 너희 구할 것을 감사함으로 하나님께 아뢰라. 그리하면 모든 지각에 뛰어난 하나님의 평강이 그리스도 예수 안에서 너희 마음과 생각을 지키시리라."

빌립보서 4:6-7

. . . . . .

이 글을 쓴 이은혜 님은 일본어 통역사입니다. 이은혜 님은 일본에서 공부한 덕분에 일본어 통역사가 되었듯이 아팠던 요한이 덕분에 하나님의 사랑을 통역하게 되었답니다.

우리는 늘 요한이를 위해 아침과 밤에 기도 합니다.
우리가 감사할 수 있는 것이 최고의 기적입니다.
이 기적은 앞으로도 매일매일 일어날 것입니다.
그래서 우리의 감사는 영원히 끝나지 않을 것입니다.

기적의 아이

설수정

처음에는 우리 애가 감기 들은 줄 알았습니다. 기침을 자주 하고 가래가 끓었습니다. 동네 이비인후과에 다녔는데 효과가 없었습니다. 우리 아이는 또래에 비해 키가 작고 마른 편이라 1년 전부터 한의원에 다니면서 성장 치료를 받고 있었습니다. 2주에 한 번씩 한의원에 가는데 갈 때마다 기침과 가래약을 받아와서 먹였지만 효과가 없었습니다. 이렇게 양약도 먹고 한약도 먹었지만 좋아지지 않았습니다. 하지만 학교 잘 다니고 친척집 집들이에 가서 사촌들과 잘 놀았기 때문에 크게 걱정하지 않았습니다. 그저 감기가 오래 간다고만 여겼습니다.

몇 주가 지나도 낫지 않아 이번에는 내과에 가기로 했습니다.

"엄마, 나 힘들어, 천천히 가."

내과에 가는 길에 아이가 천천히 가자고 했습니다. 하지만 나는 이 말을 심각하게 받아들이지 않았습니다. 퇴근하고 병원에 가는 길이라서 병원 문이 닫힐까 봐 마음이 다급해서 걸음을 서둘렀습니다. 아이는 이때 정말 힘들었을 텐데, 내가 너무 무심했었습니다. 지금 생각하니 아이에게 정말 미안합니다.

내과에서 받은 약을 먹었는데도 낫지 않아서 또 다른 이비인후과에 갔습니다. 이곳에서는 가래를 뽑아주니까 좀 편안해질 거라고 여겼습니다. 엑스레이검사를 했는데 뭔가 뿌옇게 보인다고 하면서 폐렴인지 아닌지는 확실치 않다고 했습니다. 그리고 코를 깨끗이 세척하라고, 코 세척 도구와 기침 가래약을 처방해주었습니다.

다음날 밤, 아이 다리를 주물러주다 보니 많이 부어있고 피부색도 거무스름했습니다.

"다리가 왜 이렇지? 언제부터 이랬니?"

"그래? 몰랐는데, 뭐가 이상해?"

자기 다리가 부은 것을 아이도 모르고 있었습니다. 딸아이는 다 커서 혼자 목욕을 하니까 아이 다리를 쳐다볼 틈이 없었습니다.

"몸이 부으면 신장이 안 좋은 거라는데.

일요일에 한의원 가서 물어보고 침을 맞든가 하자."

금요일 밤이고 주말이라 병원에 갈 생각은 못하고 '일요일에 한의원에 가서 치료를 받으면 괜찮겠지' 하고 생각했습니다.

일요일이 되어 한의원에 갔습니다.

"오늘은 성장치료 전에 다리부터 먼저 봐주세요.

다리가 부어 있어요."

다리 부은 것은 한의원에서 치료 하지 않는다고, 간호사는 일요일에 문을 여는 병원을 알아봐 주었습니다. 그래서 성장 치료는 하지 않고 한의원에서 알려준 병원으로 갔습니다. 의사 선생님은 다리가 붓는 것은 원인이 여러 가지이므로 검사를 해봐야 안다고 하면서, 대학병원에 가서 검사를 받아보라고 진료의뢰서를 써주었습니다.

세브란스병원 소아신장과의 예약이 다 차 있어서 예약을 못 하고, 월요일 당일, 응급실 진료를 받으러 가기로 했습니다. 이날 아이는 많이 힘들어했습니다. 밥도 못 먹고, 누우면 숨쉬기 힘들다고 밤새 앉아 있으면서, 화장실을 들락거리느라 잠도 제대로 못 잤습니다.

월요일에 아이는 학교를 쉬고, 나는 오후 휴가를 냈습니다. 집에 죽을 사가지고 갔지만 아이는 얼마 먹지 못했습니다. 너무나 힘들어하는 아이와 함께 천천히 걸어서 세브란스병원 소아신장과에 도착했습니다.

소아신장과에서 소변 검사를 한 결과는 이상이 없고, 혈압도 정상이라고 했습니다. 그래서 부은 다리를 의사 선생님에게 보여주고 조금만 걸어도 힘들어 한다고 말했습니다. 의사 선생님은 이상하다고 하면서 응급실로 가서 검사를 받도록 했습니다. 지금 생각하면 이날 바로 응급실에 가서 검사를 받게 된 것이 얼마나 다행한 일인지 모릅니다. 만일 예약하고 진료 일을 기다리느라고 또 며칠을 흘려보냈다면 어떻게 되었을까, 생각하면 지금도 아찔합니다.

응급실에 가서 피 검사를 하고 엑스레이를 찍었습니다. 의사 선생님은 엑스레이 결과를 보고, 심장이 많이 부어있고 물이 차 있어서 심장에 관을 삽입하여 물을 빼내야 할 것 같다고 하였습니다. '심장에 관을 삽입한다니……' 별일 아닐 것으로 여겼던 나에게는 이것만으로도 큰 충격이었습니다.

그런데 심장 초음파 촬영을 하고 나서 상황이 매우 급박하게 돌아갔습니다. 심장이 너무 약하게 뛰는데, 보통 일반인이 60-70 정도라면 우리 아이는 15 정도라고 했습니다. 심장을 잠깐 쉬도록 도와주는 장치를 해야 한다고 했습니다. 그것을 위해 목에 관을 삽입하니까 흉터가 남을 거라고 했습니다. 이때까지만 해도 나는 잠깐 심장을 도와주는 장치를 하면 되나 보다 하고 생각했습니다. 하지만, 상태가 위중해서 지금 당장 그 장치를 해야 하므로, 빨리 입원 수속을 하고 오라고 했습니다. 그때서야 나는 남편에게 전화해서 바로 병원으로 오도록 하고, 입원 수속을 마친 후에 아이가 있는 곳으로 돌아왔습니다.

아이는 이미 코에 관을 꽂고 있었습니다.

"엄마, 어디 갔었어? 엄마가 안 보여서 찾았잖아."

아이는 잔뜩 겁을 먹은 채로 나를 바라보았습니다. 어디가 아픈지, 무슨 치료를 할 것인지, 아이에게 설명할 새도 없이 아이는 수술실로 옮겨지고 있었습니다.

"괜찮아, 힘내."

수술실로 들어가는 아이를 보면서 이 말밖에 해줄 말이 없었습니다.

아이가 수술실로 들어간 후, 의사 선생님은 수술에 대해 설명해주었습니다.

"심장을 잠깐 쉬게 해주는 에크모라는 기계가 심장을 대신해서 피를 온몸에 보내주는 역할을 합니다. 에크모는 피를 몸 바깥에 있는 기계 장치로 돌리기 때문에 출혈이나 혈전이 생기는 부작용이 있을 수 있 습니다. 출혈이 뇌에서 생기면 뇌출혈이 일어날 수 있고, 혈전이 혈관 을 막을 수도 있습니다. 에크모는 목 혈관에 관을 삽입하여 피를 순환 시키므로 근육을 움직이지 못하게 하는 약을 써서 잠을 자게 합니다."

"소운이의 병은 급성 심근염으로 의심되는데, 이 경우 3일이면 좋아 지니 경과를 지켜봅시다. 그러나 3일 안에 좋아지지 않으면 심장이식 을 할 수도 있습니다."

'심장이식이라니…….'

현실로 느껴지지 않았습니다. '이게 지금 우리 아이에게 닥친 현실이 란 말인가, 함께 버스 타고 걸어서 병원에 온 우리 아이가 움직이지도 못 하고 의식도 없이 누워있어야 한다니…….' 믿어지지 않았습니다.

에크모 시술이 끝나고 중환자실에 누워있는 아이를 보고 정말 기가 막 혔습니다. 얼굴은 퉁퉁 부어있고, 에크모 장치에 연결하느라 목에 구멍 을 뚫어 관을 끼워 넣어서 아이는 자가 호흡을 못했습니다. 기도 삽관도 엄청난데, 팔과 허벅지에 링거 줄들이 주렁주렁 달려 있었습니다. 또한 안구가 건조해지는 것을 방지하기 위해서 양 눈에 테이프까지 붙여 놓 아서 끔찍했습니다.

'우리 아이는 선천적인 이상이 아니고, 갑자기 안 좋아진 거니까 급성

일 거야. 3일만 지나면 좋아질 거야.' 이런 희망을 품고 기다렸습니다.

그러나 3일이 지나도 차도가 없었습니다. 남은 것은 심장이식밖에 없다고 했습니다. 심장이식은 심장 기증자가 있어야 하는데, 기증자가 언제 나타날지 모르니 대기자 명단에 올려놓자고 했습니다. 우리 아이는 에크모 장치를 하고 있고, 다른 병이 없고, 어리기 때문에 영순위이라고 했습니다. 하지만 기증자가 나타나도 우리 아이랑 조직이 맞아야 하기 때문에 오래 기다려야 할지도 모른다고 했습니다.

심장 이식 수술에 대한 설명을 듣고 와서 나와 남편은 엉엉 울었습니다. '우리 아이가 심장 이식 수술을 받아야 하다니 ……. 내가 직장을 안 다녔다면 이렇게 악화되기 전에 미리 발견할 수 있지 않았을까. 조금 더 빨리 큰 병원에 왔었더라면……. 부족한 엄마를 만나서 아무 죄 없는 우리 딸이 고생을 하는구나.' 나는 후회하고, 자책했습니다.

중환자실에서 5일쯤 지났는데 심장 쪽에 혈전이 생겼다고 했습니다. 가슴이 철렁했습니다. 다행히 좌심방 쪽이 아닌 우심방 쪽에 생긴 혈전이라고 했습니다. 만약 혈액을 온몸에 뿜어주는 좌심방에 혈전이 생겼으면, 당장 에크모를 중단하고, 혈전을 제거해야 한다고 했습니다. 이번엔 혈전이 우심방 쪽에 생겼다 하더라도, 그 혈전이 에크모 사용의 부작용 때문에 생긴 것이므로, 에크모를 사용하고 있는 한, 너무 불안했습니다. 에크모 장치를 하고서, 언제 할지도 모르는 수술을 기다리는 것은 정말 피를 말리는 일이었습니다.

우리 아이의 심장이식을 신청하면서 우리 부부는 장기기증 서약을 했습니다. 기증자를 기다리는 분들의 애타는 마음을 절실히 느꼈기 때문입니다. 장기 기증을 해서 다른 이의 생명을 살린다는 게 얼마나 숭고한 일인지 깨달았습니다.

우리 아이가 누워있는 중환자실의 면회는 하루 두 번 있는데 1회에 보호자 한 명만 면회를 할 수 있었습니다. 12시 면회에는 내가 들어가고, 오후 6시 면회에는 남편이 들어갔습니다. 이렇게 우리 부부는 하루에 한 번만 아이를 볼 수 있었습니다.

내가 할 수 있는 일이라고는 중환자실 복도 의자에 앉아서 기도하는 것밖에 없었습니다. 우리 아이는 어렸을 때 우리 회사 어린이집도 다녔고, 회사 행사와 회식에 자주 데리고 다녔습니다. 그래서 우리 회사 사람들이 우리 아이를 알고 있었습니다. 회사 동료들은 잘 아는 아이가 이렇게 심하게 아프다는 게 남의 일 같지 않다고 걱정했습니다. 동료들은 중환자실에 있는 우리 아이를 볼 수는 없었지만, 매일 병원에 와서 우리 아이를 위해 기도했습니다. 신앙생활을 열심히 하고 있는 동료는 본인이 다니는 교회에서 지인들과 함께 중보기도를 했고, 새벽기도를 시작한 분도 있었습니다.

심혈관병동 중환자 보호자 실에는 이미 심장이식 수술을 받은 환자의 보호자도 있었습니다. 그 환자는 20년 동안 심장박동기 시술을 몇 번 다시 하고 생활하다가 점점 더 안 좋아져서 마침내 심장 이식 수술을 받기로 작정하고, 병원에 입원해서 대기하다가 수술을 받았다고 했습니다. 우리가 아는 사람 중에는 심장이식 수술을 받은 사람이 한 명도 없어서 어디 물어볼 데도 없었는데, 그 수술을 이미 받은 사람이 옆에 있어서 큰 도움이 되었습니다.

그 환자는 20년 동안 심장병으로 고생하고, 부인은 10년 전에 뇌종양 수술을 받았다고 했습니다. 그 부인은 20년 동안 하루도 마음 편한 날이 없었다고 담담히 말했습니다. 그러나 부인은 참 씩씩했습니다. 우리 아이는 어리고 심장 말고는 아픈 곳이 없으니 수술하면 금방 나을 거라고 격려해주었습니다.

그분은 자기 남편이 수술을 하고 중환자실에서 나와서 가야 할 장소를 매일 가보면서 익숙해지는 연습을 하고 있다고 하면서 나에게도 해보라고 권했습니다. 그래서 나는 수술실이 있는 5층, 수술 후에 우리 아이가 지낼 1인실들이 있는 9층, 입원하면서 재활운동을 하게 될 2층을 날마다 보러 다녔습니다. '우리 애는 여기서 곧 수술을 받게 될 거고, 1인실에서 회복을 하면서 재활 운동을 하러 다닐 거다.' 이렇게 생각하면서 마음을 다잡았습니다. 재활 운동실에는 심장 이식 수술을 하고 건강하게 잘 살고 있는 분들의 소식을 실은 신문 기사들이 붙어 있었습니다. '20년 전에 우리나라에서 최초로 심장이식 수술을 받은 사람, 심장이식 수술을 하고 나서, 산에 가도 좋다는 분들과 또 다른 분들'의 기사를 매일 보면서 우리 아이도 다시 건강해질 것으로 생각하고 힘을 냈습니다.

나는 보호자 실에서 만난 그분을 하나님이 내게 보내주신 분이라고 생각했습니다. 그분 덕분에 심장 이식에 대한 것들도 알게 되고, 무엇보다 큰 위안을 받았습니다. 하지만, 안타깝게도 그분의 남편은 우리 아이가 수술을 받고 중환자실에 있을 때 떠났습니다.

나는 종교가 없었지만, 중학교 때 기독교 학교에 다녔습니다. 일주일에 한 시간 종교 시간이 있었고, 매년 성가경연대회를 했기 때문에 주기도문과 찬송가 몇 장 정도는 알고 있었습니다. 어느 날, 중환자실 복도에 앉아 있는데, 11시에 6층 기도실에서 예배가 있다는 안내 방송이 나왔습니다. 종교는 없어도 나도 모르게 하나님을 찾게 되었습니다.

처음에는 빈 기도실에 가서 울면서 우리 애를 제발 살려달라고 하나님께 매달리고 기도했습니다. 우리 아이를 살려주시면 우리 세 식구 하나님의 자녀로 좋은 일 많이 하면서 살겠노라고 기도했습니다. 기도실은 11시 예배 시간 이외에는 비어 있어서 언제든지 가서 기도할 수 있었습니다. 기도실에 가면 혼자 있을 때가 많았습니다. 기도실 벽의 커다란 십자가와 예수님 액자를 보고 기도를 하거나 성경책을 읽으면 마음이 편해졌습니다. 처음에는 혼자 기도실에 가서 기도하다가 11시 예배에 나가게 되었습니다. 11시 예배에서 만난 이애경 전도사님과 김성애 전도사님이 우리 아이를 위해 기도를 해주었는데 이분들의 기도가 큰 힘이 되었습니다.

기도실의 리플릿에서, 세브란스병원에서 기적적으로 회복된 환우 이야기를 담은 책 『쿵쿵, 다시 뛰는 생명의 북소리』를 보았습니다. 곧바로 본관 자판기에서 이 책을 사서 읽었습니다. 이 책에는 우리 아이와 같은 확장성 심근병 환자의 심장이식 이야기도 있었습니다. 우리 아이와 같은 병을 앓다가 회복해서 잘 살고 있다는 이야기를 읽으니 눈물이 났습니다.

'하나님께서 나에게 힘을 주려고 이 기도실을 알려주시고, 이 책을 읽게 하시는구나!' 감격의 눈물이 하염없이 흘렀습니다. 이 책의 내용 중에서 심장이식 환우 이야기에 나오는 유숙연 목사님을 찾아갔습니다. 유목사님에게 우리 아이 이야기를 하면서 한참을 울었습니다. 책에서는 유

어느 날, 중환자실 복도에 앉아 있는데,
11시에 6층 기도실에서 예배가 있다는 안내 방송이 나왔습니다.
종교는 없어도 나도 모르게 하나님을 찾게 되었습니다.

숙연 목사님께서 '하나님께서 당신에게 맞는 꼭 맞는 심장을 주실 거'라고 한 후 이틀 만에 정말 심장이 나와서 수술을 했다고 했습니다.

"우리 아이에게도 같은 일이 일어나게 기도해 주세요."

유숙연 목사님에게 부탁을 하고 함께 기도했습니다.

그런데 정말로 기도대로 이틀 후에 책에서 나타난 기적이 우리에게도 일어났습니다. 우리 아이에게 맞는 심장 기증자가 나타난 것입니다. 정말 놀라웠고 아주 기뻤습니다. 너무나 감사했습니다. 대기자 명단에 올리고 일주일만의 일이었습니다. 다들 기적 같은 일이라고 자기 일처럼 기뻐했습니다. 심장혈관 병동 원목실의 김성애 전도사님은 세브란스 병원에 20년 가까이 있었지만 이렇게 빨리 기증자가 나타나기는 처음이라고 하였습니다. 대기자 명단에 올리고 짧게는 한 달, 길게는 몇 달씩 기다린다고 하는데 일주일 만에 수술을 받게 되었으니 이 일은 정말 하나님이 하신 일이었고 우리에게는 기적이었습니다.

이렇게 우리 아이는 병원에 간 지 열흘 만에 심장 이식 수술을 받았습니다. 수술 후 의식도 빨리 돌아와서 손으로 자기 이름도 썼습니다. 아이는 의사 선생님이 열흘간 잠들어 있었다고 말해주니까, 놀라서 눈을 동그랗게 떴습니다. 수술하고 처음 나를 알아보며, 좋아하는 아이와 마주할 때 감격의 눈물이 흘렀습니다.

아이가 충격받을까 봐 심장이식 수술 이야기는 안 하려고 했는데, 아이는 이미 알고 있었습니다. 침대 커튼에 심장이식 환자라고 쓰여 있는 것을 보았고, 의사 선생님들도 설명해 주었다고 했습니다.

"엄마, 왜 나 심장 이식 수술한 거야? 신장 때문에 온 거 아니었어?"

깨어보니 다른 사람의 심장이 이식되어 있다고 하니 아이가 얼마나 놀랐을까요. 어른도 감당하기 힘든 일입니다. 의사 선생님들도 사춘기에 접어드는 나이니까 심리적인 면도 신경을 써야 한다고 말했습니다. 그래서 나는 그동안 있었던 일을 모두 아이에게 얘기해주었습니다. 기적적으로 기증자가 있어서 수술을 받을 수 있었고, 심장을 주신 분에게 감사하는 마음으로 살아야 한다고 일러줬습니다.

아이는 잘 받아들이는 것 같았습니다. 하지만 아이는 '왜 나에게 이런 일이 일어났을까? 무엇이 잘못되었을까?' 이런저런 생각으로 잠을 자지 못했습니다. 수술하고 나서 일주일 가까이 하루에 한두 시간밖에 잠을 자지 못했습니다. 눈을 감기 싫고, 무섭다고 했습니다. 이 때문에 정신과 심리 상담을 받기도 했습니다.

나는 우리 아이가 몸과 마음이 모두 건강하게 회복되도록 해달라고 하나님께 기도드렸습니다. 기도 덕분인지 재활운동을 시작하고 나서는 눈 감는 것을 무서워하지 않고 잠도 잘 잤습니다. 우리 아이는 잘 회복되어 수술한 지 한 달도 안 되어서 퇴원을 했습니다. 이 짧은 병원 생활 동안 나는 여러 번의 죽음을 듣고 목격했습니다.

나는 아이한테 '너는 기적의 아이'라고 말하곤 합니다. 적절한 시기에 수술을 받을 수 있었고, 별다른 문제없이 잘 회복되고 있으니까요. 아직은 면역력 때문에 사람들이 많은 곳에 갈 수 없어서 아이와 함께 교회에 가지는 못하고 있습니다. 그러나 잠자기 전에 항상 아이 손을 잡고 감사 기도를 드립니다. 아이가 좀 더 회복되어서 학교도 다니고 일상생활을 할 수 있게 되면 우리 세 식구는 교회에 갈 겁니다.

우리 아이를 면회하러 중환자실에 들어갈 때마다 하루에도 몇 번씩 되새기던 글귀가 있습니다.

"두려워하지 말라 내가 너와 함께 함이라.
놀라지 말라 나는 네 하나님이 됨이라.
내가 너를 굳세게 하리라 참으로 너를 도와주리라.
참으로 나의 의로운 오른손으로 너를 붙들리라." 이사야 41:10

이 성경 말씀을 시누이가 문자로 보내주었을 때, 나는 너무 감격해서 눈물을 와락 쏟았습니다. '어쩜 이렇게 내 마음과 똑같을까.' 날벼락 같은 일을 당하고, 두려워 떨고 있던 나에게 이 말씀은 큰 위안을 주었습니다. 나처럼 갑작스럽게 위기에 닥쳐 황망한 사람들에게 이보다 더한 위로가 있을까요. 지금도 나는 우리 아이 침대 머리맡에, 책상에, 내 핸드폰 바탕화면에 이 말씀을 적어놓고 있습니다. 그리고 매일 이 말씀을 되새기고 감사하고 있습니다.

고마운 분들이 너무 많습니다. 성심성의껏 치료를 해주신 세브란스병원의 신홍주 교수님, 강석민 교수님, 여러 의료진들, 중보 기도를 해준 가족과 지인들, 위안이 될 거라며 묵주를 주고 가신 분, 성경 말씀을 문자로 보내준 우리 시누이, 우리 아이를 위해 기도해주시고 격려해주신 이애경 전도사님, 김성애 전도사님 그리고 유숙연 목사님. 고맙습니다.

· · · · ·

이 글을 쓴 설수정님은 LG CNS 교육부서에서 근무하는 회사원입니다.

너의 심장을
업그레이드시켜주마

김덕상

"이제 지방간은 문제 삼지 않아도 됩니다. 상태가 많이 좋아졌
으니, 6개월 후에 만납시다."

세브란스병원 소화기센터장 한광협 교수님의 말이었습니다. 나는 그
말을 듣고서, 지난 18개월간 부지런히 병원을 쫓아다닌 보람이 있다고
좋아했습니다.

"그런데 부정맥 증세가 있으니 심혈관병원에 가서서 체크해 보세요."

이 권유가 또 하나의 긴 치유의 여정이 될 줄은 몰랐습니다.

3년 전, 직장 정기건강검진에서 혈압이 높게 나와 혈압약을 복용하고

있었습니다. 하지만 배가 조금 나온 것 말고는 콜레스테롤과 당뇨 수치 등은 정상이라서 건강엔 자신이 있었습니다. 나이 먹으면 혈압약이야 모두 먹는 거라고 여겼고 친구들이 "우리가 모두 십 알 놈일세"라고 할 때 재미있다고 웃었습니다. '십 알 놈'은 하루에 약을 열 알씩 먹는 사람이라는 농담입니다.

심혈관병원에서 실시한 검사에서 혈액 순환이 원활하지 않다는 결과가 나왔습니다. 그러나 기껏해야 심혈관 조영술로 스텐트 몇 개 박으면 된다고 가볍게 생각했습니다. 스텐트 시술 전날 저녁에도 금융인 동문회에 가서 조크로 축사도 했습니다.

"금융은 경제의 핏줄인데, 경제가 잘되려면 금융이 원활해야 합니다. 저는 피가 잘 안 돌아서 내일 세브란스병원에 스텐트 시술하러 갑니다."

"이제 마취제 들어갑니다. 편안하게 생각하세요."

내 핏줄 속에 따뜻한 액체가 밀려 들어오는 것을 느끼며 잠이 들었습니다. 마취 상태에서 깬 것 같은데 '언컴퍼터블uncomfortable'이라는 말이 들렸습니다. 수술실 안에서 언컴퍼터블 이라고 하면 뭔가 좋지 않은 상황인데, 긴장이 됐습니다. 집도의인 홍 교수님이 시술이 중단되었다고 했습니다.

"심장에서 나온 피가 불필요하게 다른 곳으로 흘러들어 가는 것을 세 번이나 묶어서 막았지만 해결되지 않습니다. 조영시술로는 해결할 수 없으니 부득이 개흉을 해서 심장 수술을 해야 합니다."

집도의인 홍 교수님의 설명을 듣고 놀랐습니다. '개흉이라니?' 나는 이제까지 한 번도 몸에 칼을 대 본 적이 없다고 자랑해 왔습니다. 그런데 가슴을 가르고 심장 수술을 해야 한다니……. 게다가 내가 60년 이상 불량 심장을 달고 살았다니 더 놀랐습니다.

'하나님, 왜 제 심장을 불량품으로 만드셨어요?'

심장 수술을 해야 한다니 동의할 수밖에 없었지만, 뭔가가 빛의 속도로 머릿속을 뻥 뚫고 나갔습니다. 그저 멍하니 아무 생각도 들지 않았습니다. 의사 선생님들은 서로 의논하더니 수술 일정도 다음 주로 빠르게 잡아주었습니다. 그러나 나는 답답한 마음이 들어서 몇 년 동안 고혈압 치료를 해 주고 있는 신사동 S내과 원장을 찾아갔습니다.

"세브란스병원이 참 잘합니다. 기왕지사 이렇게 된 것, 기분 좋게 수술받으세요. 수술받고 나면 훨씬 좋아질 겁니다."

전공이 심장 내과인 S원장은 내게 이렇게 말했습니다. 나는 어떤 자각 증세가 있었던 것도 아니라서 수술해서 좋아진들 뭐가 얼마나 좋아질까 싶었습니다. 그래도 세브란스병원이 심장 수술에서 최고라는 S원장의 말은 위로가 되었습니다. '그래도 세브란스병원인데 설마 죽이기야 하겠어? 제중원 때부터 좋은 뜻으로 잘 만들고 발전해 온 하나님의 터인데.' 이렇게 생각하면서 불안한 마음을 다잡았습니다.

수술 전날, 병원 2인실에 입원했습니다. 이 방에 있던 환자가 인사차 말을 걸어 와서 나도 내 상황을 말했습니다. "내일 심장 수술받기 위해 방금 입원했습니다." 그런데 이분이 엉뚱한 말을 했습니다.

"참 좋겠습니다. 수술을 받으면 낫는 데다, 원인을 알고 내 발로 걸어

들어 오셨으니 참 좋네요. 자기 발로 걸어 들어와서 죽어 나가는 환자는 없습니다. 차에 실려 오지 않은 것도 축복이구요."

대구에서 평생 이발사로 일했다는 그는 몇 차례 앰뷸런스에 실려 갔었고, 또 몇 년을 병원 생활을 했지만, 뚜렷한 원인도 발견하지 못하던 중, 홧김에 무작정 상경하여 세브란스병원을 찾아왔다고 했습니다. 세브란스병원에 입원해서 며칠 검사를 한 후에 드디어 원인을 찾았으니, 이제 길이 보인다고 엄지를 치켜들어 보이며 웃었습니다.

저녁때 흰색 가운을 입은 직원이 오더니, 내 몸에 있는 털을 다 깎아 버렸습니다. 이 직원이 털을 깎아 내는 속도는 내가 뉴질랜드에서 본 양털 깎기 속도와 같았습니다. '손자야 너와 할배 모습이 비슷하겠다. 하하하.' 얼마 전에 손자가 태어났는데 이 손자 녀석 목욕 장면이 생각나서 웃음이 나왔습니다. '식당에서 밥 먹을 때 머리카락 하나가 나와도 몹시 불쾌한데, 수술할 적에야 오죽 신경 쓰이겠어?' 이렇게 생각하니 군대 갈 때에 머리 빡빡 깎았던 것보다는 덜 우울했습니다.

이제 이 밤이 지나면 수술하는 날이 오는구나. 사실은 수술을 받을 수 있다는 것만으로도 큰 축복이라고 여겨졌습니다. 몇 달 전 등산 갔다가 산 정상에서 기념 촬영을 하던 중 쓰러져서 유명을 달리한 친구가 생각났습니다. 아무런 이상 증세도 없이 지내다가 이렇게 중대한 병을 발견해서 수술하고 치료할 수 있으니 얼마나 다행인가. 이를 허락해 주신 하나님 은혜에 감사 기도를 드렸습니다.

아내는 체구는 작지만 아주 대범한 사람인데 내가 큰 수술을 받는다고 하니, 불안해했습니다. 나는 다음과 같이 아내를 위로하고 침상에 실려 수술실로 들어갔습니다.

"여보, 걱정하지 마시구려. 심장 수술이 요즈음 의술로는 난이도 중간
정도밖에 안 되는 거랍니다. 하나님께서 병 고쳐 주시려고 일부러 불
러주신 것이니 깔끔하게 처리되어 나올 겁니다."

연세대학교 재학 중에는 빼질거리면서 채플 시간에 도망 다녔고, 평
생에 딱 한 번 받은 F학점이 성경 과목이었습니다. 나이 50이 되어서야
하나님을 만났습니다. 하나님 은혜 속에서, 이렇게 평안한 마음으로 수
술실로 들어갈 수 있다는 게 얼마나 감사한 일인지요! 저를 위해 수고해
주시는 의사 선생님과 수술팀 모두의 손길에 하나님의 인도와 축복이 함
께하기를 기도하면서 마취제를 맞았습니다. 훗날 내가 세상 떠날 때에
도 이렇게 편안하게 떠날 수 있으면 좋겠다는 생각을 하면서 잠이 들었
습니다. 이때가 2015년 4월 8일 오전 11시 반이었습니다.

"이제 정신 좀 드세요?"

착하고 아름다운 간호사가 나에게 물었습니다. 오래전에 제니퍼 로페
즈가 여자 경찰로 나오는 영화에서 부상자를 깨우며, "Open your eyes"
하면서 눈을 떠보라고 한 장면 같았습니다. '아! 살았구나!' 온몸은 꼼짝
못 하게 고정되어 있고 몸에 뭔가가 잔뜩 주렁주렁 달려 있었습니다. '고
마운 장치들, 너희가 나를 살려 주겠다고 지금 내 곁을 지켜주는 거지?'
고맙다고 속으로 말했습니다.

"오른손 검지로 누르시면 진통제가 더 투여됩니다. 그러면 덜 아플 겁
니다."

착한 간호사가 일러 주었습니다. 나는 산소 인공호흡기가 입안에 부

착되어 있어서 소리는 낼 수 없었습니다. 눈만 깜빡거려 알았다는 의사 표시를 했습니다. 얼마나 시간이 걸렸는지는 모르겠고, 단지 수술이 잘 되었다고 하니 감사할 뿐이었습니다.

수술 후에는 가래를 잘 뱉어내야 한다고 합니다. 잘못하면 폐렴으로 번져서 큰일을 당한다고 했습니다. 그런데 산소 호흡기를 낀 상태에서는 가래를 뱉어낼 수 없어, 석션suction 기계로 뽑아주었습니다. 그때마다 무척 아팠습니다. 입안으로 넣은 호스로 산소가 들어와 호흡을 하게 되는데, 침 같은 분비물이 목구멍을 막는 느낌이 들었습니다. 어느 순간, 딱 죽는 것 같은 느낌이 들었습니다. 흡사 생사의 갈림길에 놓이는 것 같았습니다. '호흡이 안 되면 죽는 건데……'

간호사에게 죽을 것 같다고 사인을 보냈더니, 얼른 다가와서 자기의 손바닥에 글자로 써 보라고 했습니다. 길게 쓸 수가 없어서 '줄이 꼬였어'라고 썼더니 간호사는 무슨 뜻인지 알아듣고 조치를 했습니다. 산소가 잘 안 들어오는 것 같은 기분에 그렇게 쓴 건데 '대한민국 최고의 병원 중환자실에서 산소 줄이 꼬인다는 게 말이나 되냐?' 하고 혼자 내심 껄껄 웃었습니다. 숨을 쉬게 해주신 하나님께 감사드렸습니다.

수술 후 아들이 중환자실로 면회를 왔는데 내가 깨어나지 않아서 나와 눈을 맞추지 못하고 돌아갔다고 했습니다. 20여 년 전, 중환자로 병원에 누워 계셨던 아버님 생각이 났습니다. 그때엔 아버지께서 소생 가능성이 없기 때문에, 장남인 나는 무척 고통스러웠습니다. 그러나 내 아들은 나의 깨어난 모습을 보지는 못했지만 일단 수술이 잘되어 회복 중이라는 사실을 알았으니 마음고생은 덜 되었으리라 생각했습니다.

지루한 밤이 지나고 정오가 되어서야 면회실 문이 열렸고, 드디어 아내가 들어 왔습니다. 나 때문에 몸 고생, 마음고생하며 기도로 수술실과 중환자실 복도를 지켰을 아내를 생각하니 너무 고마웠습니다. 지금의 이 고마움을 잊지 말고 살아야 할 텐데…….

"하나님 아버지, 고맙습니다. 그리고 마누라, 고생했어요. 고마워요."

감사 기도와 감사 인사를 두 분에게 드렸습니다.

중환자실에서 나와서 5인실의 창가 자리를 배정받았습니다. 내 옆 침대에는 나보다 몇 살 더 많은 분이 자리 잡고 있었습니다. 이분에게는 하루 종일 많은 분들이 병문안을 왔습니다. 그때마다 이분은 아주 자세히 수술 과정을 설명하곤 했습니다. 나와 아내는 이분의 문병객들을 위해 자리를 비워주고, 병원 이곳저곳으로 산책을 다녔습니다. 환자가 병문안 온 분들 만나다가 진이 빠진다는 것을 알았기 때문에, 나는 회사 직원들은 물론 친구, 친척들에게 문병을 오지 말라고 신신당부해 두었습니다.

세브란스병원에는 아름다운 곳이 참 많습니다. 본관 앞 양지바른 곳에는 벚꽃이 아름답게 피어있고, 여기저기서 은은하게 들리는 찬송가 소리는 마음을 평안하게 해 주었습니다. 때로는 제중원 마당의 잔디밭에서도 아름다운 봄의 정취를 만끽할 수 있었습니다. 방문객을 접견하는 대신, 줄기차게 운동을 해서 예정보다 빨리 퇴원을 하게 되었습니다. 입원한 지 8일 만이었습니다.

나는 매우 교만했었나 봅니다. 퇴원은 했지만, 가슴을 가른 통증과 후유증은 만만치 않았습니다. 정말 너무 아팠습니다. 특히 밤중에는 잠을 제대로 잘 수 없었습니다. 생활이 힘들었고, 회사 일에도 집중할 수 없었

세브란스병원에는 아름다운 곳이 참 많습니다.
본관 앞 양지바른 곳에는 벚꽃이 아름답게 피어있고,
여기저기서 은은하게 들리는 찬송가 소리는 마음을 평안하게 해 주었습니다.

습니다. 통증이 계속 이어졌습니다. 더 이상은 도저히 견딜 수 없어서 내 발로 걸어가 병원에 다시 입원했습니다. 퇴원 한지 한 달 만의 일입니다.

수술 후, 폐에 찬 물이 300cc나 된다고 했습니다. '하나님께서 병을 발견하게 하고 수술로 고쳐 주신 것은 감사한데, 기왕에 봐주시려면, 좀 덜 아프게 해 주시지, 왜 이렇게 몹시 아프게 하세요?' 하고 불평하면서 묻게 되었습니다.

KBS 연속극 〈징비록〉을 보면, 임진왜란 때 왜군과 칼싸움하는 장면이 자주 나옵니다. 칼에 베여 쓰러지는 장면을 보면, '아이고 저 후유증 오래가는데……' 하는 생각을 했었습니다. 나도 지금 가슴을 가른 수술의 후유증을 앓고 있다고 생각하지만, 통증이 너무 심해서 진저리가 쳐집니다.

지금도 폐에 찬 물을 빼내기 위해 이뇨제를 먹습니다. 약을 먹고 두 시간이 지나면 엄청 소변이 나옵니다. '내 몸에서 어떻게 이렇게 많은 물이 나올 수 있지?' 하는 생각이 듭니다. 한 두어 시간 동안 대여섯 번 화장실을 들락거리며 엄청난 양의 소변을 봅니다. 이런 사정 때문에 아내 환갑 기념으로 가려고 했던 그리스 여행도 무기한 연기했습니다.

그러나 이런 정도의 불편과 아쉬움은 아무것도 아닙니다. 나는 확실히 건강을 되찾았고 그동안 하나님께 받은 은혜를 깨달았습니다. 나는 이번 수술과 치료를 통하여 하나님께서 나를 사랑하시고 아주 세밀한 것까지 주관하신다는 것을 체험했습니다. 요즘도 수시로 병원에 들르는데, 시간이 나면 병원 본관 6층의 벤치에 앉아 은은하게 들리는 찬양 곡을 따라 부릅니다. 얼마 전에는 복음성가가 들리는데 주체할 수 없는 감동이 밀려왔습니다.

응답하신 기도 감사, 거절한 것 감사.
아픔과 기쁨도 감사, 절망 중 위로 감사♬

이 구절에서 주체할 수 없는 눈물이 쏟아져 내렸습니다. 하나님이 주시는 특수 이뇨제 때문일까요?

．．．．．

이 글을 쓴 김덕상님은 OCR Inc. 대표이사로 일하고 있으며『당신은 이제 골프왕 1, 2권』과『골퍼를 살리는 캐디』등을 썼고 시각장애인 선교와 재소자, 장애인, 빈곤가정 청소년들을 대상으로 강의도 하고 있습니다.

사망의 골짜기에서 건져내진 나

이도현

"**사망의** 음침한 골짜기에서 저를 건져 살리신 하나님께 영광과 감사를 올립니다."

목을 움직이는 게 불편하고 목소리가 이상해지더니 음식을 삼키는 것도, 숨 쉬는 것도 불편해졌습니다. 그렇지만 큰 문제라고는 여기지 않았습니다. 머리나 목이 아프면 약을 지어 먹었는데 그러면 괜찮아지곤 했으니까요.

어느 날, 입을 벌리고 거울을 봤는데 혀 왼쪽이 완전히 무너져 있었습니다. 동네 이비인후과에 갔더니, 큰 병원에 가라고 했습니다. 큰 병원 이비인후과에서 MRI를 찍었습니다. 결과를 본 의사는 나를 신경외과로 전과轉科시켰습니다. 신경외과 의사는 대학병원에 가서 수술을 받으라고 하면서, 꼭 의사 선택을 잘하라고 덧붙였습니다.

그래서 분당서울대병원 신경외과로 가서 MRI를 또 찍었습니다. 담당 의사는 병명은 말해주지도 않고, 수술도 상당히 망설이며 조직 검사를 해야 한다고 했습니다. 조직 검사는 며칠 입원해서 받는 거라고 했습니다. 그제야 나는 내가 많이 안 좋고 뇌에 종양이 있어 수술을 받아야 한다는 것을 알았습니다.

집안에서도 내 몸의 이상을 알게 되어, 동생이 뇌종양 명의들을 검색하여 세 분의 의사에게 진료예약을 했습니다. 그중 강남세브란스 이규성 교수님 진료를 제일 먼저 받게 되었습니다. 나중에 알게 된 것인데 이분의 진료를 받으려면 여러 달을 기다려야 한다고 했습니다. 이때는 몰랐는데 돌이켜보니 이규성 교수님에게 빨리 진료를 받을 수 있었던 것은 행운이었으며 하나님의 섭리였습니다.

"척삭종입니다."

이규성 교수님은 내 MRI 결과를 보자마자 병명을 말했습니다. 내 종양은 두개저 부위부터 시작된 건데, 목뼈 세 개에 버티고 있고, 숨골에 위치해 있다고 했습니다. 숨골은 우리 몸의 주요 신경 열두 개가 지나가는 자리에 있으므로 종양이 생기면 아주 위험한 것이라고 했습니다. 그리고 병의 성격, 치료 과정, 수술의 어려움, 특히 수술 방법과 수술 후 후유증 등을 설명해 주었습니다. 전에 갔던 병원들에서는 들을 수 없었던 명

쾌한 진단이고 설명이었습니다. 교수님의 설명을 들으니 잘 이해가 되었고 교수님을 신뢰하게 되었습니다. 이때에도 나는 내 병을 감정으로 받아들이기보다는 학술적으로 받아들였던 것 같습니다.

그러나 함께 설명을 들은 아내와 동생은 큰 충격을 받았습니다. '환자가 죽을 수 있다. 수술 후에 전신마비가 올 수도 있어서 평생 누워서 지낼 수도 있다. 이런 위험을 안고 수술한다고 하더라도 치료 후, 예후도 무척 안 좋다. 재발도 상당히 잘된다. 수술 후에 올 후유증들도 만만치 않다.' 이런 교수님의 설명은 너무 심한 말들이라서 참고 듣기에 힘이 들었던 건 사실입니다. 진료실 밖으로 나온 아내는 참았던 울음을 터뜨렸습니다. 나는 이상하게도 마음이 편안했습니다.

'수술 후에 전신마비가 올 수도 있어서 평생 누워서 지낼 수도 있다.' 이런 것을 알고 수술을 받겠다고 결정하는 것은 정말 어려웠습니다. 삶의 질이 나빠지더라도 수술하고 생명을 다소 연장할 것이냐, 아니면 현재 삶의 질을 유지하고 생명 연장을 포기할 것이냐. 딜레마에 빠졌습니다. 수술 후의 삶의 질 문제는 가족에게도 중요하지만, 환자인 내게는 더더욱 중요했습니다.

"수술하는 시점이 투병의 시작이고, 투병 과정 또한 고난의 연속일 겁니다."

교수님은 이점을 강조하였는데, 아마 여러 가지 수술 후유증을 의미한 것 같았습니다. 그러나 나는 심각하게 인지하지는 못했습니다. 수술을 받기로 결정한 후, 나는 전투장에 밀려 들어온 병사 같았습니다.

"하고 싶은 거 다 하고, 가고 싶은데 다 가 보고, 할 것 다 하고 이제 됐다 싶으면 수술받으러 오세요."

이규성 교수팀의 전문의가 내게 이렇게 권했습니다만, 이 말이 무슨 뜻인지 몰랐습니다. 내가 받을 수술에 대해 잘 몰랐기 때문에 담담할 수 있었던 것일지도 모릅니다.

대학교 생활을 정리하기 시작했습니다. 맡고 있던 업무도 정리하고, 담당하고 있던 강의도 12월 중순까지 힘겹게 마무리 지었습니다.

입원 전날, 네 살 먹은 아들에게 "아빠가 외국에 출장 간다. 돌아올 때 장난감 많이 사 올게." 확신할 수 없는 약속을 했습니다. 문득 '내가 잘못된다면, 저 녀석은 어떻게 살아가려나? 아내와 함께 잘 살아 가려나……' 쓸데없는 생각도 들었습니다.

2014년 1월 13일에 입원을 하고 여러 가지 검사를 받았습니다. 이 기간에 병원 본관 3층 원목실에 가서 많은 위로를 받았습니다. 이곳의 정명희 목사님이 내 병실에 자주 오시고, 내가 출석하는 교회 담임목사님과 여러분들도 오셔서 기도해 주었습니다. 이 기도 덕분에 나는 많은 위로를 받았고 큰 힘을 얻었습니다.

입원한 지 10일째 되는 날, 수술 날짜가 정해졌습니다. 24시간 이상 하는 대수술이라고 했습니다. 내 종양은 신경외과 명의도 1년에 한 번 볼까 말까 한 희귀한 종양이고, 매우 위험한 종양이라는 말을 들었습니다. 가족 모두 걱정을 많이 했고 기도했습니다. 나는 이상하게도 담담했습니다.

1월 22일 아침 7시 30분에 수술실에 들어갔습니다. 수술 대기실에서 정명희 목사님을 또 만났습니다. 목사님은 일부러 새벽부터 와서 나를 기다렸다고 했습니다. 정 목사님은 많은 위로와 격려를 해주시고 기도를 해주셨습니다. 덕분에 나는 편안하게 마취에 들어갔습니다.

　24시간 마취 예정이었는데, 나는 거의 한 달 반 동안 마취와 수면 상태로 있었습니다. 24시간 동안 뇌종양을 수술하고 그 후 척추 종양을 수술하는 게 계획이었습니다. 그런데 뇌종양 수술을 마친 후 내게 심장 정지가 일어났다고 합니다. 그래서 심장을 다시 뛰게 하고 나서, 수술을 중단하고 나를 마취와 수면 상태로 있게 했답니다. 나는 마취와 수면 상태에서 네 차례 더 큰 수술을 받았습니다. 처음 마취 이후 한 달 반 동안은 내 기억이 없으므로 가족이 적어놓은 병상일지에서 중요한 부분을 여기에 옮겨 적습니다.

- 1월 22일. 총 20여 시간의 뇌종양 적출 후, 목척추 수술 때 심장정지가 일어나서 수술은 정지되고, 중환자실로 옮겨서 움직임을 최소화하기 위하여 수면제 투입, 1월 29일까지 잠을 자다. 이 기간에 옆구리에 출혈이 생겨 수혈을 받다.
- 1월 29일 07:30-13:50. 다시 목척추 수술을 받았고 수술은 잘되었다. 감염 시 재수술이 불가피하다고 설명을 듣다. 중환자실로 이동 후 발열이 지속되어 발열 균에 따른 항생제를 투여 받다.
- 2월 2일. 수술 상처 부위와 혈액에서 내성균 발견, 독한 약의 투여가 불가피한 상황으로 독한 항생제 투여를 시작하다. 콩팥 기능에 이상

이 올 수 있는데, 혈액 투석으로 대체하는 것도 위험할 수 있다고 경고를 받다.

- 2월 4일. 여전히 수면 상태인데 열이 37.8도까지 올라 항생제를 한 가지 더 추가하다. 2주 이상 인공호흡기를 차고 있었으므로 위험하여 기관절개술이 필요하고 염증으로 인한 뇌부종으로 수두증이 생겨 18:50 수술실에 입장하여 20:10까지 수술을 받다.
- 균이 뇌 속에도 있고, 패혈증도 겹쳐서 환자의 체력과 면역력이 떨어지면 위급한 상황이 올 수 있다고 하다. 뇌에 관 삽입 후 그곳을 통해 약물을 투여하여 뇌압을 조절함으로 염증 수치를 떨어뜨리다.
- 2월 18일. 배액술 + 감염부위 절제 + 기관 절개 수술을 동시에 받다.
- 3월 4일. 3번째 뇌실천정배액술 수술을 받다.
- 3월 19일. 뇌실복강단락술 수술을 받다.

이 기간 동안 하나님은 사망의 골짜기에 있는 나를 붙잡고 보듬고, 기운 내게 해서 다시 살리신 것입니다.

그런데 다시 살게 된 나는 수술 후 너무 힘들었습니다. 먹는 것, 움직이는 것, 대소변 보는 것 등, 혼자 할 수 있는 게 하나도 없었습니다. 특히 중환자실에 있었던 두 달이 가장 힘들었습니다. 이때는 사람대접을 받지 못했던 것 같습니다. 벌거벗은 몸뚱이를 젊은 간호사들에게 보여야 하고, 수십 개의 바늘이 팔과 다리를 뚫어대고, 음식을 섭취할 수 없으니 플라

스틱 관을 코에 삽입하여 알 수 없는 액체를 위에 투입했습니다.

수술 후 고통으로 신음하는 환자들의 뒤척임과 욕설 등, 참기 힘든 것이 많았습니다. 나중엔 여기가 중환자실인지 정신병동인지 구분이 되지 않았습니다. 일반 병실로 옮겨가는 날만 기다리며 견뎌냈습니다. 이때 정명희목사님이 직접 써서 주사대 위에 붙여주신 성경 말씀을 보며 힘을 냈습니다.

나는 입원해서 두 달도 넘어서 일반 병실로 올 수 있었습니다. 그러나 수술 후유증 때문에 힘들었습니다. 제일 힘들었던 것은 연하장애嚥下障碍: 무언가를 삼키기가 어려워지는 증상였습니다. 그래서 이것을 우선해서 재활치료를 했지만 효과가 없었습니다.

연하장애를 치료하기 위해 이비인후과에 협진을 했는데, 목척추 수술을 받은 나는 평생 콧줄로 먹어야 한다는 말을 듣고 엄청 충격을 받았습니다. '수술로 살아났지만 어떻게 평생 콧줄로 식사를 하면서 살 수 있나요?'

그러나 곧 이비인후과 수술을 받게 되었고 수술하고 나서 연하기능이 호전되고 목소리도 어느 정도 나왔습니다.

수술을 위해 입원을 한 지 거의 4개월이 되어서야 퇴원할 수 있었습니다. 뇌와 척추의 종양 수술은 잘되었지만, 종양이 남아 있어서 방사선 치료를 받았습니다.

방사선 치료를 마치고 지방에 있는 부모님 댁에서 요양했습니다. 부모님의 보살핌과 친척분들의 기도와 격려로 나는 조금씩 회복하기 시작했습니다. 연하 문제와 발성 문제도 조금씩 개선이 되어 나중에는 고기도 삼킬 수 있게 되었고, 큰 목소리는 아니지만 작은 목소리로 내 의사를 전달할 수 있게 되었습니다.

그러나 목소리는 상대방이 알아들을 수 없고, 그 상태는 크게 개선될 거라고는 기대하지 않았습니다. 강의는 불가능할 것 같았고, 병치레하면서 남은 인생을 보낼 수도 있는 상황이었습니다. 내 몸이 얼마나 회복될지 예측할 수 없어서 대학교를 퇴직했습니다.

사실 병이 나고 제일 힘들었던 것은 병 자체가 아니고, 앞날에 대한 두려움이었습니다. 내 병을 가지고는 정상적인 사회생활이 불가능하다고 했기 때문입니다. 그렇지만 이상하게도 마음은 편안했습니다. 내심 무언가 잘 될 것이라는 안도감도 들었습니다.

4, 5개월 동안, 부모님 댁에서의 요양을 마치고, 서울 집으로 돌아왔습니다. 집 주변을 산책하고 다시 운전도 할 수 있게 되었습니다. 아이는 아빠가 집에 항상 있으니 좋아하더군요. 아이와 여러 곳을 여행했습니다. 이런 시간이 언제 다시 올지 장담할 수 없었습니다. 그런데 시간이 지나면서 음성 장애와 연하장애는 호전되고 체력도 좋아졌습니다.

마침 전에 근무하던 대학교 교수님이 내게 연락을 하였습니다. 내 전공 분야의 기술 개발 업무를 해 줄 사람을 찾고 있다며, 나의 건강 상태를 물었습니다. 나도 마침 일거리를 찾던 중이었으므로 좋다고 했습니다. 그래서 나는 일자리를 얻고 다시 직장생활을 하게 되었습니다. 이게 우연이었을까요? 난 하나님의 뜻이라고 여깁니다.

나는 내 병을 알고부터 지금까지 마음에 큰 동요가 없었습니다. '나 혼자만의 힘으로 이겨낼 수 있는 병이 아니다. 그렇다면 믿고 의지하고 결정을 기다리자. 모든 것이 하나님의 뜻일 것이다. 하나님은 나의 앞날을 알고 계시지만 내게 말을 안 해 주실 뿐이다. 그렇다면 그냥 순응하자.' 이렇게 편안한 마음으로 지금까지 지냈습니다.

내가 병에서 낫길 바라는 많은 분들이 기도해주었습니다. 우리의 기도를 하나님이 받아주셔서 내가 살아나게 된 겁니다.

"하나님, 우리의 기도를 들어주셔서 감사합니다. 그리고 저를 위해 기도해주신 모든 분들, 고맙습니다."

그러나 수술 후는 외로움과 좌절의 연속이었습니다. 이 난관을 뚫고 나올 수 있었던 것은 가족과 모든 분들의 사랑 덕분이었습니다. 이보다 더 중요한 것은 내가 죽을 병 가운데 있고, 외롭고 좌절할 때, 나보다 더 아파하시며 울고 계셨던 예수님의 사랑입니다.

나는 운이 좋은 사람이었습니다. 하나님은 나에게 복을 많이 주셨습니다. 나에게 깊은 관심을 갖고 사랑해주는 분들이 많다는 것을 투병하면서 다시 확인했습니다. 모든 것이 감사할 뿐입니다. 나를 위해 기도해주신 모든 분들에게 보답하고 싶습니다. 내가 받은 기도와 사랑을 어떠한 형식으로든 보답하겠습니다.

나는 세례 교인이었지만 하나님에 대해 깊이 생각하거나 성경을 마음으로 받아들이진 않았었습니다. 성경을 이야기하고 기독교인이라고 하는 일부 지도층 인사들에게 실망한 탓이 클 겁니다. 저들의 행위는 주님이 원하는 모습이 아니라고 생각했었습니다. 저들은 하나님을 믿고 의지해서 잘되었다고 합니다. 저들이 잘 된 것은 무수히 많은 사람들의 도움으로 얻게 된, 부와 지위와 권력 때문입니다. 그런데 저들은 그걸 모르

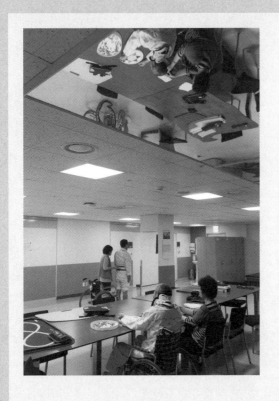

수술 후는 외로움과 좌절의 연속이었습니다.
이 난관을 뚫고 나올 수 있었던 것은 가족과 모든 분들의 사랑 덕분이었습니다.
이보다 더 중요한 것은 내가 죽을 병 가운데 있고, 외롭고 좌절할 때,
나보다 더 아파하시며 울고 계셨던 예수님의 사랑입니다.

고 오만하고 악하게 굴었습니다. 나의 하나님은 항상 어려운 이들을 보살피고 따뜻하게 품고 누구에게나 공평한 분입니다.

나는 이번에 아프면서 비로소 하나님을 만났습니다. 하나님은 내 가족, 친척들, 담임목사님과 모든 교인들을 통해 나와 만나주셨습니다. 하나님은 내게 무한한 사랑을 주셨습니다. 이 사랑을 병원 의료진과 병원 원목실의 목사님을 통해 보여주셨습니다. 하나님은 내게 눈물을 주셨고, 마음을 움직이게 하셨고, 감사할 줄 아는 마음을 주셨습니다. 무엇보다 내게 생명을 다시 주셨습니다.

이런 하나님께 나는 무엇을 드려야 할까요? 수술 전보다 떨어진 삶의 질이지만 이것에 만족하고 감사하며 하나님께 성심을 다해 살려고 합니다. 그리고 또 다른 누군가에게 하나님과 그의 말씀을, 내 삶을 통해서 전하려고 합니다.

. . . . .

이 글을 쓴 이도현 박사는 대학교에서 가르치다가 병으로 퇴직했지만, 지금은 새 직장에서 전공 분야의 개발 업무를 맡아 근무하고 있습니다.

소망이
저를 살렸어요

양점례

"살아온 날들을 뒤돌아보니 모두 하나님의 은혜라!"

초등학교 때 교회 주일학교에 간 게, 내가 교회에 다니게 된 처음이었습니다. 크리스마스 성극 연습을 하고 늦게 끝나면 주일학교 선생님이 집에 바래다주었습니다. 이후 예수님을 까맣게 잊어버리고 살다가 결혼하고 두 아들을 낳고 키울 때 다시 교회에 나갔습니다. 한동네에 살던 이웃분이 나를 교회에 인도했습니다.

한 아들은 손을 잡고 한 아들은 업고 교회를 다니며 옛날 꼬마 때의 그 기쁨을 느꼈습니다. 이때부터 하나님이 손잡아 주신 사랑과 은혜가 지금 이글을 쓰게 된 연유입니다.

내가 살아온 날들을 뒤돌아보니 얼마나 힘난하게 살아온 세월인지 모릅니다. 내 삶은 평탄하지 않았습니다. 모든 엄마는 자식 때문에 살아가지 않습니까? 나에게도 두 아들이 있습니다. 우여곡절이 있어서 나는 남편과 헤어져서 혼자 두 아들을 키웠습니다. 이 아들들을 키우기에 바빠서 주위를 돌아볼 새가 없었습니다.

재산도 없고 도움을 받을 친척도 없이, 나 혼자 아이 둘을 키우는 것은 정말 힘들었습니다. 나는 남들이 알아주든지 말든지 상관없이 앞만 보고 열심히 달렸습니다. 이것저것 안 해 본 일이 없었습니다. 나의 고생한 이야기를 글로 쓰면 책이 열권도 넘을 겁니다. 그 힘든 시간을 어찌 살아왔을까? 모든 고생은 지나가는 것이라고 생각하며 살았습니다. 온갖 고생을 하면서 열심히 살아왔는데, 내가 덜컥 병이 나니 충격은 이루 말할 수 없었습니다.

나는 남편과 헤어지기 전에는 집에서 살림만 하던 전업주부였습니다. 남편이 하는 가게 카운터를 보던 게, 내가 해 봤던 일의 전부입니다. 남편과 헤어진 후 파출부 일을 했습니다. 살림만 하던 내가 할 수 있는 건 이것뿐이었습니다. 파출부 일을 오래 하다가, 파출부보다 요양 간병인이 좀 더 시간 여유가 있는 것 같아서 자격증을 따고 일을 시작했습니다.

그런데 간병하는 일이 너무 힘들었는지, 몸에 기운이 빠지기 시작했습니다. 몸이 너무 고단하고, 기운이 없어서 종합검진을 해보려고 예약했습니다. 그때 아래에서 뭐가 비치기 시작했습니다. 동네 할머니들에게 이야기 했더니, 기운이 소생하는 징조라고 웃으셨습니다. 그래도 어쩐지 께름칙해서 산부인과에 예약을 하고 검사를 했습니다.

'자궁내막암'이라는 말을 의사가 했지만 긴가민가했습니다. 검사를 했던 의사는 아무래도 중한 암인 것 같다고 입원을 권했습니다.

'설마 나한테 암이…….' 아무 생각이 나지 않았습니다. 입원하여 검사 받으면서 같은 병실을 쓰는 환자들과 이야기를 나누었습니다. 그분들과 이야기하면서 나는 조금 숨통이 틔었습니다. 그분들은 나보다 먼저 검사를 받고 치료를 받는 중이었습니다.

"괜찮아 우리는 더 심하였는데 뭘 그리 놀라? 치료하면서 우리랑 같이 지내면 돼."

전혀 모르는 분들이었지만 금세 가까워졌고 그분들은 나를 동생처럼 챙겨줬습니다. 걱정하지 말고 의사를 믿고 치료를 받으라고 힘을 주었습니다. 그렇지만 순간순간 '내가 암에 걸리다니, 내가 여기까지 왔나' 하는 생각에 아무것도 손에 잡히지 않았습니다.

그래도 아들들을 대학 졸업시키고 병을 얻어서 그나마 '천만다행'이라고, 나 스스로를 위안했습니다. 검사를 하는 동안 핏줄이 타는 것 같았습니다. 이때의 심정은 말로 다 할 수 없습니다.

애초에 병을 발견한 것은 2008년 1월, 자궁내막암 1기 진단이었습니다. 2월에 수술을 받고 항암치료를 하면 아무 문제가 없을 줄 알았습니다. 그런데 이해 10월 대장암으로 다시 수술을 받았습니다. 그리고 재발하여 매년 한 차례씩 수술을 받았습니다. 대장암 수술을 세 번 받았고, 장루요루 수술도 받았습니다. 수술을 한 번 더 해서 모두 다섯 번의 대수술을 받았습니다. 이 모든 것을 이기고 한 걸음씩 걸어가는 동안 2년의 세월이 흘렀습니다.

이 글을 쓰면서 다시 생각하는 건, '내가 어찌 이 캄캄한 터널을 걸어 나왔을까' 하는 것입니다. 그 힘든 시간에 내가 하나님을 믿지 않았다면 어떠한 모습이었을까? 지금 내가 살아있는 것은 하나님을 전적으로 믿고 의지했기 때문입니다. 그저 감사하다는 말 밖에는 다른 할 말이 없습니다. 더욱이 하나님은 나의 두 아들이 잘 자라도록 붙들어 주셨습니다. 내가 힘들 때 옆에서 잠을 자고 일어나는 그 아이들을 보는 것은 벅찬 기쁨이고, 삶의 희망이었습니다. 그들을 보면서 어려운 삶을 헤쳐나갈 힘을 얻었습니다.

2015년에 다시 장천공 수술을 했습니다. 그러나 수술부위가 낫지 않아서 두 번 더 수술을 했습니다. 힘든 투병 중에서도 가장 힘들었던 때였던 것 같습니다. 이러는 중에 나는 '이제 다시는 이 땅에서 살지 못하겠구나' 하는 생각이 들었습니다. 너무 힘들었습니다. 사람을 못 알아보고, 열은 내리지 않고, 뒤로 모든 배설물이 흘러나왔습니다. 죽기 직전에 몸부림치는 짐승이 내 꼴이었을 것입니다. 도저히 사람이라고 할 수 없는 몰골이었습니다.

장루요루를 달고 퇴원했습니다. 끔찍한 내 몰골을 보고 모두 고개를 돌렸습니다. 이런 비참한 몰골은 나도 감당할 수 없었습니다. 정말로 하나님을 원망했습니다. '왜 하나님은 날 이렇게까지 하셔야 하나, 나는 이렇게 인생을 끝내야 하는가? 이제까지 얼마나 열심히 살아왔는데, 내가 얼마나 죄를 많이 지었기에 이렇게까지 나를 힘들게 하시는지, 어째서

내가 어찌 이 캄캄한 터널을 걸어 나왔을까?
그 힘든 시간에 내가 하나님을 믿지 않았다면 어떠한 모습이었을까?
지금 내가 살아있는 것은 하나님을 전적으로 믿고 의지했기 때문입니다.

나를 버려지 같이 만드신 것인지……' 이런 원망으로 마음이 찢어질 듯 아팠습니다.

하나님을 원망할 정도로 못 견디게 아프고 힘들었는데도, 다 지나고 나니 다시 살게 되네요. 길고 길었던 아픔의 시간을 어찌 다 말로 표현할 수 있을까요?

2015년 3월 연거푸 두 번 수술을 받았습니다. 이때는 아무도 알아보지 못하고 그냥 깡마른 해골이었습니다. 이런데도 허기가 느껴졌습니다. 너무 배가 고팠습니다.

두 번 수술 받고 나니 몸은 삐쩍 말라 해골 같고, 기력은 없고, 눈은 안 보이고, 아무것도 들리지 않았습니다. '내가 이렇게 살아야 하나' 하는 마음이 들자 엄청 슬펐습니다. 하나님께 이렇게 기도했습니다.

"하나님 저를 좀 데리고 가세요. 너무너무 힘들어요."

하나님께 가고 싶은 마음뿐이었습니다. 혼자 침대에서 울고 또 울었습니다. 펑펑 눈물만 났습니다. '무엇을 어떻게 해야 하나님이 나를 데리고 가실까. 울면 데리고 가실까?' 나는 울면서 하나님께 매달렸습니다. 제발 나를 고통에서 해방시켜 달라고 울고 또 울었습니다.

내가 이러는 중에 교회에서 여러분들이 중보기도를 했다고 합니다. 교회 성도들이 나를 찾아오면 무언지 모를 힘이 났습니다. '버티자, 버틸 수 있다. 하나님을 원망하지 말자' 하는 마음이 들기 시작했습니다. 어떤 힘에 이끌려 참게 되었습니다. 병원에 있는 전도사님들의 심방도 많이 받았습니다. 그리고 나를 위해 중보기도 하는 모든 성도들의 기도가 몸으로 느껴졌습니다. 마음도 추슬러지고 담대해졌습니다. '그래, 이기고 살자.'

비로소 병마와 씨름하는 모든 사람들이 눈에 들어오기 시작했습니다. 병을 이기려는 분들과 내가 한곳에 있다는 것을 깨닫고, 나도 병과 싸워 나가기 시작했습니다. 투병하는 내 모습을 보고 그분들도 기적이라고 여기고 기운을 내길 바랐습니다. '제가 이러는 거, 기적인 것 잘 아시죠? 그러니 여러분도 더 힘을 내서 싸우세요.' 나는 그들을 응원하기 위해 투병했고 함께 싸워 이겼습니다.

병마에 굴복하려는 유혹과 싸우는 동안에, 내게 희망을 준 것이 있었습니다. 살고 싶고 살아야 할 목적이 생겼습니다. 작은 아들이 결혼을 해서 어미에게 기쁨을 주고 싶어 했습니다. 작은 아들이 결혼을 한다니 '손자를 내 눈으로 봐야지' 하는 생각에 힘이 생겼습니다.

아들의 결혼으로 며느리를 보게 되는 것이 그렇게 흐뭇하고 기쁠 수가 없었습니다. 너무 좋았습니다. 우리 집에 식구가 한 명 더 생긴다니! 이 기쁨이 나의 몸과 마음에 활력을 불러일으켰습니다. 오뚝이가 따로 없었습니다. 아들이 효자였는데, 좋은 며느리를 맞게 되니 나는 참 복이 많다고 느꼈습니다. '내가 복이 있구나!' 복을 아들에게도 내려달라고 기도했습니다. 며느리가 내 아들과 함께 살아준다니 이보다 더 큰 축복이 어디 있을까?

힘든 수술을 받고 나서 몸 상태는 최악이었습니다. '너무 아파서 앞으로 더 이상 살 수 없겠구나' 하는 마음이 들었습니다. 이때 작은아들이 며느리의 임신소식을 알려왔습니다. 이 소식을 듣고 나는 기뻐하며, 건강한 손자가 태어나길 기도하고 출산 날을 기다리며 하루하루를 견뎌냈습니다. 2015년 3월, 입원 후 제일 몸 상태가 밑바닥이었지만, 손자를 기대하니까 에너지는 '만땅'이었습니다. 고통의 순간을 견딜 수 있었던 것도 이 때문이었습니다.

손자가 태어난다는 기쁨은 말로 다 할 수 없었습니다. 모든 시름이 다 사라지고 마음이 그렇게 평안할 수가 없었습니다. 태어날 손자의 사진을 받아 보니 살아야 하는 이유가 더 확실해졌습니다. '그래, 최선을 다해서 살아가자. 하나님이 나에게 준 시간이 지금 이 순간이라면 지금 이 순간을 가장 소중하게 생각하자' 하는 마음이 들었습니다. 얼마나 기쁘고 또 기쁜지 찬양을 하지 않을 수 없었습니다.

4월 말쯤에 병상에서 손주가 아들이라는 말을 듣고, 내 병은 잊은 듯이 평안하고 기뻤습니다. 이런 마음으로 병을 잘 이겨냈습니다. 며느리도 잘하고 아들도 잘 하니, 나는 참 복이 많은 사람입니다. 손자를 직접 눈으로 보니, 더 실감이 났습니다. 모든 사람과 사물이 아름다워 보이고, 힘이 솟는 것 같았습니다.

이 글을 쓰면서 기억나는 일이 더 있습니다. 이건 아주 신기한 일입니다. 2014년 8월에 의사 선생님은 "이젠 모든 치료가 우리의 손을 떠났다"라고 하였습니다. 더 손을 써 볼 수가 없다는 것입니다. 앞으로 통증은 더 심해질 테니 단단히 마음먹고 대비하라고 했습니다. '세상에 얼마나 심한 통증이면 의사들이 이리 예고를 할까?' 그간의 통증도 굉장했는데 얼마나 더 심한 통증이 오기에 이러나 싶어 겁이 났습니다.

그래서 기도 제목을 '통증 없애기'로 정하고 간구했습니다. 가족, 교인들 그리고 모든 이들에게 이를 위해 기도해 달라고 부탁했습니다. 기도한 결과, 통증이 없어졌습니다. 6개월이 지나면 극심한 통증이 몰려올 것이라고 의료진은 말했지만 통증은 없었습니다. 지금까지도 통증은 전혀 없습니다. 신기합니다. 이 중보기도를 하나님이 들어주신 겁니다. 하나님의 은혜는 말로 다 고백하고 표현할 수 없습니다.

그런데 나는 지난 5월 15일, 다시 세브란스병원에 입원해서 수술을 받았습니다. 장천공을 막는 수술이었습니다. 이 수술은 첫 번째 수술에 실패해서 두 번째 받는 수술이었습니다. 은혜 가운데 수술은 성공했고, 세브란스병원을 퇴원해서 춘천에 있는 호스피스 병원에 한동안 입원해 있다가 최근 집에 돌아왔습니다. 손자는 이제 5개월째인데 매주 주말마다 아들 내외가 데리고 옵니다. 그렇게 예쁠 수가 없습니다. 가까이 산다면 매일 보고 싶습니다.

이 글을 쓰느라고 돌이켜 보니 나의 삶은 숨 가빴고 아팠습니다. 그러나 하나님께서 나와 함께 계셔서 외롭지 않았습니다. 이제는 더 이상 아프지 않으리라 믿고 기도합니다. 모든 미련도 버리고 하나님께 더 가까이 가려고 합니다. 하나님과 교회를 섬기고 열심히 신앙생활을 하다가 떠나고 싶습니다.

내 건강이 회복되어서 다시 어떤 일을 하게 된다면 옛날보다 더 열심히 하겠습니다. 이제 큰아들도 결혼하는 것을 보고 싶습니다.

세브란스병원에서 받았던 은혜와 은총이 앞으로 살아가는 데 큰 힘이 될 것입니다. 세브란스병원의 의사 선생님과 모든 선생님들 그리고 원목실 목사님과 전도사님 감사합니다.

▪ ▪ ▪ ▪ ▪

글쓴이, 양점례님은 올해 66세의 교회 권사입니다.

감사합니다

양은진

"감-사합니다. 감-사합니다."

TV 프로그램에서 명절 인사를 하는데 특이했습니다. 한때 유행했던 이 말에 리듬을 실어 뒷말을 이어 붙여서 감사 인사를 하고 있었습니다. 나도 덩달아 '감사합니다'에 뒷말을 이어 붙여서 감사한 것들을 나열해보았습니다. 이렇게 나열하다 보니 목이 메었습니다. 목이 메서 좁아진 목구멍으로도 감사의 말을 이어갈 수 있었습니다. 감사는 끝이 없었습니다.

"이렇게 건강해서 오늘 저녁, 가족을 위해 밥을 지을 수 있어서 감사합니다."

암을 진단받은 지 1년 반이 되었고 며칠 전부터는 다시 일도 시작했습니다.

둘째를 낳고 몸조리하기도 조마조마했습니다. 치과에 남편이 근무하고 있으니까, 좀 더 쉬어도 되는데 나는 출산 보름 만에 일을 시작했습니다. 일이 좋기도 했지만, 나의 사명이라 여겼기 때문이었습니다. 일이 곧 '나 자신'일 때도 있었습니다. 한마디로 일 중독자였습니다.

세브란스병원 주치의, 장 교수님은 정기검진을 가면 항상 일을 다시 시작했는지 물어보았습니다. 처음엔 내가 어련히 알아서 할 일을, 왜 자꾸 물어보실까 했는데 이제는 알 것 같습니다. 내가 예전처럼, 아프기 전의 생활로 돌아갈 수 있는데 미적거리면서 환자로 살고 있는 것이 걱정돼서 그랬던 것입니다.

청춘을 바쳐 공부한 덕분에 나는 다시 내 일자리로 돌아갈 수 있었습니다. 학창시절 어려운 과정을 참고 견딜 수 있었던 힘과, 내 일을 자랑스럽게 할 수 있는 능력은 모두 하나님이 주신 큰 은총입니다.

처음 뇌종양 진단을 받고 '내가 왜 이 병에 걸렸을까?' 하는 생각에 빠져 살았습니다. '혹시 머리를 너무 많이 써서 그런가?' 하다가 '내 머리 용량보다 더 많은 걸 우격다짐으로 집어넣어서? 내가 치의학 공부를 하느라, 시詩를 공부하느라, 뇌에 과부하가 걸린 건 아닐까?' 온갖 생각이 다 들었습니다.

나는 치과의사입니다. 처음 뇌종양 진단을 받고, 치대 모교 지도 교수님을 통해 이 분야의 대가, 일명 명의를 소개받았습니다. 하지만 내 경우는 각성수술이 필요하다고 해서, 곧 신촌 세브란스병원 교수님에게 진료받도록 전원되었습니다. 내가 의사라서 받을 수 있는 혜택은 여기까지였습니다.

CT와 MRI를 통해 유추된 병명이 나오고, 악성이라는 얘기에 병원 벤치에 털썩 주저앉아 울었습니다. 나는 그저 평범한 일개 환자일 뿐이었습니다. 곧바로 집에 와서는 인터넷의 바다에서 무시무시한 얘기들을 검색해 냈습니다. 그리고는 좌절해서 벌벌 떨며 남편에게 매달려 살려달라고 애원했습니다. 이때 나는 더 이상 의사가 아니고 한 여자이고 환자였을 뿐입니다. 저절로 눈물이 주르륵 흘렀습니다.

주치의로 세브란스병원 장 교수님을 만났고, 나는 그에게 매달렸습니다.

"5년만 더 살게 해 주세요."

"왜 5년만 살죠?"

교수님은 단호하게 나를 꾸짖었습니다. 인터넷의 정보들은 아무래도 시간이 흐른 것들이므로 다시는 찾아보지 말라고 하면서, 하루가 다르게 좋은 치료법이 개발되고 있으니, 잘 치료받으면 오래 살 수 있다고 하였습니다. 정신 줄을 놓고 있던 나는 이 꾸지람에 정신이 번쩍 들었습니다. 다른 곳에는 가 볼 필요도 없이 이 교수님께 매달려야 살 수 있겠다는 확신이 들었습니다. 그래서 다른 병원들의 진료 예약을 모두 취소했습니다.

수술 날짜를 받고 그간 의심하고 부정하던 내 병 상태를 받아들이고, 치료를 잘 받겠다고 결심했습니다. 나는 오로지 잘 먹고 운동하며 수술을 잘 받기 위한 몸을 만드는 데에 전력을 기울였습니다.

나는 연년생 아들 둘을 키우는 직장맘이었습니다. 야간진료까지 하는 와중에도 나는 내가 하고 싶은 것들을 하곤 했습니다. 일주일에 2~3회 오전 오프를 이용해서 다도와 궁중요리를 배웠습니다. 점심시간에는 점심을 먹는 대신, 영어회화 강의를 듣고 책을 읽고 글을 썼습니다. 낮잠을 자는 직원들을 보면 한심한 생각이 들었습니다. '이렇게 귀한 시간에 낮잠을 자다니……' 저들의 건강이 무엇에서 비롯되는 것인지 나는 이해하려고 하지 않았습니다.

아이들의 학교생활에도 욕심을 냈고, 반장 엄마 역할을 다하기 위해 동분서주했습니다. 그리고 맞벌이 엄마라는 흠을 잡히는 게 싫어서 아이들의 교육과 인성에도 엄청 신경을 썼습니다. 이렇게 사는 것이 너무 힘들어서 한번은 나의 인생 멘토인 친정어머니에게 여쭤보았습니다.

"일, 아이들 그리고 내가 하고 싶은 일 중에 하나만 포기해야 한다면 뭘 놓아야 해요?"

어머니는 내가 하고 싶은 일들을 포기하라고 했습니다. "치과 일은 너의 십 대와 이십 대를 바쳐서 준비한 것이고, 아이들은 다 때가 있는 것이다. 네가 하고 싶은 거는 아이들 다 키운 후에, 더 나이 들어서도 할 수 있다"고 하였습니다. '내가 바쁘고 꽉 짜인 일정을 살아낼 수 있는 것은 내가 하고 싶은 것들을 하면서 받는 에너지로 사는 건데, 이것을 그만두어야 한다니……' 그래서 나는 그 어느 것 하나 놓지 못하고, 그 대신 식사와 잠을 포기했던 겁니다. 이게 하나님이 보시기에 참 딱하셨나 봅니다. '이 녀석에게 브레이크를 걸어야겠는데 어떻게 할까?' 웬만한 걸로는 내가 쉬지 않을 테니 큼지막한 병으로 나를 주저앉히신 것 같았습니다.

암 진단을 받고 제일 먼저 손을 놓은 것은 제1순위였던 '일'이었습니다. 부부 치과라서 나 아니면 안 될 줄 알았는데 남편이 내 몫까지 잘해냈습니다. 10년 동안 살았던 동네 이웃들이 반찬이며 아이들 겨울옷까지 날라다 주며 도와주었습니다. 그런데 나는 그곳이 싫어서 도망치듯이사를 했습니다. 새 동네로 이사 온 지 1년이 넘었는데 그곳 사람들이생각나고 친정처럼 그립습니다.

이렇게 치과 일도 놓고, 아이들 돌보기도 남편에게 미루니 내가 할 일은 오로지 병을 이겨내는 것뿐이었습니다. 무엇이든 열심히 하는 내 장점은 이때도 빛을 발했습니다. 최선을 다해 수술받을 준비를 했습니다. 감기에 걸리지 않게 최대한 조심했습니다. 감기에 걸리면 예정된 수술날짜에 수술을 받을 수 없기 때문입니다. 운동하고 밥 먹는 시간 이외에는 틈나는 대로 기도를 했습니다. 운전석 대신, 차 뒷자리에 앉아서 지나는 길들을 보면서 나 자신과 끊임없이 대화하고 하나님을 찾았습니다. 그리고 내가 아는 모든 이들에게, 심지어 모르는 이에게도 나를 위해 기도해 달라고 부탁했습니다.

나는 내가 받는 수술이 얼마나 큰 수술이고, 수술 후에 어떤 부작용들이 있는지 모르고 수술 날을 맞았습니다. 이것은 남편의 의도된 배려였습니다. 그간 두렵지는 않았는데 막상 수술 날이 닥치자, 엄청 긴장되고 무서웠습니다. 나는 '주의 기도'를 중얼거리며 수술 방으로 들어갔습니다.

"두려워 말라, 내가 너와 함께 함이라."

수술 대기실로 들어가는 복도 천정에 이 성구가 쓰여 있었는데, 나는 이 말을 계속 되뇌었습니다. 주님이 나와 함께 계시다는 믿음으로. 내가 수술 후에 부작용에 시달리는 환자가 되리란 생각은 한 번도 하지 않았습니다. 걱정하는 가족들을 뒤로하고 씩씩하게 수술실로 들어갔습니다.

그런데 막상 들어가서 혼자 침대에 누워서 대기하는데 너무나 무서웠습니다. 보호자도 없이 정말 혼자가 되는 때가 수술 들어가기 직전이었습니다. 계속 주기도문을 읊조리며 기도했지만 여전히 두려웠습니다.

이때 수술 환자들의 침대마다 와서 기도를 해주는 분이 있었습니다. 나중에 알고 보니 세브란스병원의 목사님이었습니다. 내 기도 순서가 안 돌아오면 어쩌나 싶어서 목사님이 다른 분들을 위해 기도할 때 그 기도를 열심히 따라서 같이 했습니다. 다행히 목사님은 내게도 와서 따뜻한 말로 격려와 기도를 해주었습니다. 나는 편안한 마음으로 수술실로 들어갔습니다. 정말 주님이 내 곁을 지켜주시는 것 같았습니다.

부작용 없이 깨어났습니다. 중환자실에서 얼마나 있었는지, 내가 어땠는지는 기억이 나지 않습니다. 먹는 것은 너무 고통스러웠습니다. 수술받고 힘들었지만 전처럼 걸어 다닐 수 있고, 들을 수 있고, 말할 수 있고, 볼 수 있어서 너무 좋았습니다. 수술 전과 같은 신체 상태로 돌아온 것입니다.

암환자는 5단계의 심리 상태를 거친다고 합니다. 부정-분노-타협-우울-수용. 나도 이 다섯 단계를 고스란히 밟았습니다. 환경 호르몬이 걱정되어 린스도 쓰지 않았고, 전자파를 염려해서 드라이어로 머리카락도 말리지 않았습니다. 나름대로 하늘을 우러러 부끄럼 없이 살았는데, 왜 나인가 싶어서 많이 울었습니다. 가까운 사람들과 얘기할 때면 목소

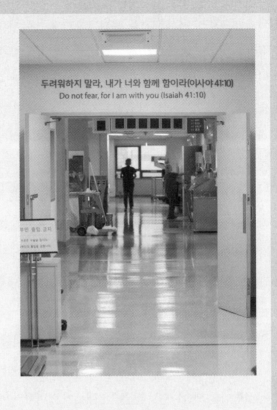

"두려워 말라, 내가 너와 함께 함이라."
수술 대기실로 들어가는 복도 천정에 이 성구가 쓰여 있었는데,
나는 이 말을 계속 되뇌었습니다. 주님이 나와 함께 계시다는 믿음으로.

리는 주체할 수 없이 떨렸고, 곧이어 통곡을 하곤 했습니다. 그래서 누가 전화로 내 안부를 물으면, 구석진 곳을 찾아가서 전화를 받곤 했습니다. 이렇게 하지 않으면 전화 통화를 하다가 곧 울음을 터뜨리기 때문이었습니다. 누가 "은진아!" 하고 부르기만 해도 눈물이 났습니다. 나는 이렇게 부정과 분노의 단계를 거쳤고, 수술을 준비하며 받아들이고 타협했습니다.

수술 후, 방사선 치료를 받던 어느 날이었습니다. 침대에서 눈을 뜨는데 '아~ 그냥 이렇게 침대 바닥으로 푹 꺼져서 사라졌으면……' 하는 생각이 들면서 와락 두려움이 몰려왔습니다. 이 상태를 주치의 선생님께 말씀드렸더니 항우울제를 처방해 줄 수도 있지만 대부분의 다른 환우들은 의지로 이겨낸다고 하였습니다. 그렇다면 나도 그냥 견뎌보자, 하는 오기가 생겨서 우울한 시기를 잘 넘길 수 있었습니다.

넘어가지 않는 밥 때문에 나는, 밥 한 숟갈 더 먹으려는 어머니와 끝없는 실랑이를 했습니다. 이 실랑이 때문에 어머니의 마음은 물론이고 나의 마음에도 생채기를 냈습니다. 그러나 무엇보다 부모님이 나와 함께 계셨으므로 나는 이 시기를 이겨낼 수 있었습니다.

집으로 돌아와 아이들과 함께 지내면서 좀 더 마음의 여유가 생겼고 비로소 밥을 조금씩 먹을 수 있게 되었습니다. 몸이 점점 좋아지면서, 그제야 내 상황이 감사하다는 것을 깨달았습니다. 거동도 불편하신 시어머니까지 나를 위해 정성으로 기도하셨고, 방사선 치료까지 시중을 들던 친정어머니는 급기야 병이 났습니다. 이분들의 희생으로 나는 조금씩 회복되었습니다.

수술 후 6개월, 첫 검진으로 MRI를 찍으러 갔는데 세브란스병원 안팎은 봄이 와 있었습니다. 벚꽃 아래서 사진을 찍으며 즐거워서 동동거리는 하얀 가운의 여인 두 명이 내 눈에 들어왔습니다. 그들은 예전의 나처럼 의사들이었습니다. 절대 나 같은 환자가 아니었습니다. 병원에서 의료진이란 얼마나 질투 나는 위치인지 예전엔 몰랐습니다.

병이 나고서야 지난날을 뒤돌아보게 되었습니다. 이전의 나의 삶은 말하기도 부끄러운 것이었습니다. 운전대를 잡고 가면서도 '바빠, 바빠. 빨리, 빨리'를 중얼거리며 손가락으로 운전대를 두들겨대던 삼십 대의 커리어우먼이 나였습니다. 아이들이 아프기라도 할라치면 "왜 아프냐?" 하면서 오히려 아픈 아이들을 꾸짖었습니다. 아이들을 병원에 데리고 가야 하니까 예정에 없던 일로 시간을 빼앗기는 게 속상했었습니다. 나는 참 어처구니없는 엉터리 엄마였습니다.

'바쁘게 살고 있다면 잘못 살고 있는 것이다'라고 수첩 앞머리에 크게 적어놓았으면서, 정작 나는 내 욕심에 물 마실 시간도 없이 바쁘게 나를 몰아쳤습니다. 한 동선 안에서 두세 가지 이상의 일을 처리해야만 직성이 풀리는 일 중독자였습니다.

처음 내 병을 알고서는 내가 왜 병에 걸렸는지 궁금해서 미칠 지경이었습니다. 내가 과거에 했던 어떤 행동이 다른 사람을 아프게 한 건 아닌지, 살아온 방법이 잘못된 것은 아닌지……. 처음엔 암환자의 공통점이 물을 많이 마시지 않는 것이란 정보에 무릎을 탁 쳤고, 연년생을 키우며 직장 맘으로 고군분투하던 일상 탓이라고도 생각했습니다. 그러나 알고 보니 그간 내가 살아온 방식은 죽음을 맞닥뜨릴 수밖에 없는 짓이었습니다.

이 깨달음은 책이나 학습을 통해서 얻은 지식과는 완전히 달랐습니다.

병은 교통사고와 같다는 것을 알았습니다. 내가 운전을 잘해도 상대방이 와서 부딪히면 사고가 나는 것이고, 사고는 경고를 하지 않고 그냥 달려옵니다. '왜 나냐? 왜 지금이냐?'고 울부짖을 필요도 없습니다. 교통사고가 때를 가려서, 사람을 가려서 오는 게 아닌 것처럼 병도 마찬가지였습니다.

내가 한창 투병을 할 때 세월호 사건이 일어났습니다. 세월호에서 죽어간 아이들이 무슨 잘못을 해서 그렇게 된 것이 아니지 않습니까? 병은 유병률이 있는데 일정 비율 속에 내가 들어가 있는 것뿐이었습니다.

내가 아무리 주도면밀하게 계획하고 준비한다 해도 뜻대로 되지 않는 게 있다는 것을 알았습니다. 이제는 뜻대로 안 되면 '아님 말고' 하며 마음을 내려놓습니다. 의외로 많은 짐들을 내려놓을 수 있었습니다. 나는 나의 병에 주님의 뜻이 있다고 해석했습니다. 좀처럼 쉬지 않는 나를 위해 주님이 강력한 브레이크를 거신 거라고 여깁니다. 그래서 나는 그분의 뜻에 따라 쉬면서, 그분의 뜻을 찾으려고 노력하고 있습니다.

요즘 일상으로 돌아오면서 다시 바빠졌습니다. 하고 싶은 것들도 많고, 알고 싶은 것들도 많고, 가고 싶은 곳도 너무 많아서 요일 별로 일정을 짜서 실천하고 있습니다. 그러나 지금의 바쁜 일상은 예전의 그 분주하고 촉박한 것과는 전혀 다릅니다. 미래에 대한 어떤 기대로 준비하고 대비하는 게 아닙니다. 그냥 지금 이 순간을 즐기고 있는 것입니다. 지금 이 순간을 즐긴다는 것은 말로 나불대는 것과는 차원이 다른 깨달음입니다. 일단 멈추고, 내 옆의 사람의 눈을 바라보고. 한 번 안아주고 그리고 천천히 나란히 걷는 것이 이 순간을 즐기는 것이라고 합니다.

이제 와서 아이들에게 다가가는 것이 쉽지는 않지만 행복합니다. 아이들은 오랫동안 엄마 없는 자리를 나름대로 메웠고, 훌쩍 자라나 있었습니다. 그래서 내가 아이들에게 들어갈 틈은 좁지만 이 틈을 비집고 들어가는 것도 재미있습니다.

아프고 나서 철학책을 뒤적이고, 선인들이 말하는 것들을 화두로 하나씩 곱씹어보고 있습니다. 세상, 내 주변 사람들, 심지어 나 자신도 내 마음대로 되지 않는다는 것을 깨달았습니다. '나를 내 마음대로 해보려고 했던 노력과 좌절들이 암을 불러온 것'일 수도 있다고 여기고 있습니다. 그래서 많이 반성했습니다. 그리고 내 생각이 옳지 않을 수 있다는 것도 배웠습니다. 아이들에 대한 기대도, 남편과 시댁에 대한 옳고 그르다는 판단도 내려놓고 있습니다. 매 순간 깨어서 내 자신을 지켜보는 것이 쉽지는 않지만, 전보다는 좀 더 '나'를 알아차리고 있습니다.

암환자에게 무엇보다 중요한 것은 믿음이라고 하더군요. 나는 분명 완치될 것이라고 믿고 있습니다. 수술실에 들어갈 때 본 말씀대로 하나님께서 나와 함께 계시니 나는 '괜찮습니다.' 전에도 지금도 후에도 영원히 나와 함께 하시는 하나님, 감사합니다.

. . . . .

이 글을 쓴 양은진 님은 치과 의사로 암 진단을 받고 쉬었지만 얼마 전부터 안양샘 병원에서 다시 일을 시작했습니다.

우리 아이들에게
아빠가 필요해요

다시제벡 어트겅 자르갈

나는 몽골에서 온 바야라 목사의 아내, 어트겅입니다. 나의 남편은 간경화로 죽음이 코끝에 다가온 상황에서 한국에 와, 세브란스병원에 입원을 했습니다. 이 이야기로 하나님의 은혜를 나눌 수 있게 되어서 기쁘고 감사합니다.

우리 부부는 20년 전에 몽골 공항 근처 야르막 지역에서 하나님의 부르심을 받고 한국에서 온 선교사와 함께 사역을 시작했습니다. 참 오랜 시간이 지났는데도 그때의 기억이 생생하게 납니다. 교회를 개척하는 것은 무척 어려웠습니다. 이건 몽골의 다른 사역자들도 똑같습니다. 예수님을 모르는 지역에 교회를 세우면 토박이 주민들은 우리를 훼방하고 괴롭힙니다. 외국에서 들어온 종교를 믿고 전한다고, 놀리고 욕하고 화를 내고 협박합니다. 걸핏하면 싸움을 걸고 교회 유리창을 깨고, 예배드리는 데 쳐들어와서 난동을 부리고, 목사인 남편을 끌고 나가 때리기도 했습니다.

이런 것 말고도 어려운 문제들이 많았습니다. 성도들이 적으니 헌금도 적고, 적은 헌금으로 교회를 꾸려가야 했으므로 무척 힘이 들었습니다. 추울 때 석유난로를 때야 하는데 석유를 살 돈이 없었습니다. 난로도 피지 못하는 찬 예배당에서 예배를 드리려면 성도들도 안 오고 찬송 반주를 기타로 하는데 손이 곱아서 힘들었습니다. 사계절 내내 계속 예배를 드리고 기도회를 하고 모이는 게 무척 힘이 들었습니다.

교회 사역을 하면서 힘들었던 일들을 이야기하면 끝이 없습니다. 그 어려움들을 이긴 것은 우리가 하나님의 약속과 비전을 우리의 힘과 소망으로 만들었기 때문입니다. 뒤돌아보니 그 모든 어려움들이 있어서 우리는 주님 안에서 더 굳세게 설 수 있었습니다.

우리 부부는 주님이 주신 비전을 품고 몽골의 여러 지역에 다섯 교회를 개척했고 돌보았습니다. 개척 교회들은 지금은 모두 독립하여 현지인 사역자들이 맡아 섬기고 있습니다. 주님의 은혜를 생각하면 눈물이 앞을 가립니다. 그리고 우리는 러시아 보리아드 지방과 내몽골과 중국 지역에 흩어져 살고 있는 몽골 민족들에게도 복음을 전해야 하는 비전을 주님에게 받았습니다. 이 비전대로 중국을 품고 주님의 인도하심으로 기도의 발걸음을 뗀 지 10년이 되었습니다. 현재 중국에는 우리 교회의 성도 세 분이 가정 교회를 시작했습니다. 교회들은 중국 안의 몽골 민족의 복음화를 위해 큰 역할을 하고 있습니다.

이렇게 지난 20년 동안 내 남편 바야라 목사는 전도자로, 좋은 아버지와 좋은 남편으로 책임을 다하면서 열심히 살았습니다. 그런데 지난 2014년 5월, 남편은 몽골 울란바토르병원에서 간경화 말기 진단을 받았습니다. 당장 간이식 수술을 받지 못하면 살 수 없다고 의사 선생님은 말하였습니다. 남편은 어렸을 때 황달이 심해서 병원에 갔는데 B형 간염이라고 했답니다. 이렇게 약한 간으로 예수님 영접하기 전에는 술도 마셨습니다. 예수님을 영접한 후에는 금주를 했지만 간 때문에 계속 고생을 했습니다.

남편은 2012년에도 한국에 왔었는데 어느 목사님이 병원 진료를 받게 해주었습니다. 이때 간 이식 수술을 해야 한다는 말을 들었습니다. 그러나 그때 우리는 그 정도는 아니라고 여겼고 하나님께서 건강을 지켜주시리라고 믿었습니다. 간경화 말기로 목숨을 잃을 수도 있다는 사실은 몰랐습니다.

간경화 말기라는 의사의 진단을 듣고 내가 제일 먼저 떠올린 생각은 우리 아이들이 아빠 없이 살기에는 너무나 어리다는 것이었습니다. 하나님께서는 우리 부부에게 여섯 자녀를 선물로 주셨습니다. 중학생인 맏딸부터 다섯 살 막내까지 올망졸망합니다. 이 어린아이들이 아빠 없이 살아야 한다는 생각에 눈물이 막 쏟아졌습니다.

"하나님, 우리 아이들에게는 아빠가 필요해요."

눈물을 흘리면서 기도했습니다. 간 이식 수술에는 돈이 엄청 많이 드는데 아무것도 없는 우리에게 간이식은 그림의 떡이었습니다. 이 문제는 그간 겪었던 어떤 고난보다도 더 큰 문제였습니다. 우리 부부는 어린 아이들을 바라보면서, 이 문제를 해결하기 위해서 전능하신 하나님께 매달려야겠다고 생각했습니다. 하나님께서는 불가능한 일이 없으시니 주님만 붙들고 기도하기로 했습니다. 먼저 우리 부부는 우리 아이들과 함께 기도했습니다.

"우리 아빠를 살려주세요!"

올망졸망 어린 자식들이 이렇게 기도하는데 우리 부부는 너무 슬퍼서 더 간절하게 기도했습니다.

"하나님, 이 아이들을 불쌍히 여기시고 제발 살려주십시오."

매일 아침과 저녁, 아이들과 함께 기도를 드렸습니다. 또한 아이들은 자기들끼리만 모여서 순수한 마음으로 간절하게 기도했습니다.

우리 부부는 금식 기도를 하고 우리 가정의 기도 제목을 믿음의 형제들에게 보내고 함께 기도해달라고 부탁했습니다. 우리의 기도 제목을 받은 믿음의 형제들은 놀라서 함께 기도했습니다.

"하나님의 종 바야라 목사를 살려주세요."

이렇게 계속 기도하면서 간 이식 수술비를 어떻게 하면 마련할 수 있을까를 의논하고 지혜를 모았습니다. 그 결과, 믿음의 형제자매들은 '만 명이 만 마음 모으기' 운동을 일으켰습니다. 이것은 '1만 투르크씩 내는 사람 만 명을 모아서 그 돈으로 바야라 목사가 간 이식 수술을 받게 하자'는 운동입니다. 몽골 돈 1만 투르크는 한국 돈 5천 원 정도에 해당하는데 몽골에서는 쇠고기 5백 그램을 살 수 있는 돈입니다. 이 운동에는 몽골뿐만 아니라 세계에 흩어져 사는 몽골 분들도 많이 참여했습니다.

한편, 믿음의 형제들은 '아이들에겐 아빠가 필요하다'는 제목으로 자선음악회도 열었습니다. 많은 분들이 이 음악회를 위해서 봉사했으며 우리 교회 성도들이 제일 많이 도왔습니다. 이 자선음악회에는 2천 명도 넘는 분들이 오셨습니다. 하나님의 크신 은혜였습니다.

간 이식 수술을 하지 않으면 살 수 없다고 진단을 받은 게 2014년 5월인데 이렇게 기도하고 수술비를 모으기 위해 애를 쓰는 사이에 남편의 건강은 더 악화되었습니다. 그간 우리는 수술비를 마련하기 위해서 애를 쓰면서 남편에게 간을 기증해줄 사람을 찾으려고도 애를 썼습니다. 간 기증을 할 수 있는 자는 친척들 중에 있다고 해서 모든 친척들, 특히 남편의 형제자매들을 모아놓고 부탁했습니다. 그러나 간을 주겠다는 형제자매는 없었습니다. 우리 몽골에서는 '간 이식'이라는 게 아주 낯설고 생소한 말입니다. 남편 친척들 사이에서는 처음 있는 일이라서 모두 간을 떼어주면 죽는다고 생각했습니다. 그렇지 않다고 아무리 설명을 해도 이해하지 못했습니다.

그래도 몇 분이 간을 떼어주겠다고 했지만 남편의 조직과 맞지 않았습니다. 검사를 하고 결과가 나오고, 또 검사를 하고 결과가 나오고, 결과가 나올 때마다 조직이 맞지 않는다는 말을 듣는 것이 너무 힘들었습니다. 정말 간이 바짝바짝 탔습니다. 그러다가 맨 마지막에 조카와 조직이 맞는다는 것을 검사 결과 알게 되었습니다. 이 조카는 남편의 형님의 딸이었습니다. 이 조카는 흔쾌히 삼촌에게 간을 떼어주겠다고 했습니다. 그러나 조직 적합 여부를 더 자세히 검사하는 중에 이 조카에게 암이 있다는 것을 발견했습니다. 아, 얼마나 실망스럽고 안타까웠던지요.

우리는 처음에 간 이식 수술을 받아야 산다고 진단받은 때부터 계속 한국에 가서 수술받길 원했고 이를 위해 기도했습니다. 그러나 한국의 비자가 나오지 않았습니다. 그래서 한국을 포기하고 인도로 가려고 하는 순간에 한국 비자가 나왔는데 환자인 남편 것만 나왔습니다. 간 제공자를 찾지는 못했지만 우선 남편만 한국에 가서 병원에 입원하기로 하고 2014년 6월 한국에 왔습니다. 아픈 남편을 혼자 한국에 보내는데 무척 안타깝고 속상하고 슬펐습니다.

남편은 한국에 와서 세브란스병원에 입원을 했고 계속 간을 기증해줄 사람을 찾았습니다만 없었습니다. 점점 더 남편의 상태는 나빠졌습니다. 게다가 남편은 보호자도 없이 혼자 한국에 와서 병원에 입원하고 있으니 얼마나 외롭고 쓸쓸했을까요. 나는 매일 힘들고 고통스러웠습니다. 남편이 먼저 한국에 와서 입원한 지 3개월 후에야 아내인 나와 아이들이 한국 비자를 받을 수 있었습니다. 그러나 비용 문제가 있어서 아이들은 떼어놓고, 남편을 간호하러 나만 한국에 왔습니다. 내가 한국에 와서 보니 남편의 상태는 몽골에서보다 더 나빠져 있었습니다.

병원에 입원해 있는 동안, 기증자를 기다리는 시간은 불안함과 초조한 마음뿐이었습니다. 어떨 때는 하나님께서 이곳까지 인도하셨는데 분명히 기증자를 보내주실 것이라는 믿음이 들기도 했지만, 병원에 있는 시간이 길어질수록 기증자를 찾지 못하고 돌아간다면 우리 남편의 인생은 여기서 끝나는 것이 아닐까 하고 두려웠습니다. 예수의 길을 따라 살려고 노력했는데, 남편의 마지막 모습을 보고, 혹여나 상처받는 사람들이 있지 않을까 하는 염려도 들었습니다.

우리를 위해서 도움을 준 많은 사람들을 생각하면 희망이 들기도 하지만, 이 희망이 아무런 결실 없이 꺼져 가면 어떻게 될까 의심이 들기도 했습니다. 낯선 한국에서 다른 사람들의 도움을 받고 있는 것이 감사하기도 했지만, 동시에 우리의 무력함에 대해 고백하고 인정하는 시간이기도 했습니다.

몽골에 둔 가족과 친척들 중에서 우리 남편에게 간의 일부를 떼어줄 사람이 이렇게 없을까를 묻고 물으며 그들에게 섭섭하고 야속한 마음도 감출 수 없었습니다. 실낱같은 희망을 붙잡고 있는 남편을 볼 때면 남편이 너무 가엾고 슬펐습니다. 그러나 이때, 세브란스병원의 의사 선생님들과 간호사들의 따뜻한 미소와 격려가 우리에게 얼마나 큰 힘이 되었는지 말로 다 할 수 없습니다.

그러던 중, 처음 남편과 조직이 맞아서 간을 주기로 했으나 암이 발견되어서 못 준 조카의 남동생이 누나를 문병하러 갔습니다. 그때 누나가 동생에게 우리 사정 이야기를 하고 삼촌에게 간을 기증해주라고 권했습니다. 이 조카는 누나의 말을 듣고 감동하여 삼촌을 살리겠다고 나섰습니다. 이 조카는 우선 몽골 병원에서 조직 적합 여부 등을 알아보는 검사를 했고, 검사 결과 조직이 맞는다는 것을 알았습니다. 게다가 이 조카는 남자이고 22세인데 건강했습니다. 간을 기증해주기에는 딱 맞았습니다. 얼마나 기쁘던지요. 자신의 목숨을 들여 간을 이식해준 우리 조카가 너무 자랑스럽고 고마웠습니다. 우리 조카의 삶을 하나님이 정말 축복하시기를 기도합니다.

이식 수술 후 면역 반응을 지켜보며 조마조마하게 격리된 병실 생활을 할 때도 병원의 목사님들과 전도사님들의 기도가 큰 힘이 되고 위로가 되었습니다. 세브란스병원에 입원해 있을 때 주님의 임재를 절실히 느꼈습니다. 간호사가 남편의 몸 상태를 확인하면서 열이 나는지를 주의 깊게 지켜봐 줄 때도, 청소하는 아주머니가 방 청소를 해 줄 때도, 의사선생님이 자상하게 진료해 주실 때도, 진심으로 감사하다는 말이 계속 입에서 나왔지만, 너무나 감사해서 채 입을 떼어 말하지 못하고 가슴 속으로 울 때가 많았습니다. 진료를 받고 있었던 날들, 한순간 한순간 참으로 감사하는 마음뿐이었습니다. 주님의 은혜 아래 세브란스병원에서 모든 의료진들의 정성 어린 돌봄으로 수술 후 한 달여 만에 퇴원을 했습니다.

의사 선생님이 완전히 회복할 때까지 한국에 머물면서 외래에 다니며 치료하라고 했습니다. 남편은 완전히 회복할 때까지 치료를 받아야 하므로 한국에 있어야 하는데, 계속해서 아이들만 몽골에 둘 수는 없었습니다. 몽골의 친척들도 우리 아이들을 계속 돌봐줄 수는 없었습니다. 왜냐하면 한 가정이 우리 애들 여섯을 모두 맡아 줄 수는 없었기 때문입니다. 그들은 한둘씩 혹은 두셋씩 나누어서 돌봐주겠다고 했지만 아이들은 그것을 원하지 않았고, 우리 부부도 아이들을 뿔뿔이 흩어놓을 수는 없었습니다. 내가 올해 8월에 몽골에 가서 우리 아이들 여섯 명 모두를 데리고 왔습니다.

아빠 품에 안기는 우리 아이들을 보는데 얼마나 가슴이 벅차고 기쁘고 감사하던지요. 아이들을 안아줄 수 있는 아빠가 돌아오다니! 길다면 길고 짧다면 짧은 시간이지만, 그간 아이들은 부쩍 자라 있었습니다. 어린 나이인데 엄마 아빠도 없이 자기들끼리 서로 도와서 어려움을 잘 견디고 참아준 우리 아이들이 자랑스럽고 고마웠습니다. 하나님은 우리 가정에 기적을 선물하신 겁니다.

아이들의 아빠, 나의 남편, 그리고 하나님의 종을 다시 서게 하고 건강하게 해주시고, 아이들이 건강해진 아빠의 모습을 보게 해주셔서 감사합니다. 그 무엇보다도 주님이 주신 비전과 소명을 감당할 수 있는 힘과 생명을 주신 것에 감사합니다. 우리가 하나님 앞에 할 수 있는 게 감사밖에 없는 것 같습니다. 앞으로 삶의 하루하루를 감사하면서 살겠습니다. 모든 삶과 생명이 주님께 있으니 주님께 감사합니다.

간을 준 우리 조카가 너무 자랑스럽고 정말 감사했습니다. 우리 조카의 삶을 하나님이 축복하시기를 기도합니다. 세브란스병원 이식수술과의 모든 분들, 여러분은 정말 대단하신 분들이라고 말씀드리고 싶습니다.

세브란스병원의 모든 의료진들이 우리에게 친절하게 친구처럼 대해준 것에 대해 감사드립니다. 여러분의 격려와 응원이 우리를 세워 주시고 낫게 하였다고 말하고 싶습니다. 우리 가정이 힘들 때 많은 도움을 주고, 밤낮없이 기도해 주신 모든 믿음의 형제자매들에게 진심으로 감사하다는 말씀을 드립니다.

우리 아이들 눈에 이별의 눈물 대신 행복한 미소가 가득하도록 이끌어 주신 하나님께 영광과 감사를 드립니다. 세브란스병원에 하나님의 크신 은혜가 함께 하기를 우리 온 가족은 손 모아 간절히 기도합니다.

. . . . .

이글은 몽골에서 온 바야라 목사의 아내 다시제벡 어트겅 자르갈 님의 구술을 바탕으로 쓴 글입니다.

하나님의 병원에
입원했습니다

서연 엄마

캄캄한 새벽, 서연이가 성경책을 읽고 있었습니다. 여덟 살 어린이이므로 이해할 수 있을까 싶어서 물어봤습니다.

"서연아, 어렵지 않니? 이해할 수 있어?"

"아니, 이해가 안 돼, 말씀이 읽고 싶어서 읽고 있어. 내 마음이 이만큼 좋아, 마음이 편해."

아이는 두 팔을 크게 벌리고 가슴을 짚으며 자기가 느끼는 기쁨과 평안을 표현했습니다.

서연이는 어려서부터 "하나님이 계시냐? 내가 기도해도 왜 대답이 없냐?" 하고 묻곤 했습니다.

"엄마, 하늘에서 예수님이 웃고 계셨어."

서연이가 뇌종양으로 두 번 수술을 받고 항암치료를 하고 방사선 치료를 받을 때인데, 늘 머리가 너무 아파서 울었습니다. 내가 잠시 자리를 비웠다가 병실에 오니 아이는 예수님을 보았다고 했습니다. 신기하게 그 후 서연이의 두통이 사라졌습니다. 또 복통이 계속되던 어느 날, 아이는 너무 아파서 온몸에 땀을 흘리며 화장실에서 비명까지 질렀습니다.

"하나님! 배가 아파요! 하나님 믿으니까, 저 좀 살려주세요."

비명을 듣고 놀라 뛰어온 간호사가 무슨 일이냐고 물었지만, 나도 어떻게 대답할 수 없었습니다. 다음날부터 서연이는 배가 아프다고 하지 않았습니다.

나는 서연이를 사랑하시는 하나님이 서연이의 병을 치료하시려고 준비하시고 병을 통해 어떻게 역사하셨는지 쓰려고 합니다.

2013년 7월 25일, 남편의 일 때문에 우리 가족은 3개월 예정으로 남아공에 갔는데 남편의 일이 예정보다 일찍 끝났습니다. 일이 빨리 끝나면 경제적 손실이 크게 생기는 터라 걱정이었습니다. 그러나 우리를 서둘러 한국으로 돌려보내시는 데는 분명 하나님의 뜻이 있을 거라고 믿으며 일찍 한국으로 돌아왔습니다.

한국에 돌아온 바로 다음날, 아침부터 서연이는 머리가 아프다고 울어서 가까운 병원 응급실로 가서 MRI를 찍었습니다. 결과는 뇌에 종양이 있다는 것입니다. 여러 사람들이 모두 신촌 세브란스로 가라고 해서 소아신경외과의 명의 김동석 교수님을 만나 진찰을 받았습니다. 교수님은 서연이의 상태를 보고, 급히 수술 날을 잡아주면서 장애가 올 수 있고 성공률은 40%인데 그 이하가 될 수도 있다고 하였습니다. 그렇다면 나는 아이를 편히 보내고 싶다고 말씀드렸더니 교수님은 펄쩍 뛰셨습니다.

"무슨 말이세요? 성공률이 10%만 있어도 살릴 수 있으면 살려야지요."

평소에 TV에서 백혈병 아이들이 치료 중에 고통을 받으며 떠나는 모습을 볼 때마다, 내 아이라면 치료 안 하고 하나님 품에 보낼 거라고 생각했었습니다. 서연이에게 뇌종양이 있다는 말을 듣는 순간 제일 먼저 든 생각도 '아이를 편히 보내야지'였습니다. 그러나 교수님은 강력하게 수술을 권하셨습니다. 그렇다면 수술 전에 꼭 기도를 드려달라고 부탁했습니다.

"수술실에서는 목사님과 함께 기도를 드리고, 저도 메스를 잡기 전에 기도를 드리고 수술을 시작합니다."

이 말을 듣고 나는 그동안 짓눌렸던 마음의 부담과 불안이 사라졌습니다. 서연이를 위해 준비하시는 하나님의 은혜가 느껴졌습니다. 아무리 명의가 수술을 한다 해도 사람의 손을 믿지 못하는 나에게 이 말은, '본인은 하나님의 도구일 뿐'이라는 믿음의 고백으로 들렸습니다.

이렇게 힘들게 결단하고 수술 일시를 결정했지만 문제는 서연이에게 생겼습니다.

"엄마, 나 죽는 거지? 나 뇌종양이라면서, 아프리카 집사님 아들처럼 나도 뇌종양이니까 죽는 거잖아. 걔도 죽었잖아! 수술받다가 죽으면 어떡할 건데? 나 죽기 싫어."

남아공에 있을 때 친하게 지내던 집사님의 아들이 뇌에 종양이 있었습니다. 아이는 소리를 지르고, 물건들을 집어 던지고, 울고불고 난리를 쳤습니다. 의사 가운만 봐도 잔뜩 겁을 내고 엄마만 보면 더 난리를 쳤습니다.

나는 아이에게 "주께서 내길 예비하시네~" 찬송을 계속 불러주며 기도해주었습니다. 마침내 서연이는 체념을 한 듯 수술에 대해 물었습니다.

"수술 안 아파?"

"마취하니까 안 아파?"

"이거 수술하면 다 낫는 거야?"

서연이의 질문들에 잘 대답을 해주고, 기도한 후 수술실로 들여보냈습니다.

저녁 6시에 시작한 수술은 자정을 넘겨 새벽 한 시경에 끝났습니다. 교수님은 수술은 잘되었고, 종양은 95% 정도를 제거했다고 하였습니다.

수술을 받은 서연을 보는데 아이가 내 아이가 아닌 것 같았습니다. 얼굴은 반쪽이고, 무슨 기계들을 주렁주렁 달았는데 사람이 아닌 듯했습니다. 그때 고통스러워하던 서연이의 모습은 평생 지워지지 않을 겁니다.

긴긴 밤이 지나고 첫 면회, 서연이의 얼굴은 더 홀쭉해졌습니다. 너무 아파서 말을 못 할 것 같아서 엄마를 알아보면 눈을 두 번 깜박여보라고 했습니다. 서연이는 주르륵 눈물을 흘리며 눈을 두 번 깜빡거렸습니다. 나도 서연이도 계속 눈물만 흘렸습니다. 면회 시간 30분은 너무 짧았습니다.

다행히 다음날 서연이는 일반병실로 왔습니다. MRI를 찍는 중에 큰 해프닝이 있었지만 하나님의 은혜로 서연은 무사했습니다. 이날 오후에 염인선 간호사가 와서 서연이의 수술 당시 상황에 대해 이야기해 주었습니다. 교수님은 서연이의 장애를 최대한 막으려고 소뇌를 극히 작은 부분만 잘라내기 위해서 엄청 애를 쓰셨다고 했습니다. 교수님의 이런 모습을 옆에서 지켜 본 간호사가 감동했다고 했습니다.

"서연이는 강한 아이예요. 그 큰 수술을 받고도 교수님이 일어나 앉아 보라고 했을 때, 다른 아이들과 달리 서연이는 자기 힘으로 두 손을 짚고 일어나 앉았고, 고개를 움직여보라고 했을 때도 움직이는 것을 보고 깜짝 놀랐어요. 그러니까 어머니, 서연이 너무 걱정하지 마세요."

서연이는 일반병실에서 잘 회복하고 있었습니다. 그런데 수술 6일 만에 수두증이 생겨서 션트 수술을 해야 하고, 중심정맥관인 히크만을 삽입하는 수술도 해야 한다고 했습니다. 또 수술을 해야 하다니…… 불안해서 속이 터질 것 같았습니다. 속상해서 창밖을 봤더니 창밖은 하얀 세상으로 변해가고 있었습니다. 서연이가 수술을 잘 받으라고 응원하는 눈 같았습니다.

"엄마, 큰 눈알들이 진짜 많이 떨어져요.

하늘이 다 눈알들 천지예요."

눈송이를 눈알이라고 하다니! 서연이의 말에 우리는 웃었고 수술 전의 긴장도 풀렸습니다. 션트 수술과 히크만 삽입 수술도 잘되었다고 했습니다.

그런데 그 어렵다는 뇌종양 수술을 받고도 웃던 서연이가 션트 수술 후에는 통증 때문에 날마다 진통제를 맞고 각종 검사를 받아야 했습니다. 나중에 알고 보니 션트 끝 부분이 배를 찔러 대서 아팠던 겁니다. 통증의 원인은 알았다고 해도 션트 재수술을 할 수는 없었습니다. 왜냐하면 션트는 수두증 때문에 한 것이기 때문에 빼낼 수 없었습니다. 그래서 우리는 수두증이 해결되어서 션트를 완전히 빼낼 수 있게 해달라고 계속 기도했습니다.

서연의 종양은 번식 속도가 엄청 빠르다고 했습니다. 그래서 션트 수술 후 바로 항암치료를 시작했습니다. 그런데 다른 애들과는 달리 서연이는 물 한 모금도 못 넘기고 아주 멀리서 나는 음식 냄새에도 구토를 했습니다.

"하나님, 우리 서연이, 남들 아픈 만큼만 아프게 해주세요. 왜 우리 아이는 몇 배 더 아픈 겁니까?"

이렇게 하나님께 불평하는데 서연이 또래의 아이가 예쁜 옷을 입고 내 곁을 휙 지나갔습니다. 그리고 내 심령에 소리가 들렸습니다.

"너는 저런 아이를 원하느냐? 아니면 고통 속에 있어도 내 구원의 은혜를 깨닫는 아이를 원하느냐?"

"힘들어도 하나님이 서연이를 얼마나 사랑하시는지 깨닫게 하시고 꼭 믿음의 든든한 뿌리를 내리게 해 주세요."

이 순간 나는 이렇게 고백하면서, 그래도 고통은 좀 감해달라고 기도

했습니다.

세브란스병원에 있으면서 서연이는 번스 예배실을 좋아했습니다. 특히 예배실의 나무 향기를 좋아했습니다. 그런데 서연이가 항암치료를 시작하고는 예배실의 나무 냄새도 구역질이 난다며 도무지 들어가려고 하지 않았습니다. 나는 아이를 억지로 예배실에 데리고 들어가서 참아보라고 하고 강대상 앞바닥에 무릎 꿇고 앉았습니다. 기도를 하려고 했으나 눈물만 나왔습니다. 내가 할 수 있는 것이 정말 아무것도 없어서 답답하기만 했습니다.

서연이의 기도 소리가 들려서 눈을 떠 보니 서연이는 휠체어에서 내려와 제 옆에 무릎을 꿇고 앉아 눈물을 흘리며 기도하고 있었습니다.

"하나님! 용서해주세요, 아버지 제가 잘못했어요.

저를 용서해주세요, 제가 너무 힘들어요."

처음 뇌종양 진단을 받고부터 지금까지 나는 늘 아이에게 이렇게 말했습니다.

"하나님은 엄마의 간구가 아니라 너의 고백을 듣고 싶어 하신단다."

이 기도가 서연이의 첫 고백이었습니다. 다음날 서연이는 예배실의 나무 향기가 좋아졌다고 했고, 다시 예배실을 드나들며 기도했습니다.

조혈모 이식을 하는데 아이는 엄청 고통스러워했습니다. 이 고통은 일일이 글자로 적을 수가 없습니다. 특히 중심정맥관을 뺄 때의 고통은 떠올리기도 끔찍합니다. 그것을 빼는 고통이 얼마나 끔찍한지 아이는 이미 관을 뺐는데도 비명을 질렀습니다.

"빨리 이거 빼 줘, 나 아파!"

아이는 헛소리를 하고 소변이며 대변을 마구 침대에 싸고 헛것을 보는 듯 마구 손을 휘저어댔습니다. 그때부터 의료진이 무슨 처치를 할 때 아주 간단한 거라고 말을 해도 서연은 정말 간단한 거냐고 확인하곤 했습니다.

2차 항암치료를 끝내고 방사선 치료를 위해 기도하고 있었는데 주연 엄마가 조언을 해주었습니다.

"방사선 안 하셨으면, 양성자 알아보세요."

이 말을 나는 기도의 응답으로 듣고 양성자가 있는 국립암센터에 갔습니다.

"남아있는 종양이 수술할 수 없는 부분에 있고 너무 두터워서 양성자 치료 후에도 종양이 남아 있을 수 있으니, 큰 기대는 하지 말고 치료에 임하세요."

양성자 담당 박사님이 이렇게 말하였지만 나는 양성자 치료를 31회 받는 동안 깨끗이 치료되도록 기도하고, 주위 분들에게도 기도해 달라고 메시지를 보냈습니다.

양성자 치료를 모두 끝내고 두 달 후, MRI를 찍어보니 남아있는 종양이 깨끗이 사라졌습니다. 기적이었습니다. 주연 엄마는 우리에게 양성자를 알려주라고 하나님께서 보낸 사람 같았습니다. 후일 이 엄마는 우리에게 더 큰 도움을 주었습니다.

항암치료 4차 때, 고열이 14일간 계속되고, 히크만은 감염되고 한쪽 히크만이 막혀서 한 달 내내 고생했습니다. 아이는 코에서 피가 물 흐르듯 계속 흐르다 못해 양쪽 눈에서도 피가 계속 흘러내렸습니다. 어느 날

밤인데 아이가 감각이 없었습니다. 다리를 찔러도 아무 반응이 없고 입이 굳어서 간신히 말을 했습니다.

"온몸이 굳어지는 것 같아.

말하기도 힘들고 입도 비뚤어지는 것 같아. 어떡해?"

한밤중이지만 급한 마음에 모두에게 중보기도를 요청하는 문자를 보냈습니다. 20여분 지났을까 갑자기 서연이의 얼굴이 환해지더니 말을 했습니다.

"엄마, 오른팔이 박하사탕처럼 화~해지고, 왼팔이 위에서 아래까지 살이 마구마구 채워지는 것 같고 지금 내 마음이 너무 기뻐, 왜 그래?"

아이에게 중보기도에 응답하신 하나님의 은혜라고 설명해주었더니 아이는 환호했습니다.

"와! 예수님 진~짜, 킹! 왕! 짱!

집에 가면 제 통장에 있는 돈 다 찾아요. 저 감사 헌금할래요."

십자가를 지신 예수님 그림을 아이의 머리맡에 올려두었는데 어느 날 아이는 이렇게 말했습니다.

"엄마, 새벽에 일어나서 그림을 봤는데, 십자가는 그대로 있는데 예수님이 돌아다니고 계셨어."

한번은 밤에 응급실에 갔는데 입원실이 없다고 했습니다. 기도하면 병실이 있을 거라는 확신이 들어서 기도를 하면서 확인을 했습니다. 마침 한 아이가 펑크를 낸 병실이 있어서 입원을 할 수 있었습니다.

이 병실에는 혜서가 입원해 있었습니다. 이 엄마에게 그간 서연이를 인도해주신 하나님의 사랑에 관해 전해주었습니다. 이후 혜서 모녀도 믿

"엄마, 오른팔이 박하사탕처럼 화~해지고, 왼팔이 위에서 아래까지
살이 마구마구 채워지는 것 같고 지금 내 마음이 너무 기뻐, 왜 그래?"
아이에게 중보기도에 응답하신 하나님의 은혜라고 설명해주었더니
아이는 환호했습니다.

음을 갖고 기도로 모든 어려움을 이겨나가게 되었습니다.

조혈모 이식을 위해 검사를 하던 중 심장 초음파를 찍는데, 의료진이 하는 혼잣말이 내게 들렸습니다.

"심장에 구멍이 있는 것 같은데, 선천적인 것 같기도 하고……."

걱정이 되서 내 심장이 타서 없어지는 것 같았습니다. '이식이 이제 코 앞인데…….' 천근만근인 마음으로 아이를 휠체어에 태우고 번스 예배실에 가서 또 무릎을 꿇었습니다. 눈물 외엔 아무 기도도 나오지 않았습니다.

"어떻게 할까요? 어찌해야 합니까?"

한참을 울고 기도하고 간구하고 돌아오는데, 마음 깊은 곳에서 찬송이 흘러나왔습니다.

♬ 내 맘이 낙심되며 근심에 눌릴 때

주께서 내게 오사 위로해주시네……

가는 길 캄캄하고 괴로움 많으나 주께서 함께하며 내짐을 지시네

그 은혜가 내게 족하네, 이 괴로운 세상 지날 때 그 은혜가 족하네.

♪♪♬

찬송이 내 안에 가득 차고 평안해졌습니다. 힘든 순간마다 내 마음속에서는 영이 찬양을 했습니다. 이런 찬양이 우리 앞길을 안내하고 격려해주었습니다.

조혈모 이식 전인데 서연이는 『쿵쿵 – 다시 뛰는 생명의 북소리』책

을 읽다가 기도를 하더니 말했습니다.

"이 책 속의 언니도 살아 있으니까, 나도 하나님이 힘 주시면 이식을
잘할 수 있을 것 같아."

서연이는 성경 말씀을 간절히 읽고, 때론 어느 구절이 은혜가 되는지
말하곤 했습니다. 조혈모 이식 후, 준 무균실에 들어가서도 성경을 계속
썼고, 물 한 모금 마실 때에도 종이컵을 앞에 두고 간절히 기도했습니다.
1차 이식이 끝나고 민주 엄마를 만났는데 이렇게 말했습니다.

"서연이가 성경을 쓰고 기도하는 모습에 감동을 받아서 저도 아이한
테 성경을 읽어 주고 있어요."

1차 조혈모 이식을 앞둔 때인데 서연이의 간수치가 올라갔습니다. 간
수치가 높으면 조혈모 이식이 불가능합니다. 그래서 급히 중보기도를 부
탁하고 나도 기도하길 3일째, 간수치가 떨어져서 이식을 받을 수 있었습
니다.

조혈모 이식 5일째, 귀와 배에 찌르는 통증이 반복되고 눈과 귀가 이
상해지더니 귀에 문제가 생겼습니다. 그간 담임목사님에게 전화로라도
기도를 받으면 통증이 사라지는 것을 체험했었습니다. 그래서 이번에도
전화를 드렸는데 전화 연결이 안 됐습니다. 그래서 할 수 없이 내가 아이
손을 잡고 아픈 것을 멎게 해달라고 하나님께 기도했습니다. 기도를 끝
내고 났는데 옆 침대의 민주 엄마가 내게 물었습니다.

"기도는 어떻게 하는 거예요?"

민주 엄마는 서연을 보니 배가 아프다며 울다가도 기도를 하면 통증

이 사라지니 자기도 기도를 배우고 싶다고 했습니다. 민주 엄마는 조선족이어서 대화가 조금 힘들었지만, 기도는 예수님을 믿겠다는 고백 위에 하는 거라고 말해주고, 우리를 인도하신 하나님의 보살핌을 이야기해 주었습니다.

"저도 예수님 믿고 기도할래요. 기도하는 법을 가르쳐 주세요."

이때부터 민주 엄마도 아이가 울 때마다 기도했고, 기도가 끝나면 민주가 잘 노는 모습을 보고 가족 모두가 세례를 받았습니다.

조혈모 2차 이식을 앞두고 서연이는 너무 고통스러워했습니다. 아이의 고통만 덜 수 있다면 뭐든 다 하고 싶었습니다. 희귀 의약품으로 치료를 받았던 아이들의 회복 상태가 좋았습니다. 그러나 우리는 형편이 어려워 이 약품을 사서 치료를 받을 수 없지만 지원 요청이라도 해 보자는 마음이 들었습니다. 그래서 병원 사회사업팀으로 가는 길인데 중간에 주연 엄마를 만나서 함께 사회사업팀에 갔습니다. 지원 요청을 했지만 거절당하고 실망을 해서 병실로 돌아오고 있었는데 주연 엄마에게서 전화가 왔습니다. 후원금을 윤서연 이름으로 지정해 놓았으니 희귀 약품을 지원 받으라고 했습니다. 알고 보니 주연 엄마는 그동안 사회사업팀을 통해 경제적으로 어려운 환아들을 후원하고 있었습니다. 이날은 그 후원 보고를 받으러 사회사업팀에 가는 길이었는데 나를 만나서 같이 간 거고, 내가 지원을 거절당하고 돌아가는 것을 보고 안타까웠다고 했습니다. 그런데 보고를 받고 보니 지원금 5백만 원이 남아 있어서 윤서연 앞으로 지정 기탁을 한 것이라고 치료 잘 받으라고 했습니다.

이렇게 희귀 약까지 준비했지만 아이는 모든 약물을 괴로워했고, 설상가상으로 히크만까지 감염이 되었습니다. 우여곡절을 거쳐 다행히 2차 이식을 했습니다. 그러나 서연이는 심장이 찢어질 듯 아프고 맥박이 70대로 떨어져 숨쉬기도 힘들 때가 있었습니다.

병원에 있는 서연이를 본다고 서연이의 언니와 동생이 와서 무균실 유리문 밖에 서 있는데 아이는 제 언니와 동생을 보지 않으려고 내 뒤에 숨어서 울었습니다.

"엄마, 하나님은 언니랑 여진이는 건강하게 해 주시고, 나만 왜 이렇게 아프게 하시지? 하나님은 왜 나만 미워해?"

가슴이 미어지는 것 같았습니다. 주님은 너를 사랑하신다고 아무리 말을 해도 마음 아픈 아이를 달랠 수 없었습니다.

조혈모 2차 이식 후 회복을 해서 이제 퇴원하려나 싶었는데 갑자기 췌장 수치가 높아져 암병원으로 옮기게 되었습니다. 이때 재발 판정을 받은 윤정이가 우리 병실로 왔습니다. 윤정이와 서로의 이야기를 하다가 나는 서연이를 이끄신 하나님의 사랑을 이야기했습니다.

윤정 엄마는 윤정이의 재발 판정에 놀라고 실망을 해서 '무엇을 믿고 기댈까?' 하고 고민을 하는 중이었다고 했습니다. 윤정 엄마는 내 이야기를 듣고는 예수를 믿겠다고 했습니다. 이후 윤정 엄마는 가족들양가가 독실한 불교 가정임에게 선포를 하고 세례를 받았습니다.

2015년 5월 28일 아침, 서연이는 일어나 울면서 말했습니다.

"엄마, 내가 재발된 것 같아. 병원에 가서 검사해 보자."

가슴이 철렁했습니다. 우리는 지난 1년 반 동안 두 차례 수술, 31회 방사선, 항암 6차와 조혈모 이식 2차까지 모든 치료를 마쳤습니다. 그리고 재발이 된다면 생존 확률은 10%도 안 된다는 말을 의료진에게서 들었습니다. 이미 이전에 재활병원 입원 신청을 해 놓았지만 입원허가가 나기에는 요원했습니다.

이 모든 것을 아이에게 말해줬습니다. 이 말을 아이에게 하는데 너무 힘들고 슬펐습니다.

"재발한다면 우리 이제 모든 것을 내려놓고 하나님께 맡기자, 서연아."

사실 이 말은 내가 나 자신에게 하는 격려이고, 하나님 앞에 하는 고백이었습니다.

이날 오후에 병실이 났다고 연락이 와서 입원을 했습니다. MRI 촬영 결과 뇌실에 뭔가가 보이니 조직 검사도 하고, 션트도 빼 보자고 하였습니다. 그러나 우리는 보험 면책 기간이라 바로 수술을 할 수 없어서, 수술을 연기해야만 했습니다. 나는 마음이 아프고, 서연이는 또 수술을 해야 한다는 말에 겁을 내고 울었습니다.

며칠 후 이 사실을 알게 된 주연 엄마의 도움으로 바로 할 수 없었던 수술도 잘 받을 수 있었습니다.

그러나 서연이는 종양이 뇌실로 전이 되어 길어야 1년이라는 시한부 판정을 받았습니다. 1년의 시한부 인생을 살고 있는 서연이의 생명을 취하실 이도 하나님이시고 낫게 하실 이도 주님이시라는 것을 압니다. 만일 하나님께서 '그리 아니하실지라도~' 나는 기뻐하며 경배할 것입니다.

이 경배는 진주조개의 고백과 같습니다. 조개가 이물질을 안고 오랜 시간 참아내고 견뎌내서 마침내 아름다운 진주를 탄생시킨 것처럼, 서연이나 나는 뇌종양이라는 고난을 안고 오랜 시간 참아내고 견뎌내고 있습니다. 마침내 우리도 진주조개와 같은 고백을 탄생시키신 하나님! 감사합니다.

"우리는 연세암병원이 아니고, 하나님의 병원에 입원해 있으니

주여, 당신의 뜻대로 하시옵소서!"

2 | 더 큰 고통 속에서
나와 함께하시는 주님

다시 피어난 꽃 오경숙

나의 마음까지 치료해주신 명의 고산옥

더 큰 고통 속에서 나와 함께하시는 주님 고영범

그칠 수 없는 나의 노래 이종진

딸의 기도가 나를 다시 엄마가 되게 했어요 한나 엄마

다시 태어난 기쁨 이현주

우리 집은 밧데리 하우스 김정애

나를 살리신 이유 주금자

한나터 우리 집 이야기 이규현

다시 피어난 꽃

오경숙

나는 긴 세월 곤고하게 살았습니다. 내 힘으로는 해결할 수 없는 문제를 안고 있었습니다. 설상가상으로 2003년쯤에는 원인도 없이 식욕이 없어지면서 전혀 먹을 수가 없고, 수면장애까지 생겼습니다. 거의 1년 동안 물만 마시다 보니 피골이 상접해졌습니다.

그러던 어느 날, 샤워를 하다가 가슴에 멍울이 만져져서 집 근처 병원에 갔습니다. 여러 검사를 하고 조직 검사까지 하게 되었습니다. 조직 검사 결과를 기다리는 시간이 너무나 길게 느껴졌습니다. 이 시간 동안 나는 암을 예상하고 착잡한 심정으로 많은 생각을 했습니다. 이런 경우

암이 아니기를 바라는 것이 일반적인 바람일 텐데, 나는 그렇지 않았습니다.

그동안 너무 힘겹게 살아왔기 때문에 어떤 강력하고 자극적인 일이 생겨서 상황의 반전이 일어나길 바랐습니다. 그래서 암이라는 진단이 내려져도 초연하게 받아들일 수 있을 것 같았습니다. 예상대로 유방암이었습니다.

암 진단을 받은 나는 세브란스병원으로 가서 다시 진찰을 받았습니다. 한쪽 가슴을 모두 절제하고, 항암치료까지 받아야 한다고 했습니다. 그러나 내 몸과 마음이 최악의 상태였기 때문에 수술 후 깨어날 수 있을지 걱정되었습니다. 그리고 수술 후 바로 6개월 동안 받아야 할 항암치료는 더더욱 걱정이 되고 자신이 없었습니다. 그래서 나는 세브란스병원에 입원하기 전에, 주변을 정리하고 유언까지 남기며 가족 및 지인들과 이별을 했습니다.

그러나 주치의 선생님은 아주 강한 어조로 나를 격려했습니다.

"할 수 있어요!"

이 말을 듣고 나는 희망과 용기를 얻었습니다. 이 격려의 말은 나에게 새 힘을 주었고, 수술하고 항암치료가 끝날 때까지 내내 나를 지탱할 수 있게 하였습니다. 의사 선생님의 말씀이 치료의 원동력이 되었던 것입니다. 나는 의사 선생님의 격려는 분명 하나님께서 나에게 주신 희망의 메시지였다고 믿습니다.

현실은 죽음을 준비할 수밖에 없는 상황이었지만 나는 희망을 가질 수 있는 기회가 주어지기를 원했습니다. 그리고 모든 것을 하나님께 맡기고 가족과 많은 분들의 기도와 격려 속에 수술실에 들어갔습니다.

담담한 마음으로 수술실로 들어섰지만, 나는 수술실 입구에서부터 두 눈을 꼭 감았습니다. 수술실에서의 일들을 기억하고 싶지 않은 마음이었나 봅니다. 그래서 지금도 그때의 수술실 내부가 전혀 생각나지 않습니다. 나는 죽음에 대한 두려움이 없었기에 담담했습니다. 다만, 다시 살 기회가 주어진다면 나처럼 몸과 마음이 병들고 지치고 아픈 이들과 함께하면서, 희망과 사랑의 메시지를 전하는 일에 헌신하겠다고 다짐했습니다. 분명 수술대 위에는 나 혼자가 아니라 영이신 주님께서 함께 하신다는 것을 믿고 나를 온전히 맡긴 채 기도하면서 마취에 들어갔습니다.

나중에 딸에게서 들은 말입니다. 의연하고 담담하게 수술실에 들어가는 내 모습을 보던 누군가가 이렇게 말했답니다.

"신앙의 힘이 좋기는 좋은가보구나! 내가 저 상황이면 저렇게 담담할 수 있을까?"

'죽음이냐 기회냐?' 모든 것을 맡기고 수술을 받았던 나는 마취에서 깨어났고 회복실 천장이 보였습니다.

"두려워하지 말라, 내가 너와 함께 함이라." 이사야 41:10

삶을 정리하고 수술을 받았던 내가 무사히 깨어난 것은 생명의 주권자이신 하나님이 하신 일이라고 믿습니다. 이제 살았으니 새 삶의 기회가 왔고, 새 삶은 소명을 따르는 삶이 되어야 한다고 결심했습니다.

그러나 살아났다는 감격과 함께 수술로 인한 통증과 가슴을 잃은 상실감으로 눈물이 하염없이 나왔습니다. 주체할 수 없는 눈물이 앞을 가려서 눈물을 닦으려고 했지만 도저히 팔을 움직일 수 없었습니다. 울고 있는 나에게 간호사가 다가오는데 천사가 내려온 것 같았습니다. 간호사는 나의 아픈 팔을 들어주고 만져주며 통증을 완화시켜 주었습니다. 이 간호사의 따뜻한 미소와 손길은 지금도 잊을 수 없습니다.

병원에 입원해 있는 동안, 새 인생의 청사진을 그리며 병원 예배에 열심히 참석했습니다. 한 번은 원목실 목사님이 설교하셨는데 지금도 생생히 기억납니다.

"여러분! 하나님께서 앞으로 여러분들을 더욱 귀하게 사용하시려고 지금 이 아픔을 통해 준비시키고 계십니다. 고난 중에 재충전 받고 잘 준비하셔서 앞으로 귀하게 쓰임 받는 복된 인생이 되시기를 바랍니다."

나는 이 말씀에 많은 감동과 은혜를 받았습니다. 이 말씀처럼 될 것이라고 믿었지만 현실적으로는 막연했습니다. 내가 이미 40대 중반인데 언제 준비를 해서 어떻게 쓰임 받을 수 있을까 싶었습니다.

신기하게도 수술 후에 그동안 없었던 식욕이 생기더니 서서히 식사를 하게 되었습니다. 그리고 6개월에 걸친 12차 항암치료도 일사천리로 진행되었고, 잘 마칠 수 있었습니다. 항암치료는 말로 표현할 수 없는 고통이었습니다. 이때 가족과 많은 분들의 격려와 주님을 의지하는 믿음이 없었다면 견디지 못했을 것입니다. 항암치료의 고통스러운 과정이 내게는 자기 성찰과 재충전의 기회가 되었습니다. 하나님 앞에 나 자신을 모두 내려놓게 되었고, 새로 주어진 인생의 기회를 어떻게 선용할지 주님께 기도했습니다.

다시 건강해지고 그간 힘들다고 여겼던 삶도 실은, 감사했어야 할 삶이었다고 생각되었습니다. 이런 생각이 들자, 시련은 사라지고 모든 것이 새로워졌습니다. 남편과 가족의 후원과 주변 분들의 격려 속에서 성결대학교와 성결대학교 신학대학원M. Div.을 졸업했습니다.

그리고 세브란스병원 임상목회교육CPE: Clinical Pastoral Education을 받았습니다. 임상목회 훈련 중, 그동안 나의 정신적, 육체적 상처들이 환우들과의 상담에서 동병상련의 공감대를 형성한다는 것을 느꼈습니다. 그리고 하나님께서는 질병과 상처로 고통 중에 있는 환우들을 치유하기 위해 나를 부르셨다는 것을 깨달았습니다. 하나님은 그간의 고난을 통해서 나를 훈련시켜 '상처 입은 치유자'로 부르셨다는 것을 받아들였습니다. 이것을 내가 깨닫고 받아들이기까지 하나님께서는 나를 위해 친히 모든 일을 하신 겁니다. 감격하고 감사하지 않을 수 없는 사랑이었습니다.

나는 2009년부터 세브란스병원의 원목실 교역자로 임상목회 사역을 감당하고 있습니다. 때로는 수술실에서 수술대기 중인 환우들을 위해 기도합니다. 환우들은 예전의 나처럼 두 눈을 감거나 눈물을 흘리며 수술실로 들어오는 경우가 많습니다. 나는 이런 분들의 마음을 잘 알기에 밝은 표정으로 다가가 그들을 위로합니다. 내가 회복실에 있을 때 내게 천사처럼 다가왔던 간호사처럼 다가갑니다. 이렇게 하면 대부분의 환우들은 반가워하며 함께 기도를 올립니다.

내가 이렇게 살게 된 것은 큰 복입니다. 고난을 겪기 전에는 예측도할 수 없었던 축복입니다. 성경 시편 말씀처럼 '고난이 내게 유익'이었음을 고백합니다. 암을 극복하기까지는 외롭고 힘들었지만, 고난이 나

내가 이렇게 살게 된 것은 큰 복입니다.
고난을 겪기 전에는 예측도 할 수 없었던 축복입니다.
시편 말씀처럼 '고난이 내게 유익'이었음을 고백합니다.
암을 극복하기까지는 외롭고 힘들었지만,
고난이 나를 새롭게 했고 새 삶을 살도록 했습니다.

를 새롭게 했고 새 삶을 살도록 했습니다. 시들어 죽어가던 꽃이 생기를 얻어 다시 피어나듯, 위기 속에서 치유를 받고 소명에 따라 '상처 입은 치유자'로 살게 된 나는 먼저 하나님께 감사드립니다. 그리고 최선을 다해 치료해 주신 주치의 선생님과 의료진들에게 고마운 인사를 드립니다. 특히 영적으로 돌봐주셨던 세브란스병원 원목실 교역자님들과 현재 병원 목회에 동참해 주시는 등촌제일교회분들에게 깊은 감사를 드립니다. 끝으로 고난 속에서 소중함을 알게 된 우리 가족에게 사랑과 감사를 전합니다.

"하나님의 사랑으로 인류를 질병으로부터 자유롭게 한다"는 세브란스 병원의 미션처럼 나는 병에서 자유로워졌습니다. 모든 환우들이 질병으로부터 자유롭게 되기를 믿고 늘 기도합니다. 현재 치료 중이거나 질병을 극복하고 새 삶의 기회를 부여 받은 모든 분들, 아름답고 향기로운 삶 속에 늘 활기차고 강건하십시오.

이 글을 쓴 오경숙 님은 연세암병원 원목실 교역자입니다.

나의 마음까지
치료해주신 명의

고산옥

2013년 4월 30일 나는 출근길에 교통사고를 당했습니다. 버스 문이 열린 채로 출발했는데 내 왼발이 뒷문에 끼인 상태로 10m 이상 끌려갔습니다. 이때 나는 '이렇게 죽는구나' 하고 생각했습니다.

장이 터져서 몸 안의 내장들이 모두 들여다보이고 허리, 골반과 다리를 크게 다쳤습니다. 응급 수술을 15시간 이상 받았습니다. 이 수술을 집도하신 교수님들이 가망 없으니 마음의 준비를 하라고 가족에게 전했답니다. 그러나 우리 어머니는 중환자실 앞에서 물 한 모금 드시지 않고 기도하셨습니다. 이렇게 어머니가 기도하시길 3 일째 되는 날, 꿈에 주님께서 나를 회복시켜 주시겠다고 하셨답니다. 이후 기적 같은 일이 일어났습니다.

잘라내야만 한다던 왼발은 살만 소실되었지, 뼈는 손상되지 않았다며 의사 선생님은 기적이라고 하였습니다. 그래서 5월 28일, 열여섯 시간에 걸쳐 유리 피판술을 시행했는데 결과는 좋지 않았습니다. 이식한 혈관의 혈액순환이 원활하지 않아 이식 부위를 다시 잘라내야 한다고 해서, 나는 중환자실에서 꼬박 하루를 기도했습니다. 그 결과, 놀랍게도 이식한 두 개의 혈관 중 한 개에서 피가 돌았습니다. 그래서 이식 부위를 잘라내지 않고 계속 드레싱하면서 썩는 부위만 잘라내고 살이 자연적으로 차오르면 피부 이식을 하자고 했습니다.

그런데 또 다른 시련이 찾아왔습니다. 골반 뼈를 고정해 놓은 채로 3개월 이상 누워 있었더니 욕창이 생겼고, 항생제 부작용으로 여러 후유증들이 나타났습니다.

열다섯 시간의 응급수술과 열여섯 시간의 유리 피판 이식술 말고도 다섯 시간 이상의 수술 등 모두 세 차례 수술을 받은 내 몸과 마음은 엉망이었습니다. 가장 힘든 것은 욕창이었고, 이게 계속 덧났습니다.

2백일 정도, 방광에 직접 관을 연결하여 배뇨를 했었는데, 관을 제거하고 자가 배뇨를 시도한 시기에는 한 시간 간격으로 소변을 보느라 밤잠을 못 자는 이중고를 겪었습니다.

사고 후 5개월이 지나서야 간신히 휠체어를 타고 병원 교회에 가서 예배를 드릴 수 있었습니다. 예배를 드리면서 나는 너무 감격해서 끝없이 눈물을 흘렸습니다. 그 후 한 달이 지나서 워커를 이용해 간신히 한 발두 발, 걸음을 뗄 수 있었습니다. 체력도 고갈되고 믿음도 연약해져 갔지만, 하나님께서 힘을 주셔서 다섯 시간에 걸친 피부이식 수술도, 힘든 재활치료도 잘 받을 수 있었습니다.

그러나 교통사고 때 장이 파열되어서 인공항문장루으로 대변을 처리해야 했습니다. 이것 때문에 내 삶이 통째로 구렁텅이에 빠졌습니다. 일반 외과에서는 빨리 장루 복원을 해야 기저귀 차는 시기가 짧아진다고 빨리 수술을 하자고 했고, 성형외과에서는 욕창 수술을 먼저 해야 한다고 했습니다. 이래서 나는 무척 혼란스럽고 힘들었습니다.

형부와 남동생의 도움으로 S병원과 A병원에서 장루 복원 수술을 타진하기 위해 진찰을 받았습니다. 그러나 두 곳 모두 내가 응급수술을 받은 곳이 아니므로 수술을 해 줄 수 없다고 했습니다. 평생 장루를 바깥으로 달고 사는 게 너무 힘들어서 수술을 받으려고 한 건데, S병원에서 평생 그렇게 살아야 한다고 했을 때, 너무 섭섭하고 서러웠습니다. 사방이 높은 벽으로 막혀 있는 것 같아서 너무나 답답하고 슬펐습니다. 그래서 꼬박 일주일을 하나님께 기도했습니다.

어느 날 우리 집에 누가 찾아왔는데 나와는 일면식도 없던 사람이었습니다. 그는 우리 딸애가 다니고 있는 학교평촌 대경고등학교의 어머니 기도회의 회원이라고 했습니다. 이분의 딸은 이미 학교를 졸업했는데 학교 기도회에 갔다가 내 이야기를 들었고, 또 자신이 출석하는 교회에서도 내 사정 이야기를 들었다고 했습니다. 그래서 안타까운 마음에 나를 찾아왔던 것입니다. 그분은 내 사정 이야기를 모두 듣고는 강남 세브란스 병원 원목실의 정명희 목사님을 통해서 손승국 박사의 진찰을 받게 해

주었습니다.

"항문이 없는 사람도 만들어 주어야 하는 게 의사의 소임인데 항문이 이렇게 살아 있는데 왜 수술을 못 해 드리겠습니까? 꼭 해 드리겠습니다."

박사님이 이렇게 말했을 때 나는 너무 기뻐서 주저앉아 울 뻔했습니다. 박사님에게 감사 인사를 하고 또 했습니다. 내가 제일 힘들어하는 점을 이해해주고 문제를 해결해주신다니 너무 고마웠습니다. 대변 냄새를 풍기는 엄마를 보살펴야 하는 딸의 고생도 끝난다고 생각하니 마음도 후련했습니다. 박사님은 욕창만 나아서 오면 바로 수술해 주겠다고 약속했습니다.

딸의 학교 어머니 기도회의 회원들을 비롯해서 많은 분들이 내 욕창이 빨리 낫기를 기도했습니다. 명의 중의 명의인 손승국 박사님이 수술을 해주신다고 하니까 소풍날을 기다리는 아이처럼 들뜨고 설레었습니다.

그런데 정작 수술 당일 새벽부터 나는 맥박이 빨라지고 가슴이 콩닥거렸습니다. 계속 기도하고 수술 대기실에서도 기도했지만 진정되지 않았습니다. 정 목사님이 오셔서 기도하시는데 따뜻한 기운이 온몸을 감싸고, 널뛰던 맥박도 잡혔습니다.

얼마큼 시간이 흘렀는지 극심한 통증이 느껴졌습니다. "하나님! 제가 이 고통을 견딜 수 있을까요? 제게 새 힘을 주시옵소서!" 기도하면서 눈을 떴는데 놀랍게도 회복실 천정에 이사야 41장 10절 말씀이 쓰여 있었습니다.

"두려워 말라, 내가 너와 함께 함이니라.

놀라지 말라 나는 네 하나님이 됨이니라.

내가 너를 굳세게 하리라. 참으로 너를 도와주리라.

참으로 나의 의로운 오른손으로 너를 붙들리라."

　그새 나는 수술을 마치고 의식을 찾은 거였습니다. 하나님의 은혜와 사랑에 저절로 눈물이 나왔습니다. 회복실에서 병실로 이동하면서 연신 감사기도를 드렸습니다. 초조하게 수술실 밖에서 기다리던 어머니가 나를 보시고 눈물을 흘리셨습니다.

　복부 통증으로 제대로 잠을 못 잔 채 수술 이튿날이 밝아 왔습니다. 아침 여섯 시에 간호사실에서 1층 영상의학과에 가서 복부 X-ray를 찍고 오라고 했습니다. 사실 많이 힘들었지만 나도 모르게 "골리앗과 맞서 싸울 때 다윗에게 허락하셨던 용기를 제게도 주소서" 하는 기도가 나왔습니다. 그런데 기적처럼 누군가가 내 손을 잡고 일으켜 주는 것 같았습니다. 통증을 느낄 새도 없이 침대에서 일어나 걸어서 혼자 영상의학과에 가서 촬영을 마치고 돌아왔습니다.

　전공의 선생님이 열심히 걷고, 좌욕을 하라고 해서 많이 걷고 하루 네 번 이상 좌욕을 했더니 통증이 호전되었습니다. 수술 후 가스가 나오지 않아서 걱정했는데 목사님이 오셔서 기도를 하시고 간 다음 날 새벽에 가스가 나왔습니다. 미음을 먹고 젤리 상태의 변을 항문으로 보았습니다. 교통사고 1년 만에 처음으로 항문으로 변을 본 겁니다. 너무 좋아서 저절로 찬송이 흘러나왔습니다.

　퇴원의 기쁨도 잠시, 암으로 투병 중이셨던 친정아버님이 급격히 악화되었습니다. 나는 내 몸이 낫기도 전에 아버지의 회복을 위해 새벽기도회에 나갔습니다. 내 기도에 응답을 주셨는지 아버지의 상태가 호전되었고, 아버지는 내가 출석하는 교회의 새 신자가 되었습니다. 그 후 아버지는 다섯 차례의 방사선 치료를 받으셨지만 폐렴 합병증으로 중환자실에서 20일 계시다가, 나와 언니의 찬송을 들으시면서 주무시듯 평안한 모습으로 떠나셨습니다.

아버지와의 이별은 나뿐만 아니라 내 딸에게도 큰 충격이었습니다. 딸은 자기를 길러준 할아버지의 갑작스러운 죽음으로 방황했습니다. 나도 내가 사고를 당했기 때문에, 아버지 병세가 악화되어 일찍 돌아가신 것 같아서 죄책감에 시달렸습니다. 보행 워커에 몸을 의지하고 매일 저녁 기도회와 금요철야 예배에 가서 주님께 부르짖었습니다. "주님, 저는 정직하고 착하게 살아왔는데 왜 제게 이런 아픔을 주십니까?" 하고 투정했습니다.

아픈 나를 너무 힘들게 하는 딸아이에 대한 섭섭함과 원망으로 기도가 안 되었습니다. 나는 어린아이처럼 엉엉 소리 내어 울기만 했습니다. 이러기를 2주째 되는 날, 나를 위로해주시는 하나님을 느끼게 되었습니다. 그러자 딸에 대한 원망과 섭섭함 대신에 딸을 축복하는 기도를 올리게 되었습니다.

2015년 1월 말에 또 시련이 왔습니다. 장루 복원수술을 한 복부 밑 부분이 불룩 튀어나오고 배변도 힘들어져서 MRI를 찍어보니 척추에 종양이 있었습니다. 그러나 그동안 개복 수술을 여러 번 했기 때문에 당장 수술은 어렵다고 했습니다. 더구나 척추 종양 제거 수술을 하면 발가락을

힘든 시기를 참고 견디는 동안 내 기도 제목도 바뀌었습니다.
나 낫게 해달라는 기도를 이제는 하지 않습니다.
"주님의 뜻이 있는 곳을 바라보게 하시고 주님의 마음이 있는 곳에
제 마음이 있게 하옵소서!" 하고 기도합니다.

움직일 수 없게 될 거라고 했습니다. 설상가상으로 왼발 이식 부위가 괴사되어 계속 그 상태로 걷게 되면 피부암으로 진행될 수 있다는 진단을 받고 2015년 7월 21일 또 수술을 받았습니다.

앞으로 몇 번 더 수술을 해야 할지, 또 다른 수술 후유증이 언제 나타날지 알 수 없습니다. 보상 관련으로 가해자 측 보험회사와 소송 중이고 고3 딸아이의 진로와 나의 복직 등 많은 문제들이 있습니다. 그러나 나는 모든 것을 내려놓고 무릎으로 주님께 나아가고 있습니다.

힘든 시기를 참고 견디는 동안 내 기도 제목도 바뀌었습니다. 나 낫게 해달라는 기도를 이제는 하지 않습니다. "주님의 뜻이 있는 곳을 바라보게 하시고 주님의 마음이 있는 곳에 제 마음이 있게 하옵소서!" 하고 기도합니다. 딸애 공부 잘해서 좋은 대학 가게 해 달라는 기도도 하지 않습니다. 대신 "하나님, 제 딸을 만나주시고 제 딸이 주님을 영접하고 주님의 사랑과 은혜 안에서 항상 감사하고 기쁘게 살게 하시고 주님의 나라에 쓰임 받는 삶이 되게 하옵소서." 이렇게 기도하고 있습니다.

생각하면 할수록 강남세브란스병원이 고맙습니다. 세브란스병원은 나를 온전히 고쳐주셨습니다. 내게 새 항문을 주시고 새사람이 되게 했습니다. 나는 세브란스병원 입원 기간 내내 제 삶을 통해 하나님의 영광을 나타내고 주님의 도구가 되길 기도했습니다. 이 기도가 이뤄지리라 믿고 오늘도 기도합니다.

· · · · ·

이 글을 쓴 고산옥 님은 사서직 공무원으로 근무하다가 사고를 당했고, 모든 치료를 마친 지금 복직을 위해 기도하고 있습니다.

더 큰 고통 속에서
나와 함께하시는 주님

고영범

2004년 5월 1일 토요일, 이날이 엄청난 고난이 시작되는 날이 될 줄이야……. 나는 토요일인데도 여느 날처럼 출근해서 커피를 마셨습니다. 그런데 갑자기 명치끝에서부터 숨이 콱 막혀왔습니다. 몸을 제대로 가눌 수가 없었습니다. 설사와 구토를 반복하다가 간신히 일을 마치고 퇴근했습니다. 집에 돌아온 나는 아내가 끓여 준 죽을 먹다가 모두 토하고, 가까운 병원에 갔습니다. 장이 마비되었는데 주사 한 대 맞고 조금만 쉬면 회복될 거라고 해서 주사를 맞고 병원을 나오다가 그만 길바닥에서 주저앉고 말았습니다. 고통스러워서 숨을 쉴 수 없었습니다. 그 길로 바로 세브란스병원 응급실에 갔습니다. 여러 검사를 한 결과, 췌장염이라는 진단이 내려졌고 바로 입원을 하게 되었습니다.

무식하면 용감하다고 하던 가요, 나는 췌장염이 맹장염처럼 가벼운 병인 줄 알았습니다. 그래서 며칠 지나면 아무렇지 않게 일상으로 돌아갈 수 있을 거라고 여겼습니다. 이건 내 아내도 마찬가지였습니다. 입원 첫날 밤새도록 통증에 시달리고, 다음날도 그러다가 월요일 아침에 중환자실로 옮겼습니다. 이때까지만 해도 그리 심각한 상황인 줄 몰랐습니다.

내가 중환자실로 들어간 후, 아내는 의사 선생님으로부터 충격적인 말을 들었습니다.

"이 병은 걸어서 들어왔다가 누워서 나가는 거 아시지요?"

"그럼, 암이예요?"

"차라리 암이라면 낫지요. 그건 수술이라도 할 수 있으니까요."

내 병명은 '급성괴사성 췌장염'이라고 했습니다. 여기에 혈압과 맥박은 비정상적으로 높아서 약물로도 제어가 되지 않고, 췌장액은 몸 안으로 흘러 장기를 녹이고 있고, 폐는 오그라들어 자가 호흡이 되지 않는다고 했습니다. 게다가 패혈증까지 있다고 했습니다. '이대로 치료도 못 하고 죽는가?' 아내는 너무도 큰 충격을 받아 정신이 혼미하고 어찌할 바를 몰랐다고 합니다. 이 사실은 도저히 받아들일 수 없었고, 누구한테 이 상황을 알리고 의논할 데도 없고, 도움을 요청할 곳도 없었습니다. 인터넷을 뒤져 봤지만 치사율 95%라는 정보에 절망만 확인했을 뿐, 정신이 하나도 없었습니다. 그래서 아내는 의사 선생님에게 살려달라고 매달렸습니다. 이때 의사 선생님은 아내에게 이렇게 말했답니다.

"기도하는 사람이라면서요?"

"……."

의사 선생님은 재차 말했습니다.

"기도하세요."

이 말에 아내는 정신이 번쩍 들어 기도했답니다.

"하나님, 단 1%의 가능성만 있더라도 살려주세요. 1년 만이라도 더 살게 해주세요. 아들과 시간을 가질 수 있게 해주세요."

의사 선생님은 여러 과와 협진을 하고 수술 의뢰를 하였지만 선뜻 나서는 외과 의사 선생님이 없었습니다. 너무 아팠습니다. 가장 강력한 마약성 진통제를 맞아도 약효는 삼십 분에서 한 시간을 못 갔습니다.

"제발~ 중독되어도 좋으니까 진통제 좀 놔 줘요!"

내 기억에는 없는데 내가 이렇게 소리를 쳤다고 합니다. 기도도 나오지 않았습니다. 오로지 통증에서 벗어나기만을 바랐습니다. 아무 생각이 들지 않았습니다. 이런 고통의 날을 십 여일 보내고 나서야, 한 외과 팀이 나섰습니다.

"환자가 아직 젊고 과거 병력도 없으니 한 번 해봅시다."

한 외과팀이 나선 덕분에, 이때 빈 수술 방에 들어가 수술을 하게 되었습니다. 나를 아는 모든 분들이 함께 드린 기도를 하나님께서 들어주신 겁니다. 수술은 잘되었습니다.

그런데 이틀 뒤에 사고가 생겼습니다. 기도를 삽관한 채로 가래를 빼던 중에 호흡기가 막히고, 숨이 끊어졌습니다. 간호사의 다급한 외침이 내 귀에 들렸습니다.

"어레스트, 어레스트……."

이 소리가 점점 희미하게 들렸습니다. 그 순간 '이게 죽는 거구나' 하는 생각이 머릿속을 스쳐 갔습니다. 다급한 목소리가 멀어져가더니 더 이상 들리지 않았습니다. 그런데 참 이상했습니다. 내 마음이 너무도 평안했습니다. 더는 고통도 없었습니다. 고통이 없으니 절로 감사의 기도가 나왔습니다.

"주님, 감사합니다!"

그때, 내 눈앞에 십자가에 못 박힌 너무도 비참한 예수님이 나타났습니다. 예수님의 모습은 영화 '패션 오브 크라이스트'에서 본 것보다도 더 비참했습니다. 예수님은 숨조차도 쉬기 힘들어 간신이 헉헉거리셨습니다. 머리는 가시관에 찔려 피가 철철 흘렀습니다. 손과 발은 못에 박혀 너무도 끔찍했습니다. 또 옆구리도 눈 뜨고 볼 수 없을 정도로 처참했습니다. 이런 주님이 사람들을 보며 기도하고 계셨습니다. 한 마디 한 마디 힘겹게 내뱉으시며 기도하셨습니다.

"하나님, 저들을 용서하여 주옵소서."

그리고 예수님이 나를 지긋이 바라보시는데, 그 눈빛은 어디에서도 볼 수 없었던 인자하신 눈빛이었습니다. 예수님은 나를 향해 말씀하셨습니다.

"애야, 나는 너보다도 더 큰 고통 가운데서 너와 함께 하고 있지 않느냐?"

나는 너무 감격해서 주님께 고백했습니다.

"주님이 이렇게 저를 용서해 주시는군요.

이렇게까지 저를 사랑하시는군요. 그간 제가 몰랐습니다.

주님 감사합니다."

주님께서는 내가 너무도 고통스러워하니까, 내 고통 속으로 친히 들어와 주셨습니다. 그때 나는 한 가지만을 기도했습니다.

"주님, 저는 지금 갈 수 없어요. 은호와 선아를 지켜줘야 해요."

네 살 난 아들과 아내의 이름을 부르며 주님께 간절히 기도했습니다. 주님께서는 내 간절한 기도를 들으시고 응답해주셨습니다. 그 응답이 바로 내가 다시 살아난 것입니다.

"주님, 감사합니다!"

소리는 낼 수 없었지만 마음속 깊이 감사의 기도를 드렸습니다. 뜨거운 눈물이 흘러내렸습니다.

중환자실에서의 한 달은 너무도 고통스러운 시간이었습니다. 죽어가는 환자들을 보아야만 했고, 그다음 차례가 바로 나일 것 같은 두려움에 휩싸이기도 했습니다.

'차라리 의식이 없으면 좋을 텐데……'

한 달 동안 아무것도 먹지 못했습니다. 그러나 하루 두 번의 면회시간에 만나게 되는 아내와 가족들에게는 괜찮은 척했습니다. 걱정을 끼치지 않으려고 최대한의 노력을 했습니다. 이런 시간이 지나고, 한 달 만에 일반 병실로 옮겼습니다. 다 나아서 금방이라도 집에 갈 수 있을 것만 같았습니다. 모든 고통이 끝난 줄 알았습니다.

그러나 일반 병실로 온 지 며칠 만에 새로운 병이 또 생겼습니다. 순식간에 온몸이 부어올랐고, 몸속의 장기들도 모두 부었다고 했습니다. 의료진도 이런 증상의 원인을 찾지 못한 것 같았습니다. 의사 선생님은 회진 때마다 한마디 말만 던지고 도망치듯 나가 버렸습니다.

"나도 모르겠어. 기도 많이 했어요?"

'아니, 의사가 모르면 환자는 어떻게 하라는 거야……' 분노가 치밀어 올랐습니다. 한 달 반 동안 의사는 매일 똑같은 말만 되풀이했습니다. 간신히 붙들고 왜 붓느냐고 물어봐도 돌아오는 대답은 "최선을 다하고 있습니다"라는 말뿐이었습니다. 이런 답답한 시간이 한 달 정도 계속되었습니다.

"나도 모르겠어. 기도 많이 했어요?"

한 달 동안, 의사가 같은 말을 하다 보니, 나에게는 매일 의사가 하는 말이 이렇게 들렸습니다.

'의사인 나도 모르겠으니 하나님께 기도 많이 하세요!'

드디어 병명이 나왔습니다. '자가 면역성 혈관염'이라고. 이 병명을 찾기까지 한 달 이상이 걸린 겁니다. 어느 정도 치료가 된 후에 레지던트 선생님이 말했습니다.

"환자분 때문에 정말 공부 많이 했어요.

환자분은 세계에서 13번째로 희귀한 케이스로 보고됐어요."

이제 모든 것이 끝났습니다.

'주님 감사합니다!'

그런데 샴페인을 너무 일찍 터뜨린 것일까요? 그해 8월에 두 번째 수술을 했습니다. 수술 자체는 잘되었다고 하는데 회복실에서 나올 수가 없었습니다. 허리 아래쪽으로 감각이 없어졌습니다. 간호사는 한참동안 이런 저런 조사를 하고서, 어딘가로 전화를 하더니 내게 다가와서 말했습니다.

"환자분, 하반신 마비가 왔습니다."

순간 '이제 평생 가족들에게 짐이 되는구나!' 하는 생각이 들자, 절망했고 이어 원망과 분노가 치밀었습니다.

"하나님 이게 뭡니까? 차라리 중환자실에 있을 때 데려가시지요.

살려놓고는 이제 와서 또 뭐하시는 겁니까?"

이후 다행히 하반신 마비는 거의 풀렸지만 왼쪽 발목 아래는 전혀 쓸 수가 없었습니다. 1년 동안 재활 치료를 한 후에 보조기 없이 걸을 수 있게 되었습니다.

그런데 입원한 지 6개월 쯤 되었을 때, 췌장염의 원인을 찾는다고 이알시피ERCP검사를 했습니다. 이 검사에서 팽대부암이 발견되어 나는 이전보다 더 큰 충격을 받았습니다. 정말 어디까지 갈지 알 수 없는 상황의 연속이었습니다. 하나님께서 저를 기가 막힐 수렁에 자꾸 밀어 넣으신다는 생각이 들었습니다. 나는 치료를 거부하고 병원을 나왔습니다.

"암은 수술하면 낫는데요."

아내는 확신에 차서 나를 사흘 동안 설득했습니다. 아내가 침착하게 나를 설득할 수 있었던 것은 처음 입원할 때 의사 선생님이 했던 말 때문이었습니다.

"암이면 차라리 낫지요. 그건 수술하면 되니까요."

하나님께서는 그때 내 아내에게 예방 주사를 놔 주신 것입니다. 그렇지 않았다면 아내는 나보다 더 큰 충격을 받았을 것입니다. '놀라우신 하나님!'입니다. 나는 다시 입원하여 수술을 받았습니다.

아무튼 이렇게 해서 2004년에 모두 네 번의 큰 수술을 받았으며, 7개월을 꼬박 병원에서 지내다가 집으로 돌아왔습니다.

퇴원하던 날, 나를 담당했던 외과 선생님은 다음과 같이 말했습니다.

"당신은 억세게 운이 좋은 사람이요. 기도 많이 해서 그런가 봐요."

처음 나를 맡았던 내과 선생님도 아내에게 이렇게 말했습니다.

"처음에는 전혀 가망이 없었습니다. 하나님께서 살려주신 것이지요."

나를 치료했던 두 분 의사선생님은 이렇게 하나님의 역사하심을 고백했습니다.

"내가 여호와를 기다리고 기다렸더니 귀를 기울이사
나의 부르짖음을 들으셨도다.
나를 기가 막힐 웅덩이와 수렁에서 끌어올리시고
내 발을 반석 위에 두사 내 걸음을 견고하게 하셨도다.
새 노래 곧 우리 하나님께 올릴 찬송을 내 입에 두셨으니
많은 사람이 보고 두려워하여 여호와를 의지하리로다." 시편 40:1-3

다윗의 고백이 곧 나의 고백이 되었습니다.

나는 2004년 7개월간의 병원 생활을 하면서 하나님의 위로와 치유가

필요한 곳이 병원이라는 것을 깨달았습니다. 그래서 2005년 가을부터 세브란스병원 원목실에서 실시하는 임상목회 교육을 받고서, 환우들을 만나기 시작했습니다. 내가 환자로서 경험한 것들과 그 가운데 함께하시는 하나님의 위로와 치유의 역사를 환우들과 함께 나누었습니다. 고통 가운데 있는 이들에게 다가가서 '하나님의 위로자'가 되라는 사명을 가지고 사역하게 되었습니다.

이러던 중 2008년 10월 말, 갑작스럽게 혈변이 나오고, 머리가 빙빙 돌아서 빈혈인 줄 알았습니다. '3월에 검사했을 때만 해도 아무런 문제가 없다고 했었는데…….' 검사 결과는 대장암 3기였습니다. 2004년에 췌장액이 흘러서 장기들을 녹여 쓸개와 대장 3분의 1을 잘라냈었습니다. 그런데 이번에는 남은 대장 모두를 제거해야 했습니다.

2009년 1월에 수술을 받고, 6개월 동안 항암치료를 받았습니다. 항암치료는 정말 힘들었습니다. 2주마다 항암치료를 받는데 아무것도 먹을 수 없었습니다.

나는 2006년부터 단독 목회를 하고 있었는데 의사 선생님은 목회에 지장이 없도록 많이 배려해 주었습니다. 주일 오후에 입원하여 수요일 오후에는 퇴원할 수 있도록 도와주어서, 퇴원하면 곧바로 수요예배를 인도할 수 있었습니다. 성령께서 함께하셔서 이 시간만큼은 힘이 솟았습니다.

이렇게 항암치료를 받던 중에 일이 생겼습니다. 교인 중에 남편분이 10년 가까이 누워계시던 분이 있었습니다. 마침 내가 주일이 아닌 월요일 오후에 입원해서 기본적인 검사를 마치고 병실에 앉아있을 때였습니

세브란스병원 원목실에서 실시하는 임상목회 교육을 받고서,
환우들을 만나기 시작했습니다.
내가 환자로서 경험한 것들과 그 가운데 함께 하시는
하나님의 위로와 치유의 역사를 환우들과 함께 나누었습니다.

다. 그 교인이 나를 찾아와 임종예배를 드려달라고 요청했습니다. 그 환자분은 나와 같은 세브란스병원에 입원해 있었습니다.

나는 곧바로 환자복을 입은 채로 병실로 달려가서 임종예배를 드렸습니다. 예배를 드린 지 30분도 안 돼서 돌아가셨다는 연락을 받았습니다. 자녀들은 모두 외국에 살고 있었고, 그 교인은 늘 나에게 남편의 장례를 맡아달라고 했었습니다.

그래서 퇴원하여 장례를 집례하려고 했는데, 또 문제가 생겼습니다. 나의 백혈구 수치가 60이라고 했습니다. 이 수치이면 면역력이 제로라 환자분이 지금 격리되어야 할 판인데 어떻게 퇴원하느냐며 의사 선생님은 퇴원을 허락하지 않았습니다. 수차례 간호사, 레지던트, 주치의 선생님에게 간청을 했습니다. 마침내 퇴원 후에 일어나는 일에 대해서는 어떠한 일이든지 내가 책임진다는 각서를 쓰고서야 퇴원할 수 있었습니다.

이렇게 해서 장례를 모두 마치고 일주일 후에 다시 입원하였는데, 백혈구 수치가 4,000이 넘었습니다. 이 수치를 본 의료진들 모두가 놀랐습니다. 하나님의 일을 하였더니 하나님께서는 당신의 방법으로 나를 이렇게 지켜주신 것입니다. 주님의 일하시는 방법은 인간의 상상을 뛰어넘는다는 것을 다시 확인했습니다.

하나님은 내게 아직도 연단이 필요하다고 여기시는 걸까요? 그동안 항암치료도 잘 마치고, 목회도 열심히 하고, 건강하게 지내고 있었는데 정기검사에서 또 이상이 발견되었습니다. 대장암이 재발하고 폐에도 암이 생겼다고 했습니다. 이제 좀 건강 문제에서 벗어나는 줄 알았는데, 불과 몇 년 만에 다시 위기가 찾아왔습니다.

2012년 11월, 대장과 폐의 암을 동시에 제거하는 수술을 받았습니다. 수술이 잘되었고, 이틀 만에 움직이라고 해서 복도까지 나갔다 왔습니다. 그런데 저녁이 되면서 온몸이 덜덜 떨려서 침대가 심하게 흔들렸고 몸은 점점 더 추워졌습니다. 결국 한밤중에 재수술에 들어가게 되었습니다. 감당할 수 없는 두려움이 엄습해왔습니다. 후에 알게 된 일인데, 수술을 담당한 교수님이 수술 중에 내가 죽을 수도 있다며 원목실 목사님에게 직접 기도 요청을 했다고 합니다. 수술 후에 결국 또다시 중환자실 신세를 졌습니다. 그리고 장루를 단 채로 퇴원하게 되었습니다. 함께 입원해 있던 사람들이 모두 놀랐습니다.

"애기 아빠는 여기서 못 나갈 줄 알았어. 죽는 줄 알았다니까.

그런데 기도하는 사람이라 역시 다른가 봐."

하나님을 믿지 않는 이들이 하나님의 역사하심을 목격하고 고백하게 하시니 감사했습니다. 이렇게 퇴원을 하고 나는 또 다시 6개월 동안의 항암치료를 받았습니다.

이후에도 2014년에 장루 복원 수술, 2015년에는 두피에 생긴 암 수술을 받았습니다. 지금까지 모두 아홉 차례의 큰 수술을 받았습니다.

그리고 오늘은 다학제 진료를 받았는데 검사 결과가 좋지 않았습니다. 착잡한 마음으로 수술 날짜를 정하고 집에 돌아와 이 글을 쓰고 있습니다. 정말 피하고 싶었던 수술이었는데……. 매번 수술 때마다 힘든 일들이 생긴 것을 생각하면, 수술을 해야 한다는 말을 듣는 것만으로도 두렵습니다. 할 수만 있다면 수술을 피하고 싶습니다. 늘 보는 성경 고린도후서 12장 9-10절의 말씀을 펼쳐 읽습니다.

"나에게 이르시기를 내 은혜가 네게 족하도다.

이는 내 능력이 약한 데서 온전하여짐이라 하신지라.

그러므로 도리어 크게 기뻐함으로 나의 여러 약한 것들에 대하여 자랑하리니 이는 그리스도의 능력이 내게 머물게 함이라.

그러므로 내가 그리스도를 위하여 약한 것들과 능욕과 궁핍과 박해와 곤고를 기뻐하노니 이는 내가 약한 그때에 강함이라."

바울의 고백처럼 나의 약함도 주님이 쓰시기를 기도할 뿐입니다. 통증을 이기려고 진통제를 삼키면서 지난 시간들을 또 생각해봅니다. '1년만, 1년만……' 이렇게 기도한 것이 벌써 11년이나 되었습니다. 이 사이에 둘째 아들도 허락해 주시고, 목회도 할 수 있게 하셨습니다.

지금은 국군수도병원에서 환우들을 만나며 하나님의 위로와 회복의 말씀을 전하고 있습니다. 참으로 감사할 뿐입니다. 무엇보다도 내 고통 속에 언제나 함께 하시는 주님의 은혜로 오늘도 견딜 수 있다는 것을 고백합니다.

"애야, 나는 너보다도 더 큰 고통 가운데서 너와 함께 하고 있지 않느냐?"

오늘도 내 삶 속에 성육신을 이루신 주님과 동행하며, 돌봄의 목회자로서 길을 가고 있습니다.

・ ・ ・ ・ ・ ・

이 글을 쓴 고영범 님은 국군수도병원 원목입니다.

그칠 수 없는
나의 노래

이종진

기다린 시간은 10분 정도였습니다. 진료 결과를 기다리는 10분이 10년보다 더 길게 느껴졌습니다. 선우는 더 이상 울지도 못하고 실신한 듯 진료실 침대에 누워 있었습니다. 이윽고 엑스레이 필름을 들고 들어온 의사선생님은 한심한 듯 우리 부부를 흘겨보고 말했습니다.

"이건 틀림없이 암입니다. 백혈병 아니면 림프종 같은······. 어떻게 이렇게 되도록 놔뒀는지 이해가 안 되는군요. 좌우간 아주 심각한 상황이니 지금 당장 서울로 올라가세요. 진료비는 받지 않겠습니다. 빨리 올라가세요."

2002년 7월 중순, 우리는 휴가 차 제주도에 갔는데 그곳 비자림에서 아들은 정신을 잃고 쓰러졌습니다. 아이는 쉴 새 없이 토했고 몸이 불덩이 같았습니다. 물조차 먹을 수 없었습니다. 아이를 차에 태우고 달려간 곳이 제주시의 한 소아과 의원이었습니다. 이곳에서 우리는 천만 볼트의 번개를 맞은 것처럼 휘청거렸습니다. 이 번개가 이후에 몰아닥친 쓰나미의 신호탄이라는 것을 그때는 몰랐습니다.

이튿날 김포공항에 내리자마자 차의 비상등을 켜고 노원구의 B병원 응급실로 갔습니다. 가까운 다른 병원에 갈 수도 있었지만 이 병원에 간 건 이유가 있었습니다. 제주 여행 한 달 전, 아이의 심장이 부어 있는 것 같다고 해서 심장 초음파를 찍으려고 가게 된 병원이 B병원이었습니다. 심장은 이상 없다고 해서 담당의사 처방대로 온갖 검사를 했었기 때문입니다.

이 병원 응급실에서 혈액검사를 했습니다. 이 병원을 그렇게나 많이 다녔는데도 혈액 검사를 해 본 것은 이때가 처음이었습니다. 혈액검사 결과 우리는 어제 제주도의 소아과 의사선생님의 진단이 맞는다는 것을 확인했습니다. 어제의 일은 꿈이 아니었습니다.

"백혈구 수치가 정상치의 열 배가 넘는 10만으로 나왔습니다. 백혈병일 가능성이 거의 확실하구요, 아주 위험한 상태입니다. 지금 바로 중환자실에 입원해야 합니다."

응급실 레지던트의 말이 개그처럼 들렸는지 아주 잠시 피식 웃음이 나왔습니다. '말도 안 돼! 무슨 이런 웃기지도 않는 일이……, 무슨 이런 있을 수도 없는 일이 생기지? 그간 검사한다고 이 병원에 얼마나 자주

왔었는데.'

"어떻게 하시겠습니까? 입원시키셔야죠. 단정할 순 없지만,
이대로라면 오늘내일 중에 사망할 수도 있습니다."

레지던트가 입원 결정을 재촉했지만 나는 대답할 수가 없었습니다. 아내도 놀라서 반쯤 벌어진 입술을 파르르 떨 뿐, 대답을 못 하긴 마찬가지였습니다.

이날 밤, 굳게 닫힌 중환자실 문틈으로 날카롭게 선우의 울음소리가 삐져나왔습니다. 이 소리는 나의 가슴을 후벼 팠습니다. 발가벗겨진 채 기저귀만 두른 25개월 된 선우는 사경을 헤매는 환자들과 난생처음 보는 기계들에 갇힌 채, 울음으로 두려움과 아픔을 토해내고 있었습니다. 병원 측은 마침내 중환자실의 규칙을 접고 아기 엄마가 곁에 있도록 했습니다. 하지만 선우의 고통스러운 울음은 새벽녘까지 그치지 않았습니다. 아내는 중환자실 안에서 선우를 안고, 나는 중환자실 밖에서 아들의 옷가지와 신발을 품고 울었습니다.

'그랬구나! 이제껏 2년을 넘게 살면서 나는 아들에게 한 번도 사랑한다는 말 한마디 진심으로 해보지 못했구나. 하나님 아버지! 정말로 이 아이가 이대로 나를 떠나버리면, 나는 어떡하지요? 나는, 나를 용서할 수 있을까요?'

시간이 멈춘 것 같은 진공 상태에서 나는 아무것도 할 수 없는 무지렁이였습니다. 가슴은 먹먹하고, 절망하고, 후회했습니다.

B병원 중환자실 입원 2일째, 그간 다니면서 검사를 받던 진료과의 담당 의사가 와서 아이의 치료를 맡겨달라고 했습니다. 하지만 나는 맡길

수 없었습니다. 그간 한 달이나 온갖 검사를 하고도 가장 기초라고 할 수 있는 혈액검사를 하지 않아서 아이의 병을 발견해 내지도 못한 의사에게 어떻게 백혈병 치료를 맡길 수 있겠습니까?

옮겨갈 병원을 정하지도 않은 채, 나는 중환자실에서 아이를 빼내 구급차에 태우고 서울대병원 응급실로 갔습니다. 그러나 병실이 없다는 이유로 거부를 당했습니다. 지인들을 통해서 백방으로 병원을 알아보길 네 시간, 드디어 강남세브란스병원에서 받아준다고 했습니다.

강남세브란스병원에서, 우리는 선우의 상황에 대해 설명을 들을 수 있었습니다.

"종합검사 결과 선우는 급성림프구성 백혈병입니다. T세포 계열로 합병증이 너무 많이 진행된 상태이고, 백혈구 수치도 평균치보다 꽤 높은 편이어서 극고위험군very hard risk으로 분류합니다. 일반적인 위험군보다 치료가 힘들고 재발률도 더 높다고 봅니다. 그리고 양쪽 폐에 상당량의 물이 차 있고 간과 비장 등의 모든 장기가 전반적으로 심하게 부어 있습니다. 숨쉬기조차 수월치 않았을 텐데 아기가 용케도 견뎠군요. 그러나 세 살이라는 나이가 비교적 나쁜 조건은 아니고, 치료 효과도 개인별로 차이가 있으므로 미리 포기하실 필요는 없습니다."

주치의는 친절했지만 우리에겐 희망과 절망을 동시에 안겨주는 설명이었습니다. 희망하기보다 절망하기가 더 쉬웠습니다. 그러나 죽어도 그럴 수는 없었습니다. 내 나이 서른여섯에 낳은 내 목숨보다 소중한 아들, 거친 숨을 쉬면서도 내 손을 꼭 잡고 간절한 눈망울로 나를 쳐다보는 아들을 앞에 두고 절망할 수는 없었습니다.

기나긴 입원 생활이 시작되었습니다. 아이의 가슴에는 케모포트라는 인공혈관이 심어졌습니다. 항암치료가 진행되는 동안 선우의 머리는 순식간에 민둥산이 되었습니다. 다른 소아암 환아보다 더 강력한 항암제를 투여함으로 아이가 상당히 힘들 거라고 주치의가 말했습니다. 그리고 선우는 언제라도 갑자기 악화될 여지가 있으니 마음의 준비를 하고 있으라고도 했습니다. 아내와 나는 한순간도 긴장의 끈을 놓을 수 없었습니다.

이미 한 달째 선우는 항암제를 맞으며 구토와 실신을 반복하고 있었습니다. 어느 오후 고즈넉한 어린이 병동 복도에서 난데없이 바이올린 연주 소리가 들렸습니다. 내다보니 50대 초반의 중년 남성이 복도에 서서 혼자 바이올린을 켜고 있었습니다. 미묘하게 어긋나는 피치와 박자를 보니 프로는 아니었습니다. 축 늘어진 아이를 품에 안고 차가운 병실 벽에 기대어 그 선율을 듣는데 갑자기 눈물이 흘렀습니다. 조금씩 흐르던 눈물이 어느새 폭포수처럼 쏟아져서, 안고 있던 아들의 얼굴과 몸으로 떨어졌습니다.

결국 나는 아이를 침대에 눕히고 목 놓아 울었습니다. 음악을 하는 나에겐 무감각하리만큼 익숙한 것이 음악입니다. 그런데 이 바이올린 선율은 나의 무너진 영혼을 따스한 햇살처럼 감싸주고 있었습니다. 가슴이 저렸습니다. 저 아마추어는 서툰 음악을 가지고도 내 영혼의 눈물을 닦아주고 있는데, 프로라 자부하는 나는 이제까지 내 노래 한 곡조로, 한 번이라도 그 누구의 구멍 난 가슴을 메워준 적이 있었는지 생각해보았습니다. 결국 나는 병실 바닥에 엎어져 한참을 울었습니다. 그리고 나도 모르게 기도를 읊조렸습니다.

"저에게 음악을 하게 하신 이유가 이것이었군요! 아파하는 영혼에게 음악이 이토록 큰 위안이 되는데, 저는 이제까지 크고 화려한 무대만 바라보았습니다. 아! 하나님, 이제 알겠습니다. 제 음악이 있어야 할 자리가 어디인지 알았습니다. 저를 깨우쳐 주셨으니 이제 아이는 이 고통에서 놓아주십시오. 제발 살려주세요! 선우를 살려주시면 저도 아파하고 힘들어하는 아이들을 위해 노래를 부르겠습니다. 아픈 아이들의 부모들을 위로하겠습니다."

2002년 여름, 나는 이렇게 뒤늦은 회개와 간절한 서원을 하나님께 드렸습니다.

우리 가족을 덮친 쓰나미는 강력했습니다. 선우의 병은 생각보다 심각했고, 이보다 더 심각한 것은 가장으로서의 나의 무력함이었습니다. 아이 보험 하나도 들어두지 못했던 우리는 통장에 만원도 갖고 있지 않았습니다.

나는 시작한 지 얼마 안 된 사업을 정리하고, 막노동, 노점상, 퀵서비스 등을 하며 생계와 치료비를 감당했습니다. 그러나 치료 중에도 생존을 보장하기 어렵다는 의료진의 경고는 번번이 나를 쓰러뜨리곤 했습니다. 엄청난 병원비 때문에 반년 만에 우리는 월세 옥탑방으로 이사를 가야 했습니다.

이러는 사이 아무도 모르게 내 영혼은 병들어 갔습니다. 나는 겉보기에는 교회 찬양대 지휘자로 완벽한 신앙인처럼 보였지만, 내면은 하나님에 대한 분노로 끓고 있었습니다. 그러나 나는 이런 내면을 마주할 마음도, 스스로 드러내어 도려낼 용기도 없었습니다.

이런 가운데 선우는 3년 3개월의 항암치료와 방사선 치료를 마쳤습니다. 치료 결과는 암과의 싸움에서 승리이며, 기적이었습니다. 이 승리의 여정이 새로운 사명의 길이라 생각한 나는 2005년 후반부터 세브란스병원의 안과 밖에서 봉사 활동을 시작했습니다. 소아암 환아 생일잔치와 자선음악회 등을 하고 입원 환아들을 응원하는 정기적인 콘서트를 여는 등, 각종 행사를 직접 주관하면서 환아들을 위로하고 응원했습니다.

그런데 이후 1년도 지나지 않아 우리는 또 날벼락을 맞았습니다. 선우가 방사선 치료 중에 뇌 손상을 입어서 두 살 지능의 지적 장애아가 되었다고 했습니다. 똘똘하고 착하고 굳세던 내 아들이 지적 장애아가 되다니……. 나는 영혼이 갈가리 찢어지는 것 같았고 잠을 이룰 수 없었습니다. 그런데 이것이 전부가 아니었습니다.

다시 1년도 되지 않아 우리는 괴물과 맞닥뜨렸습니다. 이 괴물의 이름은 난치성 뇌전증간질입니다. 서서히 의식이 끊어지는 소발작으로 시작된 선우의 뇌전증은 달과 해를 거듭하면서 빠르게 악화되었습니다. 갑자기 온몸을 뒤틀며 쓰러지고 눈이 뒤집히는 대발작을 일으켰습니다. 선우는 하루에도 수백 번씩 경기를 했습니다. 이 병은 때와 장소를 가리지 않고 선우를 괴롭혔습니다. 경기를 할 때마다 선우의 몸은 깨지고 찢어졌습니다. 선우는 콘크리트 바닥에 부딪히고 예리한 모서리에 찢기며 온통 상처로 만신창이가 되었습니다. 이런 잔혹한 현실을 방관하는 하나님께 화가 났습니다. 선우의 경기가 빈번해지고 심해질수록 나의 분노도 점점 커져갔습니다.

어느 날 아침, 현관문 밖 계단에 서 있던 선우가 발작을 일으켰습니다. 선우는 앞으로 쓰러지면서 얼굴부터 부딪쳤고 계단 아래로 굴러떨어져 앞니가 부러지고 코와 입술이 찢어졌습니다. 깨어지고 찢어진 틈새로 쉴 새 없이 피가 흘러나왔습니다. 선우는 경기라는 괴물에 사로잡혀서 눈이 뒤집혀지고 온몸을 뒤틀면서 거품을 뿜느라 통증을 느끼지도 못하는 것 같았습니다. 아, 맨발로 계단 아래로 뛰어 내려간 나는 피범벅이 된 선우를 끌어안고 울부짖었습니다.

"왜, 도대체 왜? 도대체 언제까지 이러실 겁니까?"

미친 듯이 절규하며 하나님께 소리 높여 따졌습니다. 지쳐서 잠시 숨을 고르는데 머릿속에 멜로디가 들렸습니다. 심장이 멎는 것 같았습니다. 그 옛날 병동 복도를 채우고 나를 울렸던 그 바이올린 선율이었습니다. 그리고 이어 음성이 들렸습니다. 그때 내가 엎어져 울며 기도하던 그 서원이었습니다.

"선우를 살려주시면, 저도 아파하고 힘들어하는 아이들을 위해 노래를 부르겠습니다. 그 아이들의 부모들을 위로하겠습니다. 제가 그때 위로받았던 것처럼 저도 위로하겠습니다."

눈물을 닦고, 울음을 삼키고, 나는 하나님께 다시 약속하고 간구했습니다. "제 삶과 목숨을 다 드릴 테니 제발, 제발 우리 선우를 살려주십시오!"

2012년 1월, 나는 세브란스병원 제중관 3층 소아암 병동 복도 한 끝에 서서 혼자 노래를 불렀습니다. 나를 바라보는 관객도, 나에게 보내주는 박수도 없었습니다. 창피함을 무릅쓰고 준비해 간 다섯 곡의 찬양을 모두 꿋꿋이 부르고 병동을 빠져 나오다가 그만 얼어붙은 듯이 발길을 멈추고 말았습니다. 병실에서 서로 부둥켜안고 울고 있는 환아 어머니들을 보았습니다. 이분들은 내 노래를 들었던 것입니다.

'아! 십 년 전의 나처럼 저 아픈 영혼들에게도 내 노래가…….' 말로 형언할 수 없는 감격이었습니다. 그간 음악을 공부하고서 크고 작은 무대와 교회 등 다양한 곳에서 노래를 불러왔습니다. 그러나 그 어떤 곳에서도 내 노래를 듣고 저렇듯 눈물을 흘리는 관객은 본 적이 없었습니다.

나는 처음으로 내가 음악을 한다는 것에 감격했습니다. 이 감격은 하나님이 나를 위해 내 평생을 두고 특별히 준비하신 선물이었습니다. 하나님은 이 선물을 보여주시려고 나를 병동으로 불러 노래하게 한 것입니다.

이후에도 나는 계속해서 혼자 병동 복도에서 노래했습니다. 그러던 중, 공연의 동역자들이 생겨났습니다. 모두 하나님께서 나에게 붙여주신 분들입니다. 5월부터 매주 두세 명씩 찾아와 나의 공연에 동참하더니 6월 중순이 되자 동참자가 17명에 이르렀습니다.

그래서 2012년 6월, 우리 아이 이름을 따서 〈선우합창단〉을 만들었습니다. 이 합창단은 어린이 병동에서 찬양으로 환아들과 그 가족들을 위로했습니다. 합창단은 그해 조선일보와 KBS, 평화방송 라디오 등 여러 매체에 보도되며 유명해졌습니다. 이듬해에는 세브란스병원 발전기금 모금 사무국이 주최한 2013 사랑나눔 콘서트에 출연해 탤런트 최수종, 하희라 부부와 함께 콘서트의 첫 무대를 장식했습니다.

이후 선우합창단은 다양한 변화와 발전을 거듭했습니다. 2015년 4월

선우 때문에 흘린 나의 눈물과 고백이 내 노래가 되었고,
내 노래는 여럿이 부르는 합창이 되었습니다.
이 합창은 합창단으로 조직되고 발전하여
보다 많은 환아들과 그 가족들에게 위로와 용기를 선사하고 있습니다.

소아암 환아와 그 가족으로 구성된 중창단인 〈희망노래단〉과 합단을 했습니다. 그리고 한국백혈병소아암협회가 재정을 지원하고, 세브란스병원 사회사업팀이 관리하는 〈세움합창단〉이 되었다가, 다시 〈선우합창단〉으로 이름이 바뀌었습니다.

선우 때문에 흘린 나의 눈물과 고백이 내 노래가 되었고, 내 노래는 여럿이 부르는 합창이 되었습니다. 이 합창은 합창단으로 조직되고 발전하여 보다 많은 환아들과 그 가족들에게 위로와 용기를 선사하고 있습니다.

아직도 우리 선우가 가야 할 여정은 멀고, 넘어야 할 산은 높습니다. 열여섯 살이 된 선우는 몸의 성장과는 반대로 인지능력은 더 퇴보해서, 두 살 아기 수준에도 못 미칩니다. 그간 뇌수술을 비롯해 갖은 치료법을 모두 적용해 보았습니다. 하지만 선우는 여전히 하루에도 십여 번, 발작을 일으킵니다. 일주일에 서너 번씩은 아무 곳에나 대소변을 싸고 경기하면서 부딪혀 생긴 머리의 혹은 가라앉을 틈이 없습니다.

그럼에도 불구하고 선우는 반드시 목적지에 도착하여 승리의 깃발을 흔들 거라고 나는 믿습니다. 가는 길에 혹독한 가시들이 선우의 몸을 찔러도 선우의 영혼은 찌르지 못할 것입니다. 무엇보다 선우의 삶이 내게 불러온 삶의 가치는 결코 변하지 않을 것입니다.

내 노래가 우는 이들을 위로할 수 있다면, 그리고 내 노래가 주님의 위로를 대신할 수 있다면, 나는 계속 노래하겠습니다.

▪ ▪ ▪ ▪ ▪

이 글을 쓴 이종진 님은 선우합창단의 지휘자이자, 크로스오버(팝페라) 가수입니다.

딸의 기도가 나를 다시 엄마가 되게 했어요

한나 엄마

교회를 다니지 않았던 것은 아닙니다. 그러나 나는 잘못된 신앙과 가치관을 추구하는 신앙인이었습니다. 무늬만 신앙인이었습니다. 내가 진정한 신앙인이었다면 그 어떤 인간적 한계로 넘어진다 해도, 하나님을 원망하고 예수님의 능력을 보여 달라고 시험하지 않았을 겁니다. 나를 도와주시려는 그분의 손을 뿌리치고 놓아 버리지는 않았을 겁니다.

예쁘고 사랑스럽기 그지없는 나의 하나뿐인 딸, 한나가 태어났을 때 우리 부부는 세상 여느 부모들과 같았습니다. 가슴 벅찬 기쁨과 설렘으로 아이와 함께할 미래를 꿈꾸었습니다. 물론 임신하고 아기를 낳고 아기가 유아세례를 받기까지 IMF 때문에 남편이 실직하는 어려움은 있었지만, 나의 믿음은 견고하다고 생각했습니다.

우리 아이가 돌이 지나고 18개월 되었을 때, 아이의 이상한 몸짓이 나의 눈에 들어왔습니다. 이때부터 나는 견디기 힘든 시간을 보냈습니다. 아무런 준비도, 대책도, 지식도 없이, 전혀 예상도 못 했던 병과 싸워야만 했습니다. 아이의 이상한 몸짓은 난치성 간질레녹스카스타우트 증후군이라는 병 때문에 생기는 증상이었습니다. 이 병은 원인도 알 수 없고 완치율은 10%도 안 되는 심각한 질병입니다. 아이의 뇌에 띠가 형성되어 있는데 이것 때문에 뇌 발달이 원활하게 되지 못했고, 경기가 생긴 것 같다고 의사 선생님이 최종진단을 내렸습니다. 그간 정말 잘 자라 주었던 한나가 간질이라니, 너무 기가 막혔습니다. 나는 담당 교수님에게 이렇게 물었습니다.

"학교에 다니고 정상적인 생활이 가능한가요?"

"지금 학교가 문제인 줄 알아요?"

교수님은 병의 심각성을 모르는 내가 한심한 듯 퉁명스럽게 대답했습니다.

이후 나는 머리가 어지럽게 얽혀서 무엇을 어떻게 해야 할지 알 수 없었습니다. 진료 후, 처방해 준 경기 약을 먹이면서도 생각에 생각이 겹치고 흩어지고, 또 생각에 생각이 겹쳐졌다가 흩어지길 반복했습니다. 이렇게 내 머리는 어떻게 해서라도 돌파구를 찾으려고 몸부림쳤습니다. 그러나 아무런 해답도 찾을 수 없었습니다.

아이의 병을 알고 난 후, 허망한 고통이 나를 재촉해서 몇 개월의 시간이 훌쩍 흘러가 버렸습니다. 나는 아이와 함께 죽을 수 있는 방법을 찾고 있었습니다. 이렇게 평생을 사는 것보다 어차피 죽는 거, 지금 가는 게 낫다고 여겼습니다. '어떤 방법이 좋을까? 가스를 틀어 놓고 잠을 잘까? 아니야, 수면제를 먹고 자면서 죽는 것이 더 나을 거야.' 죽을 수 있는 온갖 방법을 생각해봤습니다.

이렇게 아무런 의미 없이, 하루 이틀 시간을 허비하고 있던 어느 날, 한나가 내 눈에 들어왔습니다.

"엄마, 봐봐~ 한나 이렇게 연필 잡고 색칠도 할 수 있어!"

아이는 나를 부르며 그림을 색칠하는 제 모습을 보여 주었습니다. 그러고 보니 한나는 잘 놀고, 말도 곧잘 했습니다. 내가 1년여 세월을 허비하고 있는 동안 아이는 이렇게 컸던 겁니다. 아이를 와락 끌어안고 울며 반성했습니다. 이렇게 한나는 나를 엄마로 바로 세웠습니다. 아픈 아이의 엄마로 선 것이 우리 한나가 만 3세가 되는 해였습니다.

한나는 네 살, 다섯 살, 여섯 살, 커 가면서 계속 발작으로 쓰러지곤 했습니다. 넘어지면서 머리를 부딪쳐서 다치고 상처가 생기고 멍들기를 반복했습니다. 케톤생성 식이요법으로 치료하면서 희망도 가졌습니다. 아이가 성장해 가고 또 좋아지는 모습을 보고 기뻤습니다.

그러나 이 기쁨도 잠시, 아이에게 또 다른 이상이 생겼습니다. 아이의 심장이 너무 빨리 뛰어서 힘들어하고, 일어나 앉아있지 않으려고 했습니다. 그래서 병원에 갔더니 혈액 수치가 정상의 1/3 정도 밖에 안 되는 위험한 상황이니 당장 입원해서 수혈을 받아야 한다고 했습니다.

오랜 기간 반복적으로 케톤 식이요법을 해오면서 장에 이상이 생긴 것입니다. 나는 부끄러워서 아무 말도 할 수 없었습니다. 정말이지 내가 무심하게 그날 하루를 넘겼더라면, 한나는 죽었을 겁니다. 얼마나 나 자신을 책망했는지 모릅니다. 한나에게 너무 미안했습니다. 입원 내내 고생하는 아이의 모습을 보면서 가슴앓이를 했습니다. 이렇게 힘든 상황, 고통스러운 삶을 한나와 내가 반복적으로 겪어야 한다면 살고 싶지 않았습니다. 또다시 하나님을 원망하면서 한나를 병에서 해방시켜 달라고, 그게 안 되면 다시는 하나님을 찾지 않겠다고 했습니다. 힘든 검사를 받고 혈변을 보는 아이의 고통을 속수무책으로 3개월 동안이나 지켜보아야만 했습니다.

2009년 11월, '궤양성 대장염'이라는 희귀 난치성 질환이라는 진단을 받았습니다. 설상가상으로 난치성 간질에 난치성 대장염이 추가된 것입니다. 계속 입원과 퇴원을 반복했습니다. 그리고 케톤 식이요법을 중단했기 때문에 경기, 발작을 조절할 수 없었습니다. 정말 절망적인 상황이었습니다.

한나가 열두 살 때였습니다. 한참 뛰놀고, 잘 먹고, 친구들과 학교 다니며 재미있어야 할 나이인데, 우리 한나는 그러지 못하니 너무나 불쌍했습니다. 경기 때문에 생긴 인지장애로 어떤 꿈조차 꿀 수 없는 우리 한나. 이런 아이를 낳아서 고생시키는 게 미안했습니다. 나 대신 한나가 벌을 받는 것 같았습니다. 하나님께 묻고 또 물었습니다.

"왜? 죄를 물으신다면 저를 벌하실 것이지, 저 아이가 무슨 죄가 있나요?"

한나는 오랜 시간을 병원에서 지내는데도 잘 견뎌주고, 밝게 생활하

한나는 오랜 시간을 병원에서 지내는데도 잘 견뎌주고,
밝게 생활하며 병을 이겨내고 있었습니다.
오히려 나의 흐느끼는 눈물을 닦아주고 나를 위로하듯 쳐다보기도 했습니다.
'아, 이 아이가 어렴풋이 제가 어떻다는 것을 알고 있구나,
그리고 엄마의 슬픔도 알고 있구나' 하고 생각하니 가슴이 먹먹했습니다.

며 병을 이겨내고 있었습니다. 오히려 자다가 깨서는 나의 흐느끼는 눈물을 닦아주고 나를 위로하듯 쳐다보기도 했습니다. '아, 이 아이가 어렴풋이 제가 어떻다는 것을 알고 있구나, 그리고 엄마의 슬픔도 알고 있구나' 하고 생각하니 가슴이 먹먹했습니다.

병원 복도에서 찬양소리가 들려오면 한나는 귀 기울여 듣고, 때로는 복도로 나가서 듣기도 합니다. 주일 예배에도 열심히 가려고 했습니다. 한나는 기도하고 찬송하는 흉내를 내며 너무 좋아했습니다. 한나의 이런 모습을 보면서 참 이상하다는 생각이 들었습니다. 한나가 경기를 해서 머리가 아프다고 하면, 나는 한나의 이마에 손을 얹고 '하나님, 한나 머리 안 아프게 해 주세요' 하고 목사님의 기도를 흉내 냈습니다. 그러면 한나는 나의 손을 힘껏 끌어다가 제 이마에 대고 기도하는 듯했습니다. '아이가 배 속에 있을 때 교회에서 예배드렸던 시간을 기억할 리가 없을 텐데……' 하다가 깨달았습니다. '이 아이가 하나님을 아는구나! 내가 그 통로를 막으면 안 되겠구나!'

이러던 중에 우리 병실을 찾아 주신 최 목사님에게 신앙적 갈등과 힘든 시간을 견뎌온 것들에 대해 이야기했습니다. 최 목사님과 계속 만나면서 많은 위안과 조언을 받았습니다. 그래서 교회는 안 다녔지만, 병원에 입원하면 한나를 데리고 어린이 예배에 참석했습니다.

한나 덕분에 내 마음이 조금씩 열리기 시작했습니다. 목사님은 고통의 시간을 통해 하나님의 뜻을 생각해보라고 기도와 말씀으로 격려했습니다. 목사님은 내가 퇴원해서 집에 돌아가면, 꼭 가까운 교회에 가서 예배드리라고 권하셨습니다. 그래서 퇴원 후에 한나를 데리고 동네 교회에 갔습니다. 두 손을 모으고 기도하는 한나는 너무나 사랑스런 하나님의 자녀의 모습이었습니다. '아, 우리 한나가 저리 아름답고 사랑스럽다니!' 그 순간 내 귀에 속삭이는 음성이 들렸습니다.

"아직도 나를 원망하느냐?"

"아닙니다, 하나님!"

나는 너무 놀라서 대답했고, 눈물을 흘리며 기도했습니다.

"하나님의 뜻을 알 수 없었지만, 저와 한나의 손을 붙잡고 아파하시며 사랑으로 한나를 품고 계시다는 것을 이제 알았습니다. 저의 무지한 죄를 용서하시고 저의 영혼을 깨끗하게 하여 주시고, 허락하신 엄마의 자리에서 최선을 다해 한나를 위해 열성을 다할 수 있도록 힘을 주시옵소서."

그간 병원에서 죽음의 두려움과 절망 앞에 하나님을 찾고 하나님을 만나서 믿음을 갖게 되는 사람들을 많이 보았습니다. 하지만 나는 한나의 병을 알게 된 때부터 지금까지 18년간, 단 하루도 죽음을 생각해 보지 않은 날이 없습니다. 편히 잠을 잔 적도 없습니다. 매일 매일 고통의 순간을 보냈습니다.

인지능력이 세 살 아이 수준밖에 안 되는 우리 딸, 한나. 난치성 뇌전증간질과 희귀성 질환인 궤양성 대장염의 고통을 온전히 혼자 견뎌내야만 하는 아이. 이 아이의 기도를 하나님은 헛되게 하지 않으시고 들어주신 것입니다.

나를 다시 하나님 앞에 서게 한 것은 한나의 순수한 기도였습니다. 내가 엄마로 다시 서게 한 것도 한나였고, 나를 신앙인이 되게 한 것도 한

나였습니다. 이런 한나를 내게 주신 하나님께 감사드립니다.

그러나 여전히 현실은 아프고 고통스럽습니다. 한나의 병과 힘겨운 싸움은 계속될 것입니다. 이 고통은 어쩌면 죽을 때까지 끝나지 않을지 모릅니다. 그렇지만 나는 결국엔 하나님 품에 안길 거라는 소망으로 기도하며 이 현실을 견디며 살아갈 것입니다.

. . . . . .

이 글을 쓴 이는 본인 이름보다는 '한나 엄마'로 불리길 바랍니다. 이는 한나 덕분에 새사람이 되었기 때문입니다.

다시 태어난 기쁨

이현주

올해 나는 세브란스병원에서 새봄을 맞았습니다. 입원해서 수술을 받고 퇴원해서 집으로 오는데, 차창 밖은 겨울잠을 깬 자연이 새봄의 축제를 펼치고 있었습니다. 서른아홉 살이 되도록 나는 한 번도 이런 축제를 즐기지 못했습니다.

나는 엄마 배 속에 있을 때부터 이상했습니다. 내 위로 삼 남매를 임신했을 때와는 달리 어머니는 임신 기간 내내 임신중독으로 고생을 했습니다. 출산일이 훨씬 지났는데도 나는 나올 기미가 없어서, 병원에서 며칠 동안 특별조치를 한 후, 아주 오랜 진통 끝에 태어났습니다. 부모님이 병원에서 돌아온 지 3일 만에 내게는 심한 황달이 왔습니다. 하지만 부모님은 '곧 괜찮아지겠지' 하는 생각에 나를 그대로 두었습니다. 집에서 병원은 멀었고, 병원을 자주 다닐 수 있는 경제적 형편이 안 되었기 때문입니다.

시간이 지나면서 황달은 사라졌지만, 나는 백일이 지나고 돌이 지났는데도 기고 앉기는커녕 고개조차 가누지 못했고, 엄마 젖 한 번 제대로 빨아 먹지 못했습니다. 그때서야 어머니는 나를 안고 병원에 갔고, 뇌성마비라는 진단을 받았습니다. 이때부터 나는 뇌성마비 1급 장애인으로 살았습니다.

나는 제멋대로 뒤틀리고 자유롭게 움직일 수 없는 내 몸이 온전해지는 것은 기적이라고 생각했습니다.

어린 시절, 아침마다 부모님은 밭일하러 나가고 오빠와 언니들은 분주히 학교로 향했습니다. 텅 빈 방에 홀로 남은 나는 가족 중, 제일 먼저 귀가하는 작은 언니가 집에 돌아오기만을 기다렸습니다. 언니는 날마다 내게 줄 선물을 챙겨왔습니다. 산딸기를 따다 주거나, 학교 도서관에서 빌린 동화책을 안겨주거나, 아니면 옛날이야기를 들려주었습니다.

이때 내 소원은 언니처럼 되는 것이었습니다. 언니처럼 아침마다 예쁜 치마를 입고 머리도 예쁘게 묶은 다음, 책가방 메고 학교에 가고 싶었습니다. 작은 언니는 나보다 네 살이 많았는데, 언니만큼 나이를 먹으면 나도 걸을 수 있을 것이라고 생각했습니다. 그러나 나는 초등학교에 입학할 나이가 되었을 때도 언니처럼 학교에 갈 수는 없었습니다.

나와 같은 장애어린이가 학교에 가고 싶다는 소원을 담아 천 마리의 종이학을 접었더니 그 소원이 이루어졌다는 수기를 읽었습니다. 그래서 나도 천 마리의 종이학을 접어보려고 했습니다. 그러나 내게 '종이접기'란 거의 불가능한 일이었습니다. 제멋대로 뻗치는 나의 팔과 곱은 손가락으로는 종이학을 완성하기는커녕, 색종이만 구기고 찢어놓을 뿐이었습니다.

나는 학교에 보내달라며 엄청 많이 떼를 썼습니다. 마침내 나는 재활원에서 생활하며 학교에 다니게 되었습니다. 그러나 일곱 살인 내가 생활하기에 재활원은 환경이 너무 열악했습니다. 그뿐 아니라 그곳에서는 장애인들을 짐승처럼 취급하는 것 같았습니다. 지독하게 매도 많이 맞았고, 냉대도 심해서 어리고 힘없는 장애아들은 속수무책으로 당할 수밖에 없었습니다. 특히, 나는 장애가 심해서 그런지, 더 미움을 받았습니다. 어른들이 이러니 아이들도 나를 미워하고 따돌렸습니다.

그러나 나는 그토록 간절하게 소원하던 학교에 다니게 된 것이어서 참고 견뎠습니다. 학교에 다니면서 다양한 책들과 음악을 접할 수 있었습니다. 책과 음악은 내게 큰 위안이며 새로운 세계와 만나는 통로가 되었습니다. 이 통로를 통해 나는 내 꿈을 발견하고, 그 꿈 때문에 설레고 즐거웠습니다. 이때의 내 꿈은 '나이팅게일'과 '헬렌 켈러'와 같은 사람이 되는 것이었습니다. 그리고 쇼팽의 음악을 접하고는 피아니스트가 되고 싶었습니다.

그렇지만 사춘기로 접어들었을 때, 나는 답답한 현실이 너무나 뚜렷이 보이기 시작했습니다. 내 몸 하나 마음대로 가누지도 못하고, 내 손으로 밥 한 숟가락도 떠먹을 수 없는 내가 어떻게 간호사나 피아니스트가 될 수 있겠는가, 그런 꿈은 모두 내게는 가당치 않은 욕심이고, 결코 다다를 수 없는 신기루라는 것을 깨달았습니다.

이러한 상황에서 현실에 맞는 꿈을 생각했고, 그것은 단 한 번만이라도 숨이 턱까지 차도록 달려보는 것, 내 손으로 숟가락질해서 밥 한 번 배부르게 먹어보는 것이었습니다. 그러나 그 작은 바람마저도 나는 이룰 수 없었습니다.

아무것도 이룰 수 없다는 현실 속에서 나는 절망하고, 또 슬펐습니다. 그래서 이때부터 더 이상 그 무엇도 꿈꾸지 않으려고 했고, 내 안의 희망의 끈들을 스스로 잘라 버리고, 어긋나기 시작했습니다. 공부도 소홀히 했고, 나보다 약하고 어린아이들을 괴롭히기까지 했습니다. 이러다 보니 나는 '문제아'로서 완전히 구제불능이라는 낙인이 찍혔습니다. 10년 동안 다닌 학교도 포기하고 재활원에서조차 쫓겨나 집으로 돌아오게 되었습니다.

돌아온 집은 무인도의 감옥 같았고 절망감만 더해졌습니다. '나'라는 존재가 저주스럽고 미웠고 '내 삶은 이제 끝이구나!' 하는 생각이 들면서 빨리 죽고만 싶었습니다.

몇 년을 이렇게 감옥에 갇혀 죽을 날만 기다리는 사형수처럼 보내고 있는데 어느 날, 한 친구가 찾아왔습니다. 차츰 나는 이 친구의 따뜻하고 진심 어린 마음에 감동하고, 마음의 문을 열기 시작했습니다. 그리고 그 친구를 통해 나를 향하신 하나님의 사랑을 알게 되었습니다.

내 마음속에 하나님의 사랑이 자리 잡게 되면서 모든 것이 다르게 보였습니다. 감옥 같은 내 방에도 언제나 밝은 햇빛이 비치고 있었고, 장애

내 마음속에 하나님의 사랑이 자리 잡게 되면서
모든 것이 다르게 보였습니다.
감옥 같은 내 방에도 언제나 밝은 햇빛이 비치고 있었고,
장애 때문에 내 삶이 더욱 깊고, 더 아름다워질 수 있다는 것을 깨달았습니다.

때문에 내 삶이 더욱 깊고, 더 아름다워질 수 있다는 것을 깨달았습니다.

장애 증상은 정지된 것이 아니었습니다. 어렸을 땐 잘 몰랐는데, 나이가 들수록 몸은 더 힘들어지고 점점 더 아팠습니다. 최근엔 팔다리가 더 심하게 경직되었습니다. 경직이 심해서 잠을 잘 수도 없었습니다. 마약성 진통제로 겨우겨우 고통을 잠재우면서 살아왔습니다. 그러나 1년 전부터는 약에 내성이 생겨서 약마저도 듣지 않았습니다. 미칠 것 같은 고통 속에서 나는 자구책으로 인터넷을 뒤져서 통증을 제어하는 방법이 있다는 것을 알아냈습니다. 그래서 진통제를 처방받아 먹던 병원 의사에게 말했더니, 세브란스병원을 찾아가라고 했습니다.

세브란스병원에 가서야 바클로펜 펌프 삽입 수술이 있다는 것을 처음 알았습니다. 이 수술은 나와 같은 이에게는 기적과 같은 통증 치료였습니다. 뇌가 손상되어 사지가 마비되고, 관절의 움직임이나 근육이 뻣뻣해지는 강직强直성 때문에 극심한 통증이 오고, 복용약이 효과가 없는 경우, 복부에 약물 주입기를 집어넣어 뇌신경과 연결된 척수강 안으로 바클로펜을 지속적으로 공급해주어 강직증상을 완화시켜주는 수술입니다. 나는 1주일 동안 입원해서 바클로펜 약물 반응 검사를 받았고 그 결과, 수술을 할 수 있다는 좋은 결과가 나왔습니다.

하지만 몸속에 기계를 넣고 살아야 한다는데 거부감도 일고 부담스러웠습니다. 무엇보다 이 수술은 건강보험이 적용되지 않았고, 우리 집 형편으로는 감당할 수 없을 만큼 고가의 치료였습니다. 결국 수술을 포기하고 집으로 돌아왔습니다.

이후 내 몸 상태는 도저히 주체할 수 없을 정도로 돼 버렸습니다. 밤이면 누가 내 몸의 나사를 조이듯, 사지는 오그라들고 뒤틀어졌습니다. 그러면서 찢어질 듯, 극심한 통증이 온몸을 휘감았습니다. 낮에도 온몸의 근육이 긴장과 수축을 반복했고, 극심한 근육통이 시도 때도 없이 나를 괴롭혔습니다. 앉아 있거나 누워 있는 것조차 몹시 불편하고 힘들었습니다. 가장 불편하고 아픈 자세로 24시간 내내 벌을 서고 있는 것 같았습니다.

아무것도 할 수 없었습니다. 내가 세상과 소통할 수 있는 유일한 방법은 인터넷뿐이었습니다. 나는 하루 종일 컴퓨터 앞에 엎드려 키보드에 머리를 파묻고 혀로 글자를 쳤습니다. 무겁고 마구 떨리지만 그래도 내 의지로 움직일 수 있는 손가락 하나와 혀로 키보드를 하나하나 눌렀습니다. 이렇게 쓰는 글은 완성까지 너무 힘이 들고 시간이 오래 걸렸지만, 내가 세상과 소통하는 유일한 방법이자 취미이며, 삶의 낙이었습니다. 그런데 통증이 있는 날엔 이마저도 할 수 없었습니다. 통증의 파도에 쓸려 허우적거릴 뿐, 아무것도 할 수 없었습니다. 너무 아파서 '차라리 죽었으면……' 했습니다.

밤마다 견딜 수 없이 일어나는 몸의 강직과 통증으로 비명을 지르고 울었습니다. 고통을 참지 못하고 몸부림치다가 이불을 물어뜯기도 하고 심지어 스스로 내 팔목을 깨물어서 상처를 내기도 했습니다. 이런 상처는 아물 사이도 없이 또 생겼습니다.

이렇게 고통 가운데 있으면서 기도했습니다. "주님, 제게 육체의 고통을 더하시는 뜻이 무엇입니까? 이것 또한 제게 허락하신 족한 은혜라면 짊어지겠습니다. 그러니 이 고통 속에서 제 영혼이 주님만 바라보게 하시고, 제 삶이 당신의 뜻대로 이뤄지게 하소서."

그러나 고통이 심하면 아무것도 생각나지 않습니다. 오로지 십자가, 십자가에 달리신, 머리는 가시관을 쓰고 온통 피범벅이 된 극심한 고통에 짓이겨진 예수님의 얼굴만 생각났습니다. 영화 〈미션 오브 크라이스트〉에서 예수님이 채찍을 맞는 장면이 자주 눈앞에 그려졌습니다. 십자가 처형을 당하기 전, 로마 병정들이 예수님을 끌고 가서 날카로운 쇳조각이 달린 채찍으로 광기 어린 매질을 했습니다. 채찍질을 할 때마다 쇳조각이 예수님의 살에 박혀 살점이 떨어져 나갔습니다.

통증에 시달릴 때면 나는 이 장면이 떠올랐습니다. 살점이 떨어져 나가는 예수님의 고통에 비하면 내가 느끼는 이 고통쯤이야 얼마든지 감당할 수 있지 않겠느냐고 나를 다독였습니다. 고통을 느낀다는 건 살아있다는 증거라고 나 자신을 위로했습니다. 나는 땅에 떨어져 나간 죽은 살점이 아니고 끝까지 예수님께 붙어서 함께 고통을 느끼고 싶다는 마음이 들었습니다. 이게 내가 고통 가운데서 견딜 수 있었던 힘이었습니다.

하나님은 나를 이 고통 속에만 파묻어 놓으시지 않으셨습니다. 평생 외진 시골에서 살 것 같았던 우리 집은 서울 근처로 이사를 오게 되었습니다. 그간 39년 동안이나 곁에서 나를 지켜볼 수밖에 없었던 우리 부모님은 내 수술비를 장만하게 되었습니다. 그리고 때마침 내가 받으려던 수술이 보험적용으로 바뀌었습니다. 그래서 나는 순조롭게 수술을 받을 수 있었습니다. 이 모든 것은 하나님이 하시지 않고서는 결코 일어날 수 없는 기적이었습니다.

드디어 수술을 받는 날, 수술실로 들어가는데 수술기도를 해주시는 목사님이 내게 두렵지 않으냐고 물으셨습니다.

"아니요. 괜찮아요. 좋게 하려고 수술하는 거니까요."

나는 웃으며 이렇게 대답했습니다. 이상하게 기쁘고 평안했습니다. 하나님의 크고 자비하신 손이 나를 덮으시는 것 같았습니다. 나를 여기까지 인도해주신 것도, 이제 고통의 긴 터널을 빠져 나와서 새롭고 충만한 삶으로 채워주실 하나님의 은혜를 믿었기 때문인 것 같습니다.

수술을 받고 나니 신기할 정도로 몸이 편안해지고 아픈 게 사라졌습니다. 내가 받은 수술은 통증을 줄이는 것이지, 근육의 수축과 이완을 막을 수 있는 것은 아니었습니다. 그런데도 신기하게 몸이 편안했습니다.

그간 나는 수 없이 많은 기도를 드렸습니다. 하나님의 뜻이 있다면 지금 당장 몸이 온전해져 일어나 걷게 해달라고, 기적을 요구했습니다. 기적에는 '짧은 기적'과 '긴 기적' 두 가지가 있다고 합니다. 짧은 기적은 지금 당장 내 몸이 온전해져서 일어나 걷는 것이고, 긴 기적은 내가 장애를 지닌 채, 지금까지 살아온 것일 것입니다. 하나님께서는 내게 긴 기적을 보여주셨습니다.

나는 세브란스병원에 입원해 있는 기간에 고난주간과 부활절을 맞이했습니다. 실로 어느 때보다 더 고난과 부활의 의미와 기쁨을 깊이 체험했습니다. 주님 안에는 십자가의 고통만 있는 게 아니고, 부활의 기쁨도 있다는 것이 내게 얼마나 큰 축복이었는지요!

통증이 사라지니 다시 태어난 것 같습니다. 글을 쓸 수 있게 되어 다시 글을 씁니다. 자판에 얼굴을 파묻고, 신체 중에서 가장 날렵하게 움직이는 혀와, 납덩이 같은 손가락으로 더듬어 가야만 한 글자를 완성시킬 수 있습니다. 그래서 나의 글은 시간이 오래 걸립니다. 집 한 채를 짓기 위해 벽돌 한 장 한 장을 쌓아 올리는 것과 같습니다. 하지만 이렇게 해서라도 마음속에 고인 이야기를 차근차근 옮겨놓을 수 있으니 다행으로 생각합니다.

어릴 적, 골방에서 홀로 언니를 기다리면 언니가 학교에서 돌아와 책을 읽어주고, 밖의 세상 이야기를 전해준 것처럼 나도 골방에서 외로이 울며 절망하고 있는 장애우들에게 희망과 용기를 전해주고 싶습니다.

내가 체험한 하나님의 사랑을 전하는 글을 써서 병으로 고통받는 이들을 위로해주고 싶습니다. 사는 동안 나는 이런 희망을 품고 글을 쓰려고 합니다. 다시 태어난 기쁨으로……

■ ■ ■ ■ ■ ■

이 글을 쓴 이현주 님은 솟대문학 활동을 시작해서 2007년 창조문예로 등단하였습니다. 2008년 국제펜클럽 신인상을 시작으로 여러 차례 수상한 작가입니다.

우리 집은
밧데리 하우스

김정애

2009년 5월 13일 새벽, 남편이 자고 있는 나를 깨웠습니다.

"민석이가 쓰러져서 응급실로 가고 있다는데 함께 갈래?"

우리 아들 민석이는 대학교를 졸업하고 취직해서 신촌 인근에서 혼자 자취를 하고 있었습니다. 세브란스병원 응급실에 도착해서 보니 민석이는 자는 것처럼 보였습니다. 그러나 의료진은 심폐소생술로 간신히 심장만 30% 정도 움직이게 해 놓은 거라고 죽음을 준비해야 한다고 했습니다.

아들은 응급실에서 심장혈관병원 중환자실로 옮겨졌습니다. '조금만 더 일찍 왔으면 살릴 수 있었는데……' 심장혈관병원 중환자실의 의료진도 응급실에서와 같은 말을 했습니다. 늦게 온 것을 안타까워하면서 이미 뇌가 녹았고 사망한 거나 마찬가지라고 했습니다. 이때의 심정은 말로 표현 할 수 없습니다. 어느 의사 선생님이 와서 말했습니다.

"살고 죽는 것은 그분이 하시는 것이니 기다려 봅시다."

이 말이 얼마나 위안이 되었던지요! 아들이 소생하기를 믿고 기다리고 또 기다렸습니다. 그러나 아무 변화도 없었습니다. 기다리는 것은 할 수 있는데, 아들이 너무 고통스러워하니까 호흡기를 떼고 보내주고 싶었습니다. 간신히 호흡기를 떼야겠다고 마음을 먹었는데 여동생에게서 연락이 왔습니다. 동생은 믿음이 신실하고 기도를 많이 하는 사람입니다.

"언니, 우리 민석이 죽지 않았어요."

나도 기도를 하고 있는데, 아들의 아주 작은 음성이 들렸습니다.

"엄마, 나 살았어."

그러나 아들의 모습은 참혹했습니다. 강직強直 때문에 온몸이 뒤틀어지고 오그라지고 땀이 비 오듯 했습니다. 너무 끔찍하고 무서워 볼 수가 없었습니다. 이때의 내 아픔을 어떻게 말로 표현할 수가 없습니다. 그만 아들을 떠나보내야 한다는데 어미인 내 마음이 어떻겠습니까?

매일 세브란스 병원 6층 기도실에 올라가 가슴을 치며 기도했습니다. 이러던 중 환상도 아니고 말도 아닌 어떤 생생한 느낌이 내게 왔습니다. 이 느낌은 아픔이었는데 서서히 다가오더니 어느 순간 내 가슴에 콱 박혔습니다. 보니 예수님의 십자가가 내 가슴에 박혔습니다. 너무 아파서 숨이 멎는 것 같았습니다. 주님의 음성이 나직이 들렸습니다.

"나도 너 만큼 아프다."

이 말씀을 들은 후, 마음이 편안해졌습니다. 신기하게 평안했습니다. 더 신기한 것은 끔찍하고 무서워서 차마 볼 수도 없었던 아들의 얼굴을 볼 수 있었습니다. 아들의 얼굴에서 예수님의 고통스러운 얼굴이 보였습니다. 나를 위해 십자가에 못 박히시고 고통스러워하시던 예수님의 모습이 내 아들한테서 보였습니다.

이 시기의 아들의 의학적 상태 기록은 아래와 같았습니다.

상기환자(남)는 2009년 5월 13일, 의식 소실 및 부정맥으로 본원 응급 의학과 경유 심장내과 입원하여 보존적 치료 실행 받았으며, 동년 7월 15일, 본원 신경외과에서 바클로펜 펌프수술 받았음. 이후 현재까지 본원 재활의학과에서 추적 관찰 중. 보행 및 기립 자세 유지 불가능하며 일상 생활 동작 수행에 전적으로 타인의 도움이 필요하고 의학적 검사상 의사소통이 불가능한 상태임.

위 상태는 지금도 마찬가지입니다. 우리 아들은 심장마비가 일어났을 때 늦게 병원에 갔기 때문에 뇌가 손상되어 식물인간이 되었다고 합니다. 이 상태로 2009년부터 현재까지 하루하루를 살고 있습니다. 손가락 하나 까닥할 수 없고 눈으로도 입으로도, 그 무엇으로도 소통할 수 없습니다. 아들은 작은 어항 속에 갇혀 헐떡이는 고래와 같이 보입니다.

세브란스병원에서 아들은 몇 번 더 수술을 받았고 여러 병원을 옮겨

다니면서 여러 가지 일들이 있었습니다. 아들의 치료와 간병 문제로 남편과 불화도 있었습니다. 밤낮으로 울며 기도하는데 내 잘못도 보여서 반성도 하고, 회개도 했습니다.

더 이상 세브란스병원에 입원해 있을 수 없어서 건대병원으로 옮겨갔고, 일산병원으로, 그 외 다른 병원들로 옮겨 다녀야 했습니다. 몇몇 병원에서는 문전박대를 당하기도 했습니다. 다행히 입원을 해도, 오래 입원해 있는 것은 눈치가 보였습니다. 지난 6년간 이렇게 지냈습니다. 그동안 나와 같은 고통 속에 있는 사람들을 많이 만났습니다.

아들은 강직의 고통을 줄여주는 바클로펜 펌프를 장착하고 있는데, 이 부위에 염증이 생겨서 지난가을부터 옆구리에서 이물질이 흘러나왔습니다. 펌프를 교체하는 수술을 해주어야 한다는데 사정이 안 되어 못 해주고 있었습니다. 올 1월에 위 조루술을 받으러 병원에 갔다가 뜻하지 않게 펌프 교체 수술도 받게 되었습니다.

아들은 위 조루술과 바클로펜 펌프 수술을 마치고 중환자실에 있다가 일반 병실로 왔습니다. 늘 그렇지만 일반 병실에 오면 우리 처지보다 더 고통스러운 처지의 환자들을 보게 됩니다. 이런 사람들을 보면 내 마음은 너무 고통스럽고 무엇이라도 해주고 싶습니다. 그래서 어려운 환자와 가족의 회복을 위해 환자의 대소변, 목욕과 음식까지 해 주게 되었습니다.

입원해 있을 때는 같은 병실에 계신 분들뿐만 아니라 옆 병실의 분들과도 함께 먹으려고 음식을 10인분 이상 만들어서 나르곤 했습니다. 아들이 퇴원을 했어도 함께 병실을 썼던 분들 중 사정이 딱한 분들이 있으면 음식을 해다 주었습니다. 자꾸 불쌍한 사람들이 보이고, 도와주고 싶은 마음이 들어서.

정말 제 주제도 모르고 그런다고 친정에서도 나를 따돌리고, 남편도 이해를 못 합니다. 사실 우리 집 형편은 어렵습니다. 지금 사는 집도 내 친구네 공장 가건물인데, 아들 병나기 전부터 살고 있습니다. 아들 치료비와 간병비는 아들의 보험금으로 했지만 이미 다 썼고, 친정, 아들의 직장과 여러 곳에서 도움을 받았습니다. 이렇게 어려운 처지인데 내가 남들을 돕고 있으니 친정에서 나를 욕하고, 남편도 나를 이해하지 못하는 것은 당연한 것 같기도 합니다.

내가 이렇게 남들을 돕게 된 것은 아들이 몹시 아플 때부터였습니다. 아들의 강직성이 너무 심해서 고통스러워할 때, 성령께서 나에게 어려운 환자들과 보호자들을 도우라고 하셨습니다. 내가 성령의 명령에 순종하기까지는 한참 시간이 걸렸습니다.

오늘도 몸의 어떤 기관으로도 소통할 수 없는 아들과 함께 하루를 맞습니다. 우리 아들이 내게 미소 짓는다면 그 어떤 욕심도 내지 않겠습니다. 아들은 내 삶의 이유입니다.

아들의 마지막 입원과 수술도 기적이었습니다. 힘든 과정을 아들이 잘 견뎌주었고, 수술비를 많은 분들이 도와주었습니다. 퇴원해서 집에 돌아와야 하는데 걱정이 태산이었습니다. 사실 침대에만 누워있어야 하는 아들이 있기에는 우리 집은 좁고, 씻길 곳도 없고, 여러모로 열악합니다. 그래서 집으로 데리고 오는 것은 불가능했습니다. 퇴원하면 아들을 데리고 어디로 가야 할까? 갈 곳이 없는데 걱정이 이만저만이 아니었습니다.

이를 위해 기도하던 어느 날, 꿈을 꾸었습니다. 꿈에 내가 아주 오래되고 허름하고 낡은 집을 찾아갔는데 "이게 밧데리 하우스다"라는 음성이 들렸습니다. 꿈에서 깨고 나서 이상하다 여겼지만 시간이 지나면서 그 꿈은 잊어버렸습니다. 세브란스병원에서 퇴원해서 다른 병원에 가서 입원할 수도 있었지만, 더 이상 문전박대당하고 싶지 않았습니다. 그렇다고 다른 대책이 있는 것도 아니었습니다.

그러던 어느 날, 나는 병원에서 먹을 김치가 떨어져서 집에 김치를 담으러 왔습니다. 집 앞의 빈터를 텃밭으로 이용하고 있었는데 그 순간 이곳에 민석이의 집을 만들면 좋겠다는 생각이 들었습니다. 그렇지만 집을 지을 돈도 없었고, 땅 주인이 허락해줄지도 알 수 없었습니다.

"어머니, 저희가 민석이를 잊고 있었습니다."

그때, 민석이의 직장 동료와 선후배들이 돈을 모아서 가져왔습니다. 그 돈으로 민석이의 집을 짓게 되었습니다. 내가 민석이의 집이라니까 거창하게 생각할 것 같은데 한 10평 됩니다. 이곳에 민석이의 방과 욕실 그리고 예배실을 만들었습니다. 식물인간이므로 민석이는 교회에 갈 수가 없고 병원에 있으면서도 예배에 참석할 수 없었습니다. 나는 늘 민석이가 있는 곳에 예배가 있어야 한다고 생각했습니다. 지금 우리 집 예배실에는 동네 권사님들이 오셔서 함께 예배하고, 동네 교회 목사님이 오셔서 설교해주십니다.

이렇게 민석이의 집이 생기니 그간 병원 생활에서 알던 분들이 찾아옵니다. 이분들은 운동치료사, 간병인들, 다른 환자들, 항암 중인 환자들 등입니다. 이들은 삶의 중요한 문제들을 놓고 기도하러 오기도 하고, 며

삶의 중요한 문제들을 놓고 기도하러 오기도 하고,
며칠씩 묵으면서 맛있는 것도 해먹고 이야기도 나누고 음식을 싸가곤 합니다.
이분들은 우리 집을 '밧데리 하우스'라고 부르며 쉼터처럼 이용하고 있습니다.
그 어느 날의 꿈처럼 우리 집이 '밧데리 하우스'가 된 겁니다.

칠씩 묵으면서 맛있는 것도 해서 먹고 이야기도 나누고 음식을 싸서 가곤 합니다. 이분들은 우리 집을 '밧데리 하우스'라고 부르며 쉼터처럼 이용하고 있습니다. 그 어느 날의 꿈처럼 우리 집이 '밧데리 하우스'가 된 겁니다.

"우리 아들 민석이가 5천 명을 먹이는 사람이 되게 하옵소서!"

오래전, 나는 오병이어 기적의 설교를 듣고 감동해서 이렇게 기도했었습니다.

마침내 하나님은 이 기도를 이뤄주신 겁니다. "모든 것을 합력하여 선을 이루시는 하나님! 오늘도 저에게 '엄마'라고 말할 수 있도록 허락해주셔서 고맙습니다. 어느 날 아들이 먼저 하나님께 간다고 해도 저는 이 밧데리 하우스를 지키겠습니다."

▪ ▪ ▪ ▪ ▪ ▪

이 글을 쓴 김정애 님은 경기도 김포시에서 민석이의 엄마로, 밧데리 하우스의 찬모로 5천여 명을 먹이고자 노력하고 있습니다.

나를 살리신 이유

주금자

세브란스병원 예배실에서 전도사님을 보고 깜짝 놀랐어요. 오래 전에 내가 이곳에서 만났던 어느 전도사님과 같아서요.

"혹시 권사님이신가요. 아까 우리 예배실에서 만났지요?"

전도사님은 제가 있는 병실에 오셨는데 얼마나 반갑던지요. 저는 전도사님의 설교를 듣고 마음이 뜨거워져서 다시 만나보고 싶었거든요.

"얼굴빛도 파리하고 걸음도 힘이 없으시던데 얼마나 힘이 드세요?"

전도사님은 이렇게 위로하면서 내 손을 잡았는데 얼마나 따뜻하고 고맙던지요.

"전도사님! 저는 세브란스병원에 감사할 것밖에 없어요. 제가 지금까지 이렇게 살 수 있었던 것도 이 병원 덕이에요."

저는 태어날 때부터 몸이 엄청 약했대요. 기운도 없고 잘 걷지도 못하고, 게다가 딸이라서 구박을 받았어요. 제가 두 살 때인데 아버지가 저를 그냥 묻으려고 구덩이에 넣었는데 엄마가 간신히 꺼내주었데요. 저는 늘 비실비실했어요. 가난한 우리 집은 제게 신경을 쓸 여력도 없고 마음도 없었어요, 특히 아버지는요. 약하게 태어난 데다가 무슨 병인가 든 것 같지만 병원에 데려가지도 않았어요.

저는 여섯 살이 되어서야 처음 병원에 가 보았어요. 저를 진료한 의사 선생님은 열 살이 넘으면 반드시 수술을 해야 한다고 하셨대요. 그렇지만 우리 집은 내 수술비를 감당할 형편이 안 됐어요. 전도사님은 젊으신 분이라서 모를 수도 있겠네요. 옛날에는 전 국민 의료보험 제도가 없어서 병원비가 엄청 비쌌대요.

제가 여섯 살 때, 엄마가 돌아가셨어요. 엄마는 유일하게 저를 예뻐해 주시고 아버지의 구박을 막아주셨던 분인데 엄마가 돌아가시자 저는 그야말로 천덕꾸러기, 고아처럼 됐어요.

"몸도 성치 않은 애를 어디 남의 집 식모로 보내?"

제가 열세 살이 되니까 아버지는 저를 식모로 보내려고 했죠. 식모는 요즘 말로 입주 가사 도우미예요. 주위 사람들도 몸이 건강하지 않고 병든 애를 식모로 보낸다고 걱정하듯 말했지만 사실 욕을 한 거지요.

"그래도 병은 고쳐서 어디 보내더라도 보내야지……."

이렇게 조심스럽게 수술을 권하는 분들도 있었어요. 그러나 아버지는 모르는 소리 하지 말라고 성을 버럭 내셨어요.

"몸에 칼 댄 애를 누가 식모로 받아요?"

아버지는 저를 치료도 하지 않고 남의 집으로 보내버렸어요. 열세 살, 어리고 몸이 아팠던 저에게 남의 집 식모살이는 너무 힘들었어요. 아주 늦은 밤까지 일하다가 잠자리에 들 때면 엄마가 보고 싶어서 울었어요.

"엄마, 꿈에서라도 와 주세요!"

엄마 대신 할머니라도 보려고 식모살이 집에서 나와 외가에 갔어요.

"여긴 왜 왔냐? 니 어미 세상 떠난 게 언젠데 여기가 어디라고 오냐?"

외할머니는 저를 따뜻하게 대해주지 않고 어떤 때는 이렇게 윽박지르고 쫓아냈어요. 그러면 저는 엄마가 없어서 이렇게 서럽고 구박을 받는구나 싶어서 더 외롭고 힘들고 고단했어요. 그래서 제 앞날도 춥고 외롭고 배고플 거라고 여겨졌어요.

스무 살이 되자, 저는 아파서 더 이상 식모살이를 할 수 없었어요. 늘 기력이 딸리고, 몸은 힘들고, 아팠어요. 주인집은 제대로 먹을 것도 주지 않았어요. 몸이 아플 때마다, 엄마가 너무 보고 싶었어요. '이렇게 사느니, 그냥 죽어버리는 게 나아. 그럼, 엄마 있는 곳으로 갈 테지' 하는 생각이 들었어요. 그래서 저는 엄마를 만나러 갈 준비를 했어요. 수면제, 쥐약, 마이신 등등, 모을 수 있는 약은 모두 모았어요. 어느 날 밤, 저는 가까운 산에 가서 그간 모은 약들을 몽땅 입안에 털어 넣었어요.

배가 너무 아파서 깨어났어요. 하얀 천정이 보였어요.

"어머, 눈을 뜨셨네요!"

여자 분의 목소리가 들렸어요. 저는 이렇게 저를 반기는 소리를 처음 들었어요. '우르르' 의사 선생님들이 달려와서 누워있는 저를 감격해서 내려 보더라고요. 어떤 사람이 저를 산에서 발견하고 백차_{당시에는 앰뷸런스}를 백차라고 불렀어요를 불러서 저를 태우고 세브란스병원에 내려놓았대요. 그 분이 누군지는 지금도 몰라요. 이렇게 저는 세브란스병원에 와서 여러 번 수술을 받았어요. 제가 어려서부터 앓고 있던 병 수술도 받았고요. 여러 번 혈관도 이식받았고요. 세브란스병원이 저를 살려 놓은 거예요.

저는 세브란스병원에서 치료를 받느라고 엄청 아팠어요. 그런데 병동에서 전도하시던 전도사님이 계셨어요. 그 전도사님이 지금 이 편지를 받는 김 전도사님과 비슷해요. 그 전도사님은 영락교회에서 오셨다고 했어요.

"예수님을 믿으세요. 하나님은 당신을 너무 사랑하세요."

그 전도사님은 매일매일 제 병실에 오셔서 웃는 얼굴로 이렇게 말씀하였어요. 매일 웃으시면서 말씀하시기에 하루는 제가 물어봤어요.

"그래요? 전 태어나서 사랑한다는 말을 한 번도 못 들어봤어요. 이 세상에서 누가 저를 사랑한다는 것은 몰라요. 믿을 수가 없어요. 그런데 전도사님은 교회 다니시면서 그렇게 매일 웃으시니, 거기서 돈을 많이 주나 봐요?"

돈 받고 식모살이하던 저는 이렇게밖에는 달리 물을 수가 없었어요.

"네! 전 하늘에서는 엄청난 부자예요."

이렇게 대답하시고는 전도사님은 여전히 웃으시면서 교회에 나와 보라고 하셨어요. 이 전도사님의 말을 이해하지 못 하는 저는 교회에 가면 누군가 뒷돈을 주는 줄 알았어요. 그래서 병원 예배에 갔어요.

예배실이라는 데에 갔더니 젊은 남자분이 설교를 하셨어요. 그분 얼굴이 해처럼 밝더라고요. '이분은 돈을 더 많이 받나' 하는 생각이 들었어요. 밝은 얼굴로 열심히 말씀하시더라고요. 그런데 말하는 중간에 책을 넘기시는데 깜짝 놀랐어요. 세상에나 입으로 책을 물고 혓바닥으로 책장을 넘기시는 거예요. 놀라서 다시 보니 그분은 두 팔이 없는 사람이었어요. 깜짝 놀랐죠. 어떻게 두 팔이 없는 사람이 저렇게 행복하지? '나는 두 팔이 있지만, 불행하지 않은가? 어떻게 저럴 수 있지?' 충격을 받았어요.

그 날 이후, 감동이 밀려오는 거예요. '아! 두 팔과 두 다리가 있고 마음대로 걸어 다닐 수 있잖아. 지금까지 홀로 버림받고, 외롭고, 늘 내 인생은 겨울이라고 슬퍼했는데 꼭 그렇지만은 않구나. 하나님께서 나를 사랑하셔서 십자가를 지시고 죽으셨다는데, 그것이 참말이라면 나는 정말 사랑받고 있는 사람이구나. 엄마가 없어도 나는 하나님의 사랑을 받고 있었구나!' 이런 깨달음이 오고 하나님을 인정하게 되었어요.

하나님은 제가 죽으려고 했을 때, 저를 살려 주시고, 이렇게 만나 주신 거예요.

병원에서 치료받고 있는데 병원비가 걱정이었어요. 어느 직원분이 제가 돈도 없고, 가족도 없다는 것을 알고 병원비를 대 줬어요. 이지문 교수님께서 저의 딱한 사정을 듣고 병원비를 안 내도 오랫동안 치료받을 수 있도록 만들어주셨어요. 그분이 세브란스병원을 그만두시면서, 제자에게 저를 인계하셔서 지금까지 치료받을 수 있는 거예요. 이 교수님은

늘 내 인생은 겨울이라고 슬퍼했는데 꼭 그렇지만은 않구나.
하나님께서 나를 사랑하셔서 십자가를 지시고 죽으셨다는데,
그것이 참말이라면 나는 정말 사랑받고 있는 사람이구나.
엄마가 없어도 나는 하나님의 사랑을 받고 있었구나!

제게 아버지 같은 분이예요. 아버지 사랑이 이런 거구나 하고 알게 하고 체험하게 해 주신 분이예요. 이 교수님께서는 지금은 천국에 가셔서 안 계세요. 아무튼 저는 사랑이라는 것을 처음 세브란스병원에서 받았고요. 그간 세브란스병원에서 받은 사랑은 하도 많아서 여기에 다 적을 수가 없어요.

하지만, 저는 믿음이 강하지를 못했어요. 병원에서 퇴원해서 나오니 다시 '외롭다, 저주받은 인생이다, 쓸데없이 살아남았구나' 하는 생각이 계속 들었어요. 그래서 또다시 죽으려고 했어요. 두세 번 더 그랬죠. 나쁜 일도 몇 번 겪었고요. 그러다 보니, 제 인생은 결국 이런 것이었구나 생각하면 할수록 참담하더라고요. 세브란스병원에 오면, 병원의 직원분들, 의사 선생님들, 간호사님들이 모두 함께 저를 살리려고 노력했어요. 그분들은 다시는 죽으려고 하지 말고, 그 힘으로 살아내라고 신신당부했어요. 세브란스병원이 없었다면, 전 이미 이 세상 사람이 아니어요.

저 같은 사람이 어떻게 이런 병원에서 치료를 받을 수 있겠어요? 전 돈도 한 푼 없고, 저를 도와줄 가족도 친척도 없이 혼자였는데요. 제가 입원할 때마다 여러 선생님들이 사비를 모아 제 병원비를 대주셨어요. 전 그분들에게 아무것도 해 준 것이 없는데, 그분들은 저를 아무 조건 없이, 그저 사람 하나 살려보겠다고 저를 살려내신 거예요. 전 희망도 없이, 저주받았다고 생각하고 죽으려고 한 것밖에 없었어요. 하지만, 하나님은 그분들을 통해 저를 살려내신 거죠.

이렇게 두세 번 죽으려고 난리를 치고 세브란스병원에서 치료를 받고 나서 제가 살려면 기술이 있어야겠다는 생각이 들더라고요. 그래서 미

용 기술을 배워서 일을 시작했죠. 미용사 일을 시작하면서 저는 살만해
졌고 다시는 죽겠다는 마음도 들지 않았어요. 미용실에서 일하면서 좋
은 분들을 만나기 시작했어요. 제가 겪었던 일을 이야기해 주면, 모두 다
른 사람들에게 알리라고, 혼자 듣기 아깝다고, 살아온 이야기를 책으로
쓰라고 했어요. 저는 자랑할 것도 없는 인생인데, 뭘 그러냐고 했어요.

세브란스병원에서 사랑을 받으면서, 영적인 눈이 뜨이기 시작했어요.
하나님은 세브란스병원을 통해 저를 부르신 거예요. 돌이켜 보니, 모든
것이 하나님께서 저를 구원하시려고 벌인 일이었어요. 만일 제가 계속
집에서 아버지와 살았다면 예수님을 만났을까요? 외할머니가 저를 따뜻
하게 맞아 주셨다면, 제가 예수님을 믿었을까요? 절대로 그러지 못했을
거예요. 하나님은 저를 구원하시려고 오래전부터 계획하고 준비해서 저
를 빼내신 거예요. 저는 죽으려고 한 것밖에 없지만, 하나님은 세브란스
병원을 통해서 저를 만나주시고 사랑해주신 거예요.

전도사님! 저는 제 몸 상태가 얼마나 안 좋은지 알아요. 신부전 말기
에요. 간 절제 수술도 했어요. 투석을 오래 했기 때문에 혈관 이식도 여
러 번 했어요. 하지만, 몸이 안 좋고 기운이 없고 힘들어도 저는 하나님
의 사랑과 기적을 누구보다 많이 받았기 때문에 영적으로는 아주 편안
해요. 행복하고요. 이미 죽었을 목숨이라 죽음이 두렵지 않아요. 고통 없
는 그곳에 간다는데 얼마나 좋겠어요.

하지만, 지금까지 하나님께서 저를 살려두신 이유가 있는 거 같아요.
하나님이 저한테 보여주신 사랑과 기적을 알리고 전하는 거, 이게 제 할

일이 아닐까요? 제 이야기가 다른 사람의 영혼 구원에 이용된다면, 저 같은 사람 살리시어 구원하시는 하나님을 전한다면, 다른 아무런 소원이 없어요. 이것이 바로 하나님이 저를 살리신 이유예요. 지난번 전도사님 설교에서 우리 모두는 질그릇인데, 그 안에 보배가 있다고 하신 말씀을 기억해요. 그릇이 볼품없이 부서지고 깨져도 보배가 담겨 있다면 그릇은 엄청난 값이 나간다고 하셨죠. 저는 배운 것도 없고, 가진 것도 없고, 자랑할 만한 인생도 아니지만, 그래서 저의 인생 그릇은 정말 볼품없지만, 하나님의 구원이라는 보배가 담겨 있어요.

저는 평생 아팠는데, 이 아픔은 저를 구원하려고 예수님께서 당하신 십자가 고통에 비하면 아무것도 아니에요. 저를 사랑하셔서 고통을 당하고, 죽어가는 저를 살리시고, 이제까지 살려주신 하나님의 은혜와 사랑을 전하려고 이 편지를 썼어요.

전도사님! 늘 평안하세요.

━ ━ ━ ━ ━ ━

이 글은 주금자 님의 간증을 원목실 교역자에게 보내온 편지글 형식으로 재구성한 것입니다.

한나터
우리 집 이야기

이규현

지난 10년이 쏜 화살처럼 빨리 지나갔습니다. 10년이면 강산도 변하고, 아침과 저녁으로 사람도 변합니다. 그래도 내겐 한 가지 변하지 않고 희미해지지도 않은 분명한 것이 있습니다. 나의 호흡이 끊어지기 전까지는 절대로 변하지 않고 사라지지 않을 것은 아들에 대한 안타까움과 그리움입니다. 얼마 전 〈응답하라 1994〉라는 드라마가 방영되어서 흥미 있게 보았습니다. 신촌 연세대학교 앞 하숙집에서 생활하는 하숙생들과 그 주인 가족의 이야기가 이 드라마의 줄거리입니다. 우리 집도 이 드라마의 배경인 신촌 연세대학교 앞에 있고 여러 사람들이 드라마의 주인공처럼 살고 있습니다. 우리 집은 '한나터'라고 부르는 3층집입니다.

우리 큰아들은 특목고를 졸업하고, 병역면제 혜택을 받는 직장에 취직이 되었고, 동시에 대학교에도 입학했습니다. 이런 특례는 아들 고교의 졸업생 중 30명만이 받는 혜택이라고 했습니다. 나는 이런 아들이 무척 자랑스러웠습니다. 아들은 직장 근처에서 자취를 하면서 직장과 학업을 병행했습니다.

그런데 아들의 몸이 자꾸 마르고 허약해져서 회사에 휴직을 하고 집에 돌아왔습니다. 몸의 이상을 호소하는 아들을 데리고 집 근처의 병원에 갔더니 의사는 세브란스병원으로 빨리 가보라고 했습니다. 세브란스병원에서 '다발성 전이 암'이라는 진단을 받았습니다. 워낙 빨리 진행하는 암이라서 이미 간과 신장 등의 모든 장기는 물론이고 온몸에 암이 퍼져 있다고 했습니다. 등에도 울룩불룩한 것들이 튀어나와 있었습니다. 병원에서는 치료방법이 없으니 퇴원하라는 통보를 받았습니다. 병원에서도 고칠 수 없다고 퇴원을 하라니, 부모로서 자식에게 아무것도 해 줄 것이 없고, 어떤 힘도 되어줄 수 없는 무력감에 낙심하고 병원을 나서는데, 아들이 심하게 구토를 했습니다. 이런 아들을 데리고 퇴원을 해야 한다니 기가 막혔습니다.

집에 있자니 불안해서 이곳저곳에서 소개해 준 기도원에도 갔지만 괴로웠습니다. 사면초가의 상황을 벗어날 수 있게 도와줄 곳이나 능력 있는 사람을 찾아보았지만 없었습니다. 병명을 안지 겨우 두 달 반 만에 아들은 하나님의 부르심을 받아 떠났습니다. 우리 부부는 아들의 시신을 세브란스병원에 기증했습니다. 그리고 우리 부부도 사후 시신 기증을 서

약했습니다.

이렇게 아들을 보내고 난 후에도 우리 집은 고난이 계속되었습니다. 남들은 한두 번만 겪어도 고통스럽고 힘든 일들을 우리는 많이 겪었습니다. 아내는 큰 수술을 받았고, 작은아들은 군 입대 2개월 전에 축구를 하다가 발목이 부러졌습니다. 나도 계단에서 넘어지면서 왼쪽 발목이 부러져서 한참을 고생했습니다. 교통사고도 빈번하게 일어났습니다. 아내는 두 번 교통사고를 당했고 나도 작은아들과 차를 타고 가다가 추돌사고를 당했습니다.

이러다 보니 나중에는 면역력이 생긴 건지, 자포자기의 심정이 든 건지, 급작스러운 돌발 상황이 닥쳐도 마음이 무덤덤하고 멍하기만 했습니다. 하나님의 종으로서 사역하려면 이 정도의 고난은 겪어야 하나 보다 하는 자기 최면에 빠져들었습니다. 나는 뒤늦은 나이에 신학대학에 들어가 공부했는데. 이때가 아들이 발병하던 당시였습니다. 그 후 대학을 졸업하고 신학대학원을 마쳤습니다.

아들을 보내고 얼마 안 되었는데 내가 출석하는 교회의 권사님이 나에게 봉사를 하라고 권했습니다. 이분은 세브란스병원에서 간호사로 근무하고 있었는데, 세브란스병원 '등대회' 활동을 나에게 권했습니다. 이 등대회는 세브란스병원 병동에서 찬양 봉사를 하는 합창단입니다. 권사님이 권하신 이 찬양 봉사가 우리 삶에 전환점이 되었습니다.

병동 찬양 봉사를 하다가 세브란스병원 원목실 교역자님들을 만나게 되면서 소아암 병동에서도 봉사하게 되었습니다. 아내는 풍선아트와 종이접기로 환아들에게 즐거움을 주었고, 바쁜 병원학교의 코디네이터를 도와 여러 가지 일들을 했습니다. 그리고 나는 교회 파송 교역자로 어린이 병동을 맡아 사역하게 되었습니다.

그러던 어느 날, 신학대학원 동기생이 산에 가서 기도하자고 해서 우리 부부는 이 동기생을 따라나섰습니다. 기도하는 자리에서 동기생은 우리 부부에게 일천번제 기도를 드리겠느냐고 물었습니다. 우리 부부는 정확히 일천번제 기도가 무엇인지 모르는 상황에서 이 기도를 하기로 작정했습니다.

이후 하루도 빠짐없이 비가 오나 눈이 오나 산에 올라가 기도했습니다. 이렇게 기도하기를 여러 날이 흘렀는데, 아내가 기도 제목을 하나 내어놓았습니다. 아내가 어린이병원에 있어 보니 지방에서 오는 어린 환자들이 병실이 없어 여관에서 지내거나 친척집에 거처한다고 했습니다. 면역 상태가 약한 어린이 환자들이 거처도 없이 병원 근처를 배회하는 것이 너무 마음 아프다고 했습니다.

이 기도 제목을 내어놓던 날도 어린이병원 병실 침대가 하나 났는데 응급실에 입원해 있는 두 아이의 보호자가 그 병실에 들어갈 수 있도록 기도해 달라고 각자 부탁을 했답니다. 아내는 이 두 어린이의 부모를 잘 알고 있었습니다. 아내는 이런 어린이 환자들이 편안히 쉬고 머물 수 있는, 병원에서 가까운 쉼터가 마련되어야 한다고 했습니다.

그래서 이를 위해 우리가 하나님 앞에 함께 작정기도를 하자고 제의했습니다. 꼭 있어야 할 것을 구하는 기도 제목이었지만 아무것도 준비된 것이 없는 나로서는 그저 막막하기만 했습니다. 그러나 우리는 함께 기도를 시작했고 하루도 빠짐없이 쉼터를 위해 기도했습니다.

어느 날, 유철주 박사님이 나에게 만나자고 하였습니다. 이분은 세브란스병원 어린이병원의 소아암 주치의입니다. 유 박사님은 소아암 환아들을 치료하면서 쉼터에 대한 필요성을 절감했다고 하였습니다. 쉼터가 마련되면 우리 부부가 쉼터에 상주하면서 찾아오는 환아들과 보호자들을 섬겨줄 수 있겠냐고 물었습니다. 이것이 우리에게는 기도의 응답이었습니다. 이때가 2004년 1월이었습니다.

이후 유 박사님과 숨은 독지가의 도움으로 세브란스병원으로부터 걸어서 10분 거리에 있는 3층집을 사서 한빛사랑나눔터약칭 한나터로 이름하고 봉헌했습니다. 이때가 2004년 10월 5일이었습니다.

쉼터를 개소하고 난 후에, 많은 분들이 소아암 쉼터의 필요성을 느꼈다는 것을 알았습니다. 그래서 많은 분들이 기도해주고 물심양면으로 도와줍니다. 그 중에는 우리 부부처럼 사랑하는 자녀를 앞서 보낸 부모님들이 한나터에 와서 봉사합니다. 그분들은 병원에 입원하여 치료받고 있는 아이들을 위해 음식을 해 주고, 아이와 보호자들과 대화하며 위로하고 격려합니다.

그러나 그분들은 한나터에 와서 많은 것들을 하며 돕지만 병원에는 가질 못 합니다. 병원에 가서 입원한 아이들을 보면 더 마음이 아파서 못 가는 것입니다. 그 대신 자신의 손으로 만든 음식을 제 자식과 비슷한 환경에 있는 어느 아이가 먹는다는 것만으로도 만족하고 감사합니다. 이 어머니들을 부디 하나님께서 위로해주시길 기도할 뿐, 나 또한 어떤 말로도 위로할 수가 없습니다.

우리 부부는 한나터를 찾아와 함께 생활하는 어린이와 보호자를 돌보면서, 어린이들이 점차로 건강을 회복하며 나아지는 모습을 보면 아주 기쁩니다. 때로는 의술의 한계로 임종을 맞아야만 하는 어린이를 보게 되는 경우, 그 슬픔은 말로 다 할 수 없습니다. 이렇게 먼저 가는 어린이의 장례를 인도하고 그 부모를 위로할 때가 있습니다. 완치율이 85%를 넘는 소아 백혈병이지만 15%의 범주에 든 환아들과 보호자들을 바라볼 때 마음이 너무 아픕니다.

한번은 골수이식을 앞둔 어린이가 합병 증세로 임종을 맞을 것 같다는 다급한 전화를 받고 병실을 방문했습니다. 임종예배를 드리고, 입관을 하고 발인 예배를 드리고 장지까지 동행해서 위로했습니다. 슬픔에 잠긴 그 어머니는 내게 이렇게 말했습니다.

"우리 아이 만지고 싶어요!

우리 아이 생각날 때마다, 보고 싶어질 때마다, 전 어떻게 해요?"

그렇습니다, 우리가 그랬습니다. 우리 아들 지금도 보고 싶고, 만지고 싶고, 보듬어 주고 싶습니다. 불현듯 아들이 보고 싶을 때는 번개가 치듯 화들짝 놀라게 됩니다. 이렇게 아들 생각이 나면 누군가 뾰족하고 날카로운 창끝으로 내 가슴을 찌르는 것 같습니다. 아들을 한 번만 만져 보고 싶습니다.

아들은 믿음이 신실하고 신앙에 열성이 있었습니다. 아들은 신학을 공부하고, 주의 종으로 살고 싶다고 했는데 나는 왜 그런 아들을 말렸을까요? 그랬더라면 병도 나지 않았고, 병이 나더라도 하나님이 살려주셨을 텐데……. 아들이 병이 나서 사경을 헤맬 때 그리고 떠나고 나서, 후회와 반성을 하며 자책감에 시달렸습니다.

그보다 더 힘든 것은 정말 한 번만 만져보고 싶다는 마음입니다. 마음이 미어지는 것 같습니다. 질병의 극심한 고통에서 벗어나게 하시고 하나님 품에 안겨 있을 것을 알고 믿지만, 그래도 내 옆에 있어 주었으면 얼마나 좋을까 하는 마음이 듭니다. 이런 마음이 드는 것은 내 믿음이 연약하기 때문일까요. 전에는 항암치료받는 아이들이 부러웠습니다. 우리 아들은 짧은 시기에 급속히 전신에 암이 퍼졌기 때문에 항암치료조차 못 받고, 방사선 치료도 제대로 받지 못했었습니다. 항암치료라도 한 번 받아보았더라면, 하는 아쉬움에 항암치료를 받는 아이들이 부러웠습니다. 이 얼마나 부질없는 생각이고 나약한 부모의 욕심인가요.

'그래 열심히 일하자. 이제는 과거에 착념하지 말고 내 아들처럼 아픈 아이들을 돌보며 그 부모와 가족들을 위로하며 함께 아픔을 나누며 살아가자. 좋은 일을 둘로 나누면 배가되고, 슬픈 일을 둘로 나누면 절반이 된다지 않는가.' 이렇게 스스로 다짐해보지만 그래도 만지고 싶고 보고 싶어지는 것은 어쩔 수가 없습니다.

최근에는 세브란스병원 소아암 병동에 외국인 환아들이 많이 옵니다. 이들도 병원 치료 기간에 머물 숙소가 필요해서 한나터를 찾아오고 있습니다. 언어, 문화, 종교와 식생활은 다르지만 우리는 아무 문제 없이 화목하게 지내고 있습니다. 하나님이 세우신 세브란스병원은 선교사들의 헌신과 희생 위에 세워졌습니다. 그래서 이 빚을 우리는 해외에 나가서라도 갚아야 하는데, 외국인들이 아파서 이리 찾아오니 안에서 기꺼이 갚아야 한다고 생각합니다. 우리는 그저 그들의 딱한 형편을 헤아려

힘써 도와주는 것이 주님께서 우리에게 분부하신 사명이라고 믿고 있습니다.

오늘도 한나터에 와서 머물며 힘들고 괴로운 가운데서도 감사하는 어린이들과 보호자들을 보면, 고통에는 하나님의 뜻이 있다는 것을 깨닫곤 합니다. 우리 부부가 자식을 먼저 보내지 않았더라면 이 일을 하나님께서 우리에게 맡기셨을까? 설령 맡겼다 하더라도 그 부모와 가족들의 아픔을 그분들의 처지에서 공감할 수 있었을까? 하나님께서는 우리 부부의 괴로움과 고난을 우리와 같은 처지에 있는 이들을 섬기는 기쁨으로 바꾸어주셨습니다. 나는 그동안 소아암 병동과 쉼터에서 우리 삶을 주관하시는 하나님의 섭리를 눈으로 보고 마음으로 느꼈습니다. 이 확신이 우리 부부의 간증과 찬송입니다.

한나터가 연희동에 또 생기는데 제2의 한나터입니다. 이를 위해 유철주 박사님과 쉼터 일군들이 너무 귀하고 큰 수고를 하셨습니다. 이 모든 것을 허락하시고 이루어 가시는 하나님께 모든 영광을 돌리며, 함께하는 봉사자들과 후원자들에게 주님의 격려와 은총을 간구합니다. 그리고 지금도 치료받고 있는 모든 소아암 환아들의 빠른 쾌유를 바라며 두서없는 졸필을 마칩니다.

■ ■ ■ ■ ■

이 글을 쓴 이규현 님은 세브란스병원 소아암 어린이들의 쉼터인 한나터에서 봉사하는 목사입니다.

3 | 천사를 아무에게나
보내지 않는다

고난이 아니었다면 홍도훈

병상의 작곡가 윤미래

천사를 아무에게나 보내지 않는다 강석구

내 잔이 넘치나이다 우창숙

오늘도 함께 살아갑니다 유숙연

머뭇거리기에는 시간이 너무 짧다 김은해

은탁이는 나의 천사 장미영

완전한 치유를 증언한 딸 정원이 김성환

고난은 하나님의 사랑 방식이었습니다 이나경

고난이 아니었다면

홍도훈

낯선 공간, 낯선 사람들과 함께 있을 때면 나는 늘 초조하고 두렵습니다. 내가 이러는 건 숨기고 싶지만 숨길 수 없는 아들의 병 때문입니다. 내 아들은 지난 30여 년간 뇌전증, 흔히 간질이라고 말하는 병을 앓아 왔습니다. 아들에게는 하루에도 몇 번씩 예고 없이 발작이 찾아옵니다. 발작이란 놈은 몸을 뒤틀어놓고 너무 아프게 해서 신음을 하다못해 정신을 잃고 쓰러지게 만듭니다. 하루에도 두세 번씩 밥을 먹다가, 길을 걷다가, 또는 잠을 자다가 갑자기 아들은 발작을 일으킵니다. 이 발작은 스스로의 의지로는 통제할 수 없는 병, 뇌전증 때문입니다.

나는 경상북도 울진의 바닷가 마을에서 아픈 아들과 홀로 살고 있습니다. 일흔이 넘었지만 집안 살림은 내 몫입니다. 나 말고는 살림을 할 사람도, 아픈 아들을 돌봐줄 가족도 없습니다. 나는 특히 아들의 잠자리에 신경을 씁니다. 왜냐하면 아들이 밤에 자다가 경기를 하면 360도 돌면서 경련을 함으로 벽이나 모서리에 부딪힙니다. 부딪히면 긁히고 피도 나고 심하게 다치기 때문입니다. 그래서 사방 구석, 벽이나 가구 모서리에 이불을 둘둘 말아서 쳐 놓습니다. 이렇게 해야 아들이 다치는 것을 어느 정도 막을 수 있습니다.

아들은 삼 형제의 맏이로 태어나, 가족의 기대와 사랑을 한몸에 받으며 자랐습니다. 그런데 네 살 무렵, 발작을 일으켰습니다. 발작은 시간이 지나면서 더 자주 더 세게 일어났습니다. 우리 부부는 아들의 병을 고치려고 백방으로 뛰어다녔지만 소용이 없었습니다.

이런 아들이 열두 살 되던 해, 갑자기 아내는 심장마비로 세상을 떠났습니다. 아내와 나는 빚을 내서 식당을 운영하고 있었는데, 아내가 떠나고 나니 나 혼자 운영하기 어려웠습니다. 게다가 IMF가 닥치면서 가게는 홀라당 날리고, 빚으로 집마저 경매로 넘어갔습니다. 이런 와중에도 뇌전증 아들의 치료비는 계속 들어갔습니다. 그래서 아들 셋 모두를 대학에 보내지 못했습니다. 아들들은 학력이 낮다 보니 어디 취직이 안 되더군요. 간신히 작은 회사에 취업하여 일용직으로 다니고 있습니다.

아들의 병은 점점 더 심해져서 하루에 백번도 더 발작을 했습니다. 그래서 10여 년 전에 아주 힘들게 수술비를 마련하여 수술을 했습니다. 수술을 하고 나니 발작은 하루에 2~3회로 줄었습니다. 이 정도만 해도 좋았습니다. 우선은 아들이 잠을 잘 수가 있었으니까요.

그간 아들은 자면서도 발작을 하니 잠을 제대로 잘 수 없었습니다. 잠을 제대로 잘 수 없을뿐더러 발작을 할 때마다 뇌가 손상되어 여러 후유증을 앓기도 했습니다. 인지와 성격에도 문제가 생겨서 말을 못 알아듣기도 하고, 안 듣기도 하고, 이유 없이 막 화를 내서 가족들을 당황하게 하고 괴롭히기도 했습니다. 나는 아비이므로 감수하지만 제 형제들은 그러지를 못하고 불화가 생겼습니다. 아비로서 몹시 괴로웠습니다.

10년 전 수술을 하고 신경외과에 다니며 약을 쓰면서 신경과랑 같이 경과를 지켜보고 있었습니다. 그러나 몇 년 지나서 또 증상이 나타났습니다. 뇌전증의 원인이 뇌의 한 부위만 있는 게 아니라 주위에 골고루 퍼져 있다고 했습니다. 이래서 수술해서 증상이 좋아졌다가 몇 년 시간이 지나면서 다시 증상이 나타난 것이라고 했습니다. 이제 아들은 계속 경기를 하는 지경에 이르렀습니다.

나는 지난 세월, 어떻게든 아들의 병을 고쳐야겠다는 생각으로 살아왔습니다. 최근 3년간은 공공근로를 해서 일당 4만5천 원을 벌면서 이 돈을 먹지도 쓰지도 않고 악착같이 모았습니다. 하지만 이렇게 모은 돈은 수술비에는 턱도 없고 서울에 있는 병원을 오가는 비용과 검사비로 거의 다 썼습니다. 그래도 수술을 하면 아들이 발작을 덜 한다고 하니 어떻게 해서라도 수술을 받게 해주고 싶었습니다. 하지만 마음뿐, 수천만 원에 달하는 수술비를 어떻게 장만할지 막막했습니다. 그저 믿음으로 기도하며 구할 수밖에 없었습니다.

우리의 딱한 사정을 잘 아시는 담당 주치의 장진우 교수님이 병원 사회사업팀에 도움을 요청했습니다. 사회사업팀은 CTS와 협력하여 TV 프로그램에 우리의 딱한 사정을 소개했고, 그 TV 프로그램을 본 분들의 성금으로 수술비를 마련할 수 있게 해 주어서 수술을 하기로 했습니다.

13년 만에 다시 받는 수술인데 이 수술을 받으면 2002년 수술 때보다 효과가 더 있을 거라고 합니다. 나는 기대가 컸습니다. 하지만, 또 한 차례, 입원과 수술을 앞두고 아들은 극도로 예민해졌습니다.

주일 아침이면 우리 부자는 집을 나섭니다. 어딜 가든 늘 불안한 우리 부자가 마음 편히 찾아갈 수 있는 곳은 교회뿐입니다. 젊은 시절 나는 하나님을 몰랐습니다. 아들에게 병이 나타난 후, 방황하는 나를 교회로 이끈 건 아내였습니다. 만약 신앙이 없었다면 지금까지 굳건히 버텨내지 못했을 것입니다.

"홍승표 형제가 병원에서 생명을 건 2차 수술을 하게 됩니다. 우리 형제를 위해서 기도해 주시고, 위로해주시고 격려해 주시기 바랍니다."

목사님은 아들의 수술과 건강 회복을 위해 기도를 해 주셨고 교회 성도님들도 기도와 격려로 힘을 주었습니다.

주일 예배 후 우리 부자는 입원을 하기 위해 서울로 향했습니다. 집 밖에 나오면 한 순간도 긴장을 놓을 수가 없습니다. 장거리를 감으로 경기를 더 할 수 있습니다. 집에서 세브란스병원까지는 버스와 기차를 번갈아 타고, 대여섯 시간 이상 가야 합니다. 아들은 수술을 앞두고 마음이 불안한 데다, 몸까지 피곤한 상태라 발작을 할 가능성이 큽니다. 제발 발작은 하지 말길 기도하면서 기차 구석 자리에 웅크리고 앉았습니다.

그러나 여지없이 발작이 일어났고, 아들의 이상행동에 기차 안의 사람들이 우리를 쳐다봤습니다. 그럴 때마다 받는 시선이지만 여전히 익숙해지지 않습니다. 제겐 천형같이 여겨집니다. 아들은 어린 시절부터 지금까지, 세상 사람들이 간질 환자를 보는 눈길과 손가락질 속에서 외롭게 버텨왔습니다. 아들은 사람이 많이 있는 곳엔 가지 않고, 자기 마음에 꼭 드는 사람하고만 대화를 합니다. 한때 직업훈련을 받고 취업도 했습니다. 그러나 취직하고 1주일도 지나지 않았는데, 회사에서 연락이 왔습니다.

"기숙사에서 모두 함께 생활하는데 발작을 하니 모두 무서워합니다. 집으로 데려가세요."

그래서 아들을 집에 데리고 왔는데, 그 일로 아들은 더 상처를 받았습니다. 아들은 마음을 굳게 닫고 누구와도 어울리려고 하지 않았습니다. '내가 세상을 떠나면 누가 돌봐줄까? 험한 세상을 혼자 살아갈 수 있을까? 동생들에게 피해 안 주고, 자립해서 살아가야 하는데……' 이런 걱정이 시작되면 피눈물이 나는 것 같습니다. 나는 아들보다 먼저 죽을 수도 없습니다. 이제라도 아들이 다른 사람들과 어울려 살 수 있다면 얼마나 좋을까요.

힘든 여정 끝에 간신히 세브란스병원에 도착했습니다.
"아이고 얼마나 힘들었어요. 거의 발작을 매일 했다면서요?"
몇 가지 검사를 하고 아들은 수술을 받기로 했습니다. 뇌 안에서 이루어지는 큰 수술이다 보니 아들이 견뎌내야 할 고통도 클 것이라는 생각이 들었습니다. 정말 마음이 아팠습니다.

"예전에는 뇌의 왼쪽에서 나오는 상황이어서 수술하고 어느 정도, 아니 50% 정도는 좋아졌는데…… 많이 줄었죠. 서서히 시간이 가면서 다시 빈도가 잦아졌지요. 이번에 검사하고 수술할 곳은 오른쪽입니다. 최악의 경우에는 검사만 하고 수술은 못 하고 끝낼 수도 있어요. 최악의 경우에는……."

나는 새 길이 열릴 것이라 믿고 큰 기대를 하고 기도하며 수술을 기다려왔습니다. 우리 아들은 나보다 더 기대했을 것입니다. 그런데 최악의 경우, 수술이 불가능할 수도 있다는 말에 마음이 무너져 내렸습니다. 실망한 표정을 보이기 싫어 아들의 눈을 피해 먼 산 보듯 다른 곳을 보았습니다. 아들도 엄청 실망했을 텐데 아무 표정이 없었습니다. 이번에도 아들에게 희망을 찾아주지 못할까 봐 너무 불안했습니다.

입원 다음 날 아침, 수술실로 향했습니다. 나는 모든 것을 하나님께 맡기는 마음으로 수술실로 가는 아들을 배웅했습니다. 머릿속에 전극을 넣는 수술이 시작되었고, 나는 하나님께 수술 성공을 바라는 기도를 드리기 시작했습니다.

"오늘 수술은, 얼굴의 양 뺨을 통해 머릿속에 전극을 넣는 수술이었는데 전극이 안 들어가서 못했어요. 전극을 앞에 두 개 넣으려고 했는데 들어가지 않았어요. 뇌전증이 심하면 뼈가 두꺼워져서 안 들어가는 수가 있어요. 할 수 없이 내일은 더 크게 열어서 전극을 넣을 겁니다."

수술은 예상한 대로는 되지 않았습니다. 오랫동안 뇌전증을 앓아왔기 때문에 뼈에 변형이 생겼다니 그간 아들의 고통이 어땠을까 생각하면 가슴이 미어질 것 같았습니다. 수술을 다시 받기로 하고, 몇 가지 검사를 더 했습니다. 그리고 아들은 머리를 빡빡 깎았습니다. 머리 쪽 피부를 절개하고 두개골을 열어야 하는 수술이므로 어쩔 수 없다고 했습니다. 밀려 나가는 머리카락을 보고서 마음이 더 아팠습니다. 아무 일도 아닌 듯 무표정하게 서 있었지만, 이번엔 더 큰 수술을 해야 한다니 기도로 마음을 붙잡는 수밖에 없었습니다.

두 번째 수술 날 아침, 나와 아들은 불안한 마음을 숨기느라 서로 말한마디 나누지 못했습니다. 또 한 번, 힘든 시간을 견뎌내야 할 아들을 위해 용기를 내어 한마디 건넸습니다.

"승표야 잘하고 와. 아빠 기다릴게."

"알았어."

아들도 짧은 한마디로 제 마음을 전했습니다. 이 말 한마디가 나의 마음을 파고들었습니다. 하나님께 모든 것을 맡기는 마음으로 아들을 수술실에 들여보냈습니다. '수술중'이라는 사인이 들어왔으니, 나도 '기도중'이라는 등을 켜고 기도를 했습니다. 기도를 하는 중, 의사 선생님이 설명해 준 말이 떠올랐습니다.

'두개골을 열어 뇌에 전극을 삽입하면 뇌에 들어간 전극은, 반복적으로 발작을 일으키는 원인이 어디인지 찾아낸다. 이것을 토대로 문제를 일으키는 뇌의 일부분을 잘라내면, 발작은 멈추게 된다.'

여러 차례 아들의 수술을 지켜봐 왔지만, 그때마다 내 마음은 타 들어 갔었습니다. 부디 이번만은 아들이 짊어지고 온 고통을 끊어낼 수 있기를 믿고 간절히 기도했습니다. 이럴 때면, 오래전 하나님 곁으로 간 아내

하나님께 모든 것을 맡기는 마음으로
아들을 수술실에 들여보냈습니다.
'수술중'이라는 사인이 들어왔으니,
나도 '기도중'이라는 등을 켜고 기도를 했습니다.

가 더욱 생각납니다. 아내도 그곳에서 아들을 위해 기도하고 응원하고 있겠지요. 아내 없이 혼자 아들을 돌본 26년의 삶이 너무 길고 힘겨웠습니다.

드디어 수술은 성공적으로 끝났습니다. 나는 수술을 받고 깊이 잠든 아들에게 마음으로 이렇게 말했습니다.

"얼마나 힘이 들었니. 하나님이 너와 함께 하셨다.

시간이 걸리고 고통스럽지만, 하나님 아버지께서 회복시켜 주실 거야.

그때까지 잘 견뎌주길 바란다. 승표야, 사랑한다."

아들은 수술 후 이틀 만에 깨어났습니다. 물을 달라고 해서 너무 기쁜 나머지 물 한 통을 통째로 주었더니, 물을 마신 아들은 물을 토해냈습니다. '어이쿠 이거 뭐가 잘못되었나?' 가슴이 철렁했습니다. 의사 선생님들이 와서 원래 그런 거라고 해서 곧 안심했습니다. 그리고 이내 후회를 했습니다. 이미 하나님이 모두 고쳐주셨을 텐데 이렇게 놀라고 걱정을 하는 내가 한심스러웠습니다. 지난 30년 넘게 믿음이 있어 견딜 수 있었고 믿음이 있어 기다릴 수 있었습니다. 힘든 시간이 지나고 나면 하나님께서 예비해 놓은 기쁨이 있다는 걸 믿었는데 막판에 내가 이러다니…….

신기하게 아들은 수술 후에 한 번도 발작을 하지 않았습니다. 발작 횟수가 줄어들길 기대한 것인데 하나님은 그 이상을 해 주셨습니다. 아내가 살아있었더라면 얼마나 기뻐했을까요.

돌이켜 보면 나는 아내 없이 혼자 이 고난을 겪다가 예수님의 고통도 알게 되고 느끼게 되었습니다. 나를 구원하기 위해 내 아들보다 더 큰 고난을 겪고 죽으셨다니 어찌 주님을 영접하지 않을 수 있겠습니까? '고난이 유익이다'라는 교훈을 늘 마음속에 새기고 살았습니다. 그렇지 않았으면 견디지 못했을 겁니다. 결국 하나님은 나를 구원하기 위해 먼저 아내를 부른 거라고 생각됩니다.

이제 나는 새 소망을 갖고 기도합니다. 아내가 살아있을 때 아들 삼형제 중 한 명은 목사로 키우자고 했었습니다. 나도 "좋은데, 감당해야지" 했었습니다. 그러나 그 말을 한 아내는 먼저 갔으니 내가 그 뜻을 이어 감당해야지요. 이제 나는 그 약속을 위해 기도할 것입니다. 먹고 사는 것은 사람이 건강하다면 걱정이 없습니다. 이제 아들은 발작에서 해방되었으니 새사람이 되어 하나님께서 주신 일을 감당하고 가정도 이루고 살아가길 기도합니다.

내가 늘 기억하면서 감사하고 사랑하고 기도하는 귀한 분들이 있습니다. 우리 아들을 다섯 살부터 관리하고 검사하고 보살펴주신 뇌전증 검사실에 근무하는 고윤경 선생님, 11층 전연실 선생님과 모든 간호사들에게 진심으로 감사를 드립니다. 이분들은 우리의 천사였습니다. 우리를 위해 늘 사랑의 기도와 수고를 아끼지 않으신 원목실 목사님에게도 감사를 드립니다. 특별히 세브란스병원 신경외과 선생님들에게 감사드립니다.

나는 이분들을 위해서 평생을 두고 주님께 기도할 것입니다. 그리고 아직도 치료 중에 있는 11층의 모든 환우들을 위해서도 기도하겠습니다. 모두 속히 일어나실 수 있기를. 세브란스병원이 아니었으면 우리 부자는 지금 이 자리에 있을 수 없었을 겁니다.

"하나님의 사랑으로 인류를 질병에서 구하는 병원, 하나님이 세우신

병원, 세브란스병원이 영원하길……."

오늘도 이렇게 기도드립니다.

■ ■ ■ ■ ■

이 글은 2015년 4월 16일 CTS TV "7000 Miracles 예수사랑 여기에" 152회로 방영된
이야기를, 방송된 원고와 아버지 홍도훈 장로님의 구술을 바탕으로 쓴 글입니다.

병상의 작곡가

윤미래

남편은 간암 투병 중에 작곡을 했습니다. 사실 나는 남편이라는 말
보다 전도사님이라는 호칭이 더 입에 붙어 있습니다. 우리는 교회에서
만난 전도사와 교인이었습니다. 전도사님이 처음 우리 교회에 왔을 때
부터 나는 이분과 결혼하게 해 달라고 기도했습니다. 그러나 전도사님
은 내 마음을 받아주지 않았습니다.

전도사님은 S병원에서 간암 2기 진단을 받고 2013년 11월 26일 수술
을 했습니다. 그때 내가 문병을 갔었는데 전도사님이 내게 물었습니다.
나중에 그러는데 이게 프러포즈였다고 했습니다.

"내 병 수발할래?"

이듬해 3월 우리는 결혼하고 신혼여행을 떠났는데 병원에서 전화가 왔습니다. 빨리 병원으로 오라고. 우리는 신혼여행 기간을 단축하고 돌아와서 병원에 갔더니 암이 폐로 전이되었다고 했습니다. 표적 치료제를 복용하고 심하게 부작용을 겪었지만 약효를 기대하고 3개월을 기다렸습니다. 그러나 약효는 없었고 그사이 암은 더 자랐습니다. "다른 치료 방법은 없나요?" 하고 매달렸더니 임상치료가 최선이라고 했습니다.

"하나님, 의사 선생님 바꿔주세요. 믿음 좋으신 분으로 바꿔주세요."

우리는 S병원에 다니면서 이렇게 기도를 했습니다. 이곳은 병원이라기보다 기업이라는 생각이 들었고, 의사 선생님들도 예후豫後로만 말해서 우리의 소망과 믿음을 짓밟아 놓곤 했습니다. 시누이 친구분이 세브란스병원 간호사로 있었는데 그분 소개로 세브란스병원으로 왔습니다. 이곳에서 처음 만난 의사 선생님은 S병원에 임상 치료 기회가 더 많으니 돌아가라고 했습니다. 그러나 우리는 세브란스병원이 마음에 들었습니다. 곳곳에서 들리는 찬송, 곳곳에 새겨진 성경 말씀, 실력 있고 친절한 의료진들 그리고 교역자님들 등, 모든 것이 우리를 위로해주고 격려해주었습니다. 그래서 세브란스병원에서 치료받길 원했습니다. 이렇게 해서 만난 분이 최혜진 교수님입니다. 최 교수님은 온화하여 우리가 믿고 마음 편하게 치료를 받도록 해 주었습니다.

우리가 받기로 한 치료는 한 달에 3박 4일 입원하여 주사를 맞는 전신 항암치료였습니다. 이 치료를 받기 위해 첫 번째 입원을 했는데, 항암제

주사를 위해 캐모포트 시술을 해야 한다고 했습니다. 남편은 이것을 무서워하고 부담스러워 했습니다. 그래서 그냥 팔뚝에 주사를 맞으면 안 되느냐고 묻기도 했지만, 결국 남편은 용기를 내어 캐모포트를 삽입했습니다.

예민한 남편은 평소에도 밤에 잠을 자지 않고 성경을 읽고 음악을 듣고, 무엇인가가 떠오르면 메모하고, 녹음을 하곤 했습니다. 입원을 하니 더 잠을 자지 않고 밤새 무엇인가를 했습니다.

1차 항암치료를 위해 입원한지 3일째 되는 날이었습니다. 내가 아침에 잠에서 깨어나니까 남편은 내가 깨길 기다렸다는 듯, 내 귀에 이어폰을 꽂아주었습니다. 그리고는 함박웃음을 지으며 말했습니다.

"자기야, 내가 작곡을 했어, 한 번 들어볼래?"

들어보니 성경 시편 117편과 118편 말씀에 붙여 작곡한 곡이었습니다. 나는 음악을 잘 모르지만 들으니 참 기쁘고 마음도 평안해졌습니다. 남편은, 전에는 대중음악을 했는데 '둘 다섯' 이라는 그룹의 객원 가수 어머니가 병으로 돌아가시면서 뜻한 바가 있어 뒤늦게 신학을 공부하고 전도사가 되었습니다. 그는 평소 성경 시편을 좋아했는데, 이것을 깊이 묵상할 기회가 없었다고 했습니다. 남편은 항암 주사를 맞는 시간 이외에는 평소 좋아하던 시편을 한 편 한 편 묵상하고, 하나님께 감사하며 눈물로 기도했습니다.

나는 남편이 작곡한 곡을 듣고 엄청 놀랐습니다. 전에 노래를 했다고는 하지만 작곡 공부를 한 사람도 아닌데 어떻게 이틀 동안에 두 곡을 만들 수 있는지. 우리는 하나님의 은혜라고 기뻐하며 그 곡들을 악보로 기록했습니다. 곡들을 기보하다 보니 그 힘들다는 항암치료를 어렵지 않게 마치고 퇴원할 수 있었습니다.

항암치료 두 번째 달, 입원하면서 남편은 항암치료에 대해 부담스러워도 했지만, 어떤 면에서는 이번에는 하나님께서 어떤 곡을 주실까 하는 기대에 들떠 신이 났습니다.

입원한 날 저녁에도 성경책과 음악 노트를 가지고 조용한 휴게실로 갔습니다. 전번에 입원했을 때 작곡한 시편 117편과 118편 곡들을 기보하고 있는데, 휴게실에 뭘 하러 왔던 간호사가 물었습니다.

"작곡가세요?"

그간의 일을 말했습니다. 우리의 이야기를 듣던 그분은 어느 방으로 우리를 데리고 갔는데 그 방에는 피아노가 있었습니다. 그 피아노로 간호사는 남편이 작곡한 곡을 쳤습니다. 아주 멋진 연주였습니다.

"이 방을 쓰셔도 돼요. 또 멋진 곡을 만들길 바라요."

이때 우리는 완화병동 2인실에 입원하고 있었는데, 어르신 환자와 방을 함께 써서 그랬는지 좁고 답답하게 느꼈습니다. 늦게까지 잠을 자지 않는 남편은 어르신 환자를 방해할까 봐 주로 피아노가 있는 방에 가서 지냈습니다. 항암 2차 치료를 위해 입원한 지 이틀째였습니다. 남편은 지난번처럼 웃으며 새 곡을 들려주었습니다. 시편 23편을 가지고 작곡한 것이었습니다. "어떻게 이런 곡을 내가 쓸 수 있지?" 남편은 너무나 놀라워했습니다.

이후에도 남편은 병원과 집을 오가며 작곡을 더 했습니다. 시편 8편의 곡들과 마태복음 11장의 곡과, 다른 두 곡을 포함해서 모두 열한 곡을 작곡했습니다.

우리의 이야기를 듣던 그분은 어느 방으로 우리를 데리고 갔는데
그 방에는 피아노가 있었습니다.
그 피아노로 간호사는 남편이 작곡한 곡을 쳤습니다.

그동안 전신 항암치료는 효과가 없었고, 간과 폐의 암은 커져만 갔습니다. 간색전술도 했지만 효과가 없었습니다. 다른 약물로 두 차례 더 항암치료를 했지만 여전히 효과가 없었습니다. 이러는 사이 암은 뼈로 전이되었습니다. 병원에서는 방사선 치료를 권했지만 망설이게 되었습니다. 그간 병원 치료를 믿고 충실히 했으나, 암은 커지고 있으니 다른 방법들을 찾기로 한 것입니다.

그때까지 남편은 전도사로 사역하면서 암 치료를 받았는데 사임하기로 했습니다. 설교하다가 심하게 기침을 했고, 통증 때문에 새벽기도에 나가지 못할 때도 있었기 때문입니다. 좀 더 건강 회복에 전념하려고 사임한 것입니다.

남편은 통증 때문에 힘들어했습니다. 통증을 줄이기 위해 진통제도 먹고 운동도 해서 통증은 줄어들었는데 뇌출혈이 생겼습니다. 간암이 뇌로 전이되었다고 했습니다. 뇌수술을 망설이는 저희에게 김의현 교수님은 지금의 상황을 잘 설명해주었고, 격려해주었습니다. 교수님의 격려에 용기를 얻어 응급수술을 받기로 결단했습니다.

수술 직전 우리는 서로를 안고 기도를 드렸습니다. "잘 참고 힘들지 않게 해주세요." 이렇게 기도를 드리고 남편이 혼자 수술실로 들어가는데 너무나 슬펐습니다. 우리는 오래 교제한 것은 아니었지만, 발병부터 지금까지 늘 함께해 왔습니다. 그래서 나는 고통을 함께한다고 여겼었는데 그게 아니었습니다. 수술은 오로지 남편 혼자만 감당해야 할 몫이었습니다. 남편 혼자만 고통을 감당해야 한다니 너무 슬펐습니다. 수술실로 들어가는 남편을 보는데 십자가를 지신 예수님의 모습이 겹쳐졌습니다. 나는 남편이 수술받는 동안 그리고 중환자실에 있을 때 십자가를 지신 예수님을 묵상하며 간절히 기도했습니다.

남편은 중환자실에서 나와 일반 병실로 왔고 빠르게 회복되고 있었습니다. 남편이 춤을 추듯 걷기 운동을 하는 것을 본 같은 병실 분들은 그가 말기암 환자라고는 상상도 못 했다고 했습니다. 그는 유쾌하고 명랑했습니다.

남편이 교회 전도사라고 하니까 병실의 모든 분들이 놀라워하면서 다른 전도사들과는 많이 다르다고 하였습니다. 그리고 그분들은 교회에 대해 갖고 있던 불만이나 서운함을 드러냈습니다. 나는 속상하고 안타까웠습니다. 한 아주머니가 내게 와서 말했습니다.

"저도 교회 다니고 싶어요.

병원 곳곳에 있는 성경 말씀이 위로가 돼요."

아주머니가 이렇게 말씀하시는데 나는 아주 기뻤습니다. 아주머니 남편분은 식물인간으로 오랫동안 병원에 계신다고 했습니다.

"저도 세례받고 싶어요. 예전에 교회는 다녔지만 세례는 받지 않았거든요. 누워 있는 남편을 두고 교회에 나갈 수는 없지만, 여기 교회에서라도 세례를 받고 싶은데 어떻게 하면 세례를 받을 수 있나요?"

내가 대답을 하려는데 조용히 있던 남편이 갑자기 큰 소리로 말했습니다.

"아주머니 세례받으시는 날 제가 꽃다발 들고 가서 축하해드릴게요."

남편의 이 말에 병실에 계신 분들은 모두 웃었고 아주머니는 깜짝 놀라면서 무척 수줍어하였습니다. 나는 늘 병실에 오는 목사님에게 여쭤보라고 아주머니에게 일러주었습니다. 병실은 매일 담당 목사님이 방문했습니다. 그리고 나는 아주머니와 약속을 했습니다.

"돌아오는 주일에 우리 같이 예배드리러 가요."

퇴원을 나흘 앞둔 토요일 저녁이었는데 갑자기 남편이 통증을 호소했습니다.

"머리가 너무 아파, 그리고 눈이 잘 안 보여."

검사를 했더니 응급수술을 해야 할 상황이라고 했습니다. 담당의사인 김의현 교수님은 이미 퇴근을 한 후였지만, 응급상황인 것을 알고 병원에 다시 왔습니다. 그리고 우리에게 친절하게 상황을 설명하고 힘든 수술을 집도했습니다. 수술은 잘되었고 남편은 중환자실로 들어갔습니다.

다음날 주일 아침, 나는 약속을 기억하고 그 아주머니에게 여러 번 전화를 했고 병실로 찾아갔지만 아주머니는 이 핑계 저 핑계를 대며 선뜻 예배에 가겠다고 따라나서지 않았습니다. 나는 계속 아주머니에게 함께 예배드리러 가자고 권해서 결국 오후 예배에 아주머니와 함께 갔습니다. 얼마나 기쁘던지요!

이날 중환자실 면회에는 시댁 가족분들이 모두 오셨고, 친정어머니도 오셨습니다. 중환자실 면회를 마친 시댁 가족들을 배웅하고 나는 내 불안한 마음을 친정어머니에게 털어놓았습니다.

"엄마 또 터지면 어쩌지? 나 너무 불안해…….

나는 괜찮은데 전도사님은 어떻게 해?"

두 번이나 뇌출혈을 일으켜서 수술한 상황이라서 너무 불안했습니다.

"걱정하지 마, 우리 미래가 걱정하는 거 하나님이 알고 계셔. 그리고

다 나았으니까 전도사님 더 건강해질 거야. 힘내, 미래야!"

이런 격려를 해주시는 어머니가 고마웠습니다. 어머니는 전도사님을 좋아했지만 건강 문제로 우리 결혼을 반대했습니다. 그러나 우리가 결혼하자 어머니는 우리의 든든한 응원군이 되었습니다. 어머니의 격려가 나에게 위로가 되었지만 그래도 여전히 불안했습니다.

어느 날 중환자 대기실에서 멍하니 앉아 있는데 보호자 한 분이 내게 다가와서 말을 걸었습니다. 이분은 내 이야기를 잘 들어주었습니다. 한참 서로의 사정을 이야기하고 위로를 받았습니다. 이야기 끝에 이분은 나에게 권했어요.

"우리 예배실에 가서 함께 기도해요.

우리 손자도 점점 좋아지고 있는데 분명 기도는 힘이 있어요."

우리는 함께 기도실에 가서 통성으로 기도했고, 남편이 작곡한 시편 23편 찬양을 불렀습니다. 함께 중보하며 기도하는 기쁨과 평안을 느꼈고 참 많은 힘을 얻었습니다.

중환자실에서 나온 남편은 눈이 잘 보이지 않았지만, 눈물을 흘리면서 감사했고 평소처럼 찬양했습니다. 우리는 1인실에서 말씀을 더 깊게 묵상했습니다.

1인실에서 다인실로 온 날, 병동 담당인 유숙연 목사님이 오셔서 기도해주셨습니다. 이 기도로 남편은 더 큰 힘을 얻고 기쁘게 지냈습니다. 세례를 받고 싶어 하는 그 아주머니와는 각별히 친하게 지냈습니다.

"세례 받으셔야죠!"

남편이 이렇게 관심을 보일 때마다 그분은 수줍게 웃기만 하였습니다.

며칠 후 담당 목사님이 오시어, 아주머니가 드디어 세례를 받게 되었다는 소식을 전해주었습니다. 그래서 우리는 세례 하는 날만 손꼽아 기다리며 즐거운 고민을 했습니다. 병원 어디서 꽃다발을 준비하지?

드디어 그분의 세례일이 왔고 나는 남편의 부탁으로 근처 꽃집에 가서 꽃다발을 사 가지고 왔습니다. 세례식이 끝나자 남편은 아주머니에게 꽃다발을 안겨드리고 축하를 했습니다. 그 감동은 평생 잊지 못할 것 같습니다.

다음날 우리는 예정대로 퇴원 준비를 다 했는데, 감염수치가 높아서 퇴원을 못 한다고 했습니다. 나는 너무 실망했고, 속상했습니다.

"하나님의 계획이 있으니 걱정하지 마."

상황이 나쁘거나 예상 이외의 일이 일어날 때면 남편은 이 말을 하곤 했습니다. 하나님은 이런 때 어떤 것을 이루시는지 보고 싶어 했습니다. 이날 저녁, 남편은 안과 검사를 받으러 가는데 휠체어를 탄 환자분과 함께 가게 되었습니다. 안과 검진은 이날 예정에도 없던 것인데 급히 잡힌 것 같았습니다. 두 사람은 나란히 검사를 받으면서 이야기를 나누었습니다. 남편이 암 말기라는 말을 듣고 휠체어의 환자분은 안타까워하며 걱정을 하였습니다.

"나는 하반신 마비로 다리를 못 쓰는데도 공황장애와 우울증으로 힘든데, 말기 암인데도 어쩜 이리 표정이 밝아요?"

그분이 이렇게 묻는데 남편은 깊은 곳에서 무엇인가 위로하고 싶다는 마음이 들었답니다. 그래서 살아계신 하나님을 증거하고 하나님께서 함께해 주시니 힘든 상황이지만 힘내서 지낼 수 있다고 이야기했습니다. 그리고 "우리 함께 믿음 잃지 맙시다" 하고 위로하고 격려하며 병실까지 그분을 모셔다드렸습니다.

남편은 뇌 방사선 치료를 받고 집으로 돌아왔지만 암이 척추까지 전이가 되어 다시 완화병동에 입원해서 척추 방사선 치료를 받았습니다. 나는 남편을 잃을 것 같은 두려움 때문에 많이 울었습니다. 그러나 남편은 모든 일에 감사하자고 나를 위로하고 다독였습니다. 세브란스병원 완화병동에서 용인의 샘물 호스피스병원으로 옮겼고 힘겨운 고통이 찾아왔습니다. 가족들도 한마음 한뜻이 되어 남편의 모든 육체와 영혼을 주님께서 주관해주시라고 날마다 기도했습니다.

남편은 뇌로 전이된 암 때문에 발작을 일으켰고, 그전에는 없던 두려움과 함께 성격에도 변화가 와서 원망을 하기도 했습니다. 온몸에 전이된 암과 두려움 속에서 맹렬히 싸우던 남편은 큰 발작을 일으킨 이후에는 평안해졌습니다. 그리고 2015년 7월 12일, 남편은 하나님 품으로 갔습니다.

장례는 그동안 남편이 목회를 했던 보령에서 치렀는데 많은 분들이 왔습니다. 장례를 치르면서 나는 많은 분들이 남편을 사랑했고, 남편의 건강을 위해서 기도해주셨다는 것을 알게 되었습니다. 이걸 생각하면 더 가슴이 아프고 슬펐지만, 이제 더는 아프지 않고 천국에서 기쁘게 웃으며 제 할 일을 하고 있을 남편을 생각하고 위로를 받았습니다.

늘 남편의 웃음이 생각납니다. 우리는 힘든 가운데서도 늘 웃으려고 노력했고, 정말로 웃었습니다.

남편이 떠나기 얼마 전에는 통증 때문에 너무 고통스러워하므로 병원에서는 수면제를 계속 주었습니다. 이 약을 먹고 그는 늘 잠을 잤습니다. 한 번은 수면제를 먹기 전, 정신이 맑을 때였는데 남편이 히브리서 11장을 읽어달라고 내게 부탁했습니다. 늘 남편은 내가 히브리서 11장을 읽어주고, 471장 찬송을 불러 주는 것을 좋아했습니다. 그러나 남편이 사경을 헤매니 나는 더 이상 그 말씀을 읽고, 찬양하고 싶지 않아서 한동안 하지 않았습니다.

그런데 그 순간 남편은 그 성경 구절을 읽고, 471장 찬송을 불러주길 간절히 원했습니다. 그래서 나는 할 수 없이 히브리서 11장 말씀을 읽고, 찬송 '주여 나의 병든 몸을 지금 고쳐 주소서'를 불렀습니다. 남편은 무척 좋아했습니다. 그리고 내게 최고라고 엄지를 세워서 보여주려고 했지만, 마비 때문에 엄지를 치켜세울 수가 없었습니다. 엄지를 세우는 대신 남편은 힘들게 엄지와 검지를 펴서 보여주며 최고라고 환하게 웃었습니다. 이게 남편의 마지막 웃음이었습니다.

"앞으로 살아갈 때, 특히 힘들 때, 우리가 늘 묵상했던 말씀을 잊지 마."

남편은 내게 이 말을 남기고 떠났습니다.

"아무것도 염려하지 말고 다만 모든 일에 기도와 간구로
너희 구할 것을 감사함으로 하나님께 아뢰라.
그리하면 모든 지각에 뛰어난 하나님의 평강이
그리스도 예수 안에서 너희 안에 너희 마음과 생각을 지키시리라."

빌립보서 4:6

나는 앞으로 남편의 웃음과 늘 묵상했던 말씀을 의지하며 굳세게 살아갈 것입니다. 그리고 하나님의 사랑을 선포하는 데 쓰임 받길 기도할 것입니다.

■ ■ ■ ■ ■

이 글을 쓴 윤미래 님은 남편이 투병 중에 작곡한 곡들을 음반으로 제작하여 하나님의 사랑을 많은 이들에게 전하고 싶어 합니다.

천사를
아무에게나 보내지 않는다

강석구

나는 세 여자와 살고 있습니다. 사랑하는 아내와 두 딸아이와 매일 매일 숨 가쁘게 살고 있습니다. 결혼한 지 18년 되었고 첫째 아이는 초등학교 6학년이고 둘째는 초등학교 2학년입니다.

나의 큰 아이는 결혼한 지 5년 만에 태어났습니다. 너무나 기다리고 기다렸던 아기는 태어나자마자 신생아 중환자실에 입원해야만 했습니다. 하루 30cc의 우유도 빨 힘이 없어서 여기저기 주사로 영양을 공급했습니다. 이렇게 1주일 입원 치료를 한 후에야 엄마의 품에 안길 수 있었습니다.

나와 아내는 살면서 그리 부족함이 없었고 큰일도 없었습니다. 그러나 첫 아이의 탄생은 우리 부부에게 굉장히 큰 충격이었습니다. 30대 초반인 나는 슬프고 불안해서 많이 울었습니다. 교회에 나가지 않았던 사람이지만 하나님께 매달려 기도했습니다. 아이가 정상적으로 자라게 해주신다면 나는 정말 '착하게' 살겠다고 기도하고 또 기도했습니다.

그러나 지금 생각해보니 나는 이 기도 대로 '착하게'만 살지는 않았습니다. 우여곡절이 많았지만, 큰 아이는 무럭무럭 자랐고 지혜롭고 사랑스러운 동생도 보았습니다. 큰 아이는 현재 초등학교 6학년이고, 장애 아이로 일반 초등학교의 통합교육을 받고 있습니다.

미국 유학생활 중 큰 아이 때문에 처음으로 교회에 나가게 되었습니다. 2008년 어느 날 밤이었는데 성경을 읽다가 그만 울고 말았습니다.

"예수께서 가시다가, 날 때부터 눈먼 사람을 보셨다.

제자들이 예수께 물었다.

선생님, 이 사람이 눈먼 사람으로 태어난 것이, 누구의 죄 때문입니까?

이 사람의 죄입니까? 부모의 죄입니까?

예수께서 대답하셨다.

이 사람이 죄를 지은 것도 아니요, 그의 부모가 죄를 지은 것도 아니다. 하나님께서 하시는 일들을 그에게서 드러내시려는 것이다."

요한복음 9:1-3 새번역

벅차오르는 감동으로 눈물을 멈출 수 없었습니다. 우리가 조금 부족한 아이를 낳은 것은 내 잘못도 아니고 아내의 잘못도 아니라는데 위로를 받았습니다. 그리고 하나님은 큰아이를 통해서 어떤 일을 하실 거라는 소망도 갖게 되었습니다. 이 성경 말씀이 답이었습니다. 그간 내가 슬퍼하고, 화를 내고, 고민하고, 묻고 찾았던 답을 찾은 겁니다. 아니 하나님이 그 답을 알려주신 겁니다. 너무나도 감격했던 그 날 밤은 영원히 잊히지 않을 겁니다. 이렇게 갖게 된 신앙과 큰아이가 아니었다면 나는 지금도 내 능력을 과신하고 뽐내며 교만하게 살았을 것입니다.

나는 2012년 3월부터 세브란스병원에서 근무하기 시작했습니다. 그 전에는 내가 공부했던 모교가톨릭의대 병원에서 근무했고, 유학을 다녀온 후에도 그곳에서 근무했습니다. 모교 병원에서의 좋은 조건을 떠나 내가 적을 둔 적도 없고 친구도 없고 잘 아는 동료도 없는 병원으로 전직했습니다.

그렇게 할 수 있었던 것은 큰아이 때문에, 그간 겪은 어려움과 위기 때문에 이미 가진 것들을 포기하는 게 자유로웠던 것 같습니다. 물론 이곳에서 근무할 기회를 준 것은 세브란스병원의 교수님들이지만 내가 이 기회를 잡을 수 있었던 것은 큰 아이 덕분입니다.

나에게 세브란스병원의 근무는 무無에서 시작하는 것이었습니다. 이 상황 때문에 나는 그간의 나태에서 벗어나서 나 자신을 긴장시켜서 앞으로 나갈 수 있었습니다. 세브란스병원의 선배 교수님들이 편견 없이 나를 봐주시고, 내가 연구와 진료에서 어려움을 겪을 때 진심으로 조언해주시고 도와주었습니다. 덕분에 나는 세브란스병원에서 더 나은 사람이 되고 더 발전할 수 있었습니다. 내게 이런 기회를 준 세브란스병원 교수님들에게 감사드리고, 그간 내가 했던 기도에 응답해 주신 하나님께 감사드립니다.

2년 전 일입니다. 큰 아이가 미세 소근육 운동 기구_{가는 3cm 정도 되는 사각형} _{쇳조각}를 가지고 연습을 하다가 꿀꺽 삼키고 말았습니다. 아내가 없는 사이, 나 혼자 아이를 보고 있을 때 그런 사고가 난 것입니다. 아이는 이 기구를 입에 무는 버릇이 있었는데 내가 아이를 보면서 주의를 소홀히 했던 것입니다.

나는 놀라서 애를 데리고 집 근처 병원 응급실에 가서 뱃속에 그것이 있는 것을 확인했습니다. 그리고 세브란스병원 소아소화기영양과의 고홍 교수님에게 문의를 했습니다. 교수님은 대변으로 나올 테니 기다리라고 답해 주었습니다.

그런데 문제는 후에 생겼습니다. 한 달 후에 똑같은 일로 병원 응급실에 갔습니다. 큰애는 나와 아내가 모르는 사이에 쇳조각을 하나 더 삼켰습니다. 이전에 삼킨 쇳조각이 맹장 근처에서 꼼짝도 하지 않고 있는데, 쇳조각을 하나 더 삼킨 겁니다. 큰 애는 쇳조각을 삼키면 아빠와 함께 병원을 간다는 것을 안 겁니다. 큰 애는 아빠와 함께하고 싶어서 자꾸 쇳조각을 삼켰던 겁니다.

결국 입원하여 고홍 교수님이 대장 내시경으로 쇳조각을 빼내기로 했습니다. 내시경을 하기 전날, 관장을 하려면 현탁액을 마셔야 하는데 아이는 그게 쓰다고, 어떻게 해도 마시지 않았습니다. 위 속에 L-tube를 넣고 밤새 관장을 했습니다. 아빠로서 너무 미안해서 잠을 제대로 잘 수가 없었습니다.

내가 병원 일과 연구에 온통 빠져 있는 사이, 아내는 혼자서 아이를 책임지고 있었습니다. 아내가 잠시 집을 비운 한 두 시간 동안, 내가 아이를 제대로 돌보지 못해 생긴 일이었으니 너무 미안했습니다. 다음날 대장 내시경을 했는데 쇳조각이 보이지 않았습니다. 그래서 소아외과 교수님의 집도로 복강경 수술을 하기로 했습니다. 그러나 아이가 너무 어려서 장이 약하고 움직이는 것 같다고 하여 장을 열지는 않고 좀 더 지켜보기로 했습니다.

2개월 후 다시 그 쇳조각을 빼내려고 입원을 해서 장 검사를 하는데 X-ray에 그 쇳조각이 보이지 않았습니다. 지난 두 달간 아이가 대변을 볼 때마다 섞여 나왔나 하고 아내가 확인했습니다. 그런데 우리가 알아차리지 못하는 사이에 쇳조각은 저절로 나온 것입니다. 자신의 일처럼 같이 걱정해주고 고민해 준 고홍 교수님에게 너무나 고마웠습니다.

이 일로 나는 많은 것을 배우고 느꼈습니다. 우매한 나를 주님께서 가르쳐 주시고 계시다는 것을 깨달았습니다. 몸 안의 쇳조각을 어떻게든 빼내려고, 인간인 의사의 지식에만 의존해 전전긍긍했지만 결국은 이렇게 쉽게 해결된 것입니다. 사람의 앞걸음은 결국 주님께서 인도해 주신다는 말씀을 다시 한 번 확인하고 새기게 되었습니다.

응급실에 가서 나도 환자를 보고 보호자 면담을 하지만, 보호자로서 큰아이를 데리고 갈 때면 진땀이 납니다. 큰아이는 큰소리로 이것저것 해 달라고 떼를 쓰니 나는 전전긍긍하게 됩니다. 아직 내가 덜 성숙해서 그런지, 주변을 의식하게 됩니다. 내 환자를 보러 응급실에 갈 때마다 응급실 선생님들과 간호사들에게 조심스럽게 지시하려고 노력합니다. 언제 내 아이를 데리고 응급실에 올지 모르기 때문입니다. 응급실에 갈 때마다 주님께서는 아이를 통해서 교만해지려는 나를 붙잡아 주시는 것을 깨닫습니다.

외래를 볼 때 장애 아이와 부모님이 같이 들어오면 말을 직접 하지는 못하지만 동질감 같은 것을 느낍니다. 장애 어른과 보호자인 할머니나 할아버지가 들어오시면 요즘 젊은이들 말대로 '심쿵' 하게 됩니다. '우리 아이가 어른이 되고 내가 할아버지가 될 때 내가 건강해서 이분들처럼 병원에 잘 데리고 다녀야 할 텐데……' 하는 걱정이 자연스레 생기곤 합니다. 이런 걱정은 해도 해도 한도 끝도 없습니다.

나도 아내도 저세상 사람이 되면 결국 아이는 시설에 보내질 텐데, 시설에서 잘 지낼 수 있을까 하는 걱정이 시작되면 잠이 오지 않습니다. 이 문제는 연민과 고민으로는 해결되지 않을 것 같습니다. 사람의 힘으로는 완전히 해결될 수 있는 일이 아닐 거라고 생각합니다.

내가 살아 있는 동안에 아이에게 더 잘해 주고 싶고, 무엇보다 믿음을 깊게 심어주어 하나님께 의지하는 법을 알려주고 싶습니다. 그래서 훗날 아이가 죽음과 천국에 대해 알고서 즐거운 마음으로 주님을 찬양하고 기도하는 미래를 가졌으면 합니다.

우리 큰아이는 거의 울지 않습니다. 항상 웃으며 즐겁게 생활합니다. 간혹 이 아이의 선한 눈에 눈물이 가득해서 울면 나는 이 모습을 지울 수가 없고, 자꾸 눈에 밟히고, 가슴이 저려옵니다. 나는 이 아이의 아빠이

"천사를 아무에게나 보내주지 않는다."
우리 큰 아이는 나에게 보내주신 천사입니다.
나는 이 아이를 통해 세상을 좀 더 좋은 눈으로 바라보고
좀 더 좋은 곳이 되길 소망하고 기도할 수 있게 되었습니다.

기 때문에 내가 만나는 환자와 보호자의 마음도 이해할 수 있습니다.

전임 시절, 나는 뇌종양환우협의회라는 곳을 알게 되었습니다. 나도 환자의 보호자이므로 보호자들에게 내가 전문으로 하는 뇌종양에 대해 조금이라도 도움을 주고자 했습니다. 그러나 도움을 주겠다는 생각은 나의 교만이었고, 그곳에서 나는 환자와 환자의 가족들이 무엇을 원하는지 뼈저리게 깨닫고 배웠습니다.

내가 젊었을 때는 큰아이 때문에 투정도 해보고 원망도 했지만 이제는 절대 그렇게 할 수 없습니다. 큰아이를 데리고 아내와 함께 예배들 드립니다. 예배 중에 아이가 자꾸 시끄럽게 하니까 아내는 아이를 데리고 나가서 모니터를 보며 예배를 드리곤 합니다. 어느 주일에도 그러고 있는데 뒤에 앉은 어르신이 아내 어깨를 두드리면서 말씀하셨답니다.

"아무에게나 안 준다. 천사를 아무에게나 보내주지 않는다."

우리 큰 아이는 나에게 보내주신 천사입니다. 나는 이 아이를 통해 세상을 좀 더 좋은 눈으로 바라보고 좀 더 좋은 곳이 되길 소망하고 기도할 수 있게 되었습니다.

사람은 어려울 때 주님을 바라보고 '주님 우선'으로 살아간답니다. 그러나 잘 나갈 때는 예수님을 떠나서 '일 중심'으로 우선순위가 바뀐다고 합니다. 나는 과거에 주님보다 '일과 연구'가 우선순위였고 우상이었습니다. 지금 나는 이 '우상'보다 주님을 우선하는 삶을 살려고 끊임없이 노력합니다. 이는 큰 아이, 내 천사가 곁에 있기 때문입니다.

주님을 닮아가기 위해 노력하지만 잘되지 않아서 반성을 하고 있습니다. 나는 이 노력을 평생 하면서 가족을 위해서 그리고 뇌종양 신경외과 교수로서 최선을 다할 것입니다. 내가 수술하고 진료하는 환자들을 존중하고 최선의 진료를 하길 늘 소망하고 기도하고 있습니다. 그리고 난치 암인 뇌암에 대한 작은 비밀의 빛을 하나님께서 보여 주시길 믿고 기도하면서 연구하고 있습니다. 나의 전우이자 친구이자 사랑하는 동료인 외과 정재호 교수가 세브란스 재활병원 입구 비석에 적혀있는 성경 말씀을 보내주었습니다.

"낙심하지 말고 꾸준히 선을 행합시다. 꾸준히 계속하노라면 거둘 때가 올 것입니다." 갈라디아서 6:9 공동번역

나는 어려울 때마다 이 말씀을 다시 새기고, 포기하지 않고 노력하고 있습니다. 이 글을 읽는 독자 여러분에게도 이 말씀을 드리고 싶습니다.

인터넷이 활성화되기 전인 20여 년 전, 아내와 연애하던 때, 밤에 손편지를 쓰고 그것을 아침에 보면 창피하고 유치해서 절대로 보낼 수 없었습니다. 아침에 다시 읽어 보지 않고 우체통에 넣어야만 보낼 수 있었습니다. 오늘 적어 내려간 이 이야기도 마찬가지일 것 같습니다. 생각해 보면 그간 받은 하나님의 사랑과 지난 4년간 세브란스병원에서 받은 은혜는 아무리 써도 끝이 날 것 같지 않습니다. 그 작은 일부를 썼을 뿐입니다.

나는 오늘도 수술 시작 전에 손을 닦으며 기도드립니다. 그리고 설레는 마음으로 외래 진료실에 들어오는 또 다른 나의 천사를 기다립니다.

ㆍ ㆍ ㆍ ㆍ ㆍ

이 글을 쓴 강석구 님은 세브란스병원 신경외과 교수입니다.

내 잔이 넘치나이다

우창숙

"이거 캔서cancer 아냐?"

주치의 선생님은 내 CT 결과를 보며 전화로 누군가에게 물었습니다. 초등학교에서 영어를 가르치는 나는 이 단어의 뜻을 너무나 잘 알고 있었습니다. 악성종양, 우리가 흔히 '암'이라고 부르는 병입니다.

"암인가요?"

"그건 아직 모릅니다. 당장 입원해서 검사를 시작합시다."

뭔가에 머리를 한 대 맞은 듯 멍했지만 나는 나도 모르게 불쑥 이 말을 내뱉었습니다.

"전 아직 그런 걸 받아들일 준비가 안 됐습니다."

"그럼 다음 주에 와서 입원하시겠어요?"

아직 나는 마음의 준비가 되지 않았지만, 결국 이날 병원에 동행해준 친구와 함께 입원할 병실이 나기를 기다렸습니다. 핸드폰의 진동음이 내 핸드백을 두들겨댔습니다. 놀라서 보니 선배와 후배가 동시에 서로 경쟁하듯 카톡방에 결혼 발표를 했습니다. 같은 대화방에 있던 모두가 계속 축하의 메시지들을 올렸고, 그때마다 울리는 알림음들에 나는 깜짝깜짝 놀랐습니다. '누구에겐 이런 경사가 생기고 나에겐 이런 일이 생기다니⋯⋯.'

내가 암이라니, 운명의 장난 같았습니다. 나는 연초부터 무척 피곤하고 밥맛도 없어서 먹지를 못했기 때문에 체중이 줄었습니다. 피부에도 뭐가 나서 루푸스 검사를 받고서 결과를 기다리고 있었습니다. 그리고 얼마 전에는 탈장 수술도 했습니다. '하나님! 아직도 시련이 더 남아 있습니까?' 나는 아직까지 못 해 본 일이 떠올라서 억울했습니다. 마음속으로 울었습니다.

병원에 오기 전 주말, 함께 걱정해주던 영어주일학교 선생님들 앞에서 눈물을 터뜨렸습니다. 김영경 집사님은 울고 있는 내 손을 잡아끄시며 합심기도 신청카드를 작성하고 담임 목사님을 찾아가 기도를 받자고 하였습니다. 이런 순간이 올 것을 알고 미리 예비시키신 것만 같았습니다. 조금씩 새로운 생활에 적응하고 있는데 하필이면 왜 지금입니까?

서른두 살이 되던 해, 나는 독립을 했습니다. 그리고 혼자 살면서 잊고 지냈던 교회에 다시 나가고 싶어졌지만 마음뿐이었지 실천에 옮기지는 못했습니다. 그즈음에 학교 선생님들 몇 분과 함께 플루트 레슨을 받기 시작했고, 선배의 권유로 아마추어 오케스트라에 참여하게 되었습니다. 이곳에서 플루트를 하는 후배 두 명과 이야기를 나누게 되었는데, 이 둘은 같은 교회에 다니고 있다는 것을 알게 되었습니다. 우리 셋은 모두 놀랐고 무언가에 이끌려서 이 후배들이 다니는 교회에 다니기 시작했습니다.

이때 미국에서 영어 연수를 받을 기회가 있었습니다. 연수는 입학 허가를 받아야 갈 수 있었기 때문에 주말에는 예배만 참석하고 토플 시험과 입학 지원 준비로 바쁜 나날을 보냈습니다. 그리고 다행히 연수 허가를 받아서 미국에 갔습니다.

미국 연수 기간, 침례교회Heritage Baptist Church에서 현지 교인들과 성경공부를 하며 예수님과 하나님의 사랑에 대해 많이 알게 되었습니다. 그리고 몇몇 교인들과 친하게 되어 방학 때 다시 찾아가기도 했습니다. 하와이 코나에 있는 YWAMYouth With A Mission에서 한 달간 봉사하며 여러 나라에서 온 믿음의 친구들도 만났습니다. 이때 만난 스위스인 Elizabeth가 한국에 왔을 땐 함께 찜질방도 가고 DMZ 투어도 갔습니다. 마치 하나님께서 나를 쓰시기 위해 훈련하신 듯 영어 연수를 마치고 돌아오니 할 일들이 많이 생겼습니다.

교회에서 영어주일학교 GSMGood Seed Ministry의 교사가 되었고, 컴패션 코리아Compassion Korea의 번역 메이트mate도 되었습니다. 번역 메이트는 후원자의 편지를 영어로 번역하는 일을 하는데 '믿음의 축구 선수' 김신욱의 후원 편지를 번역했을 땐 주변에 자랑하기도 했습니다.

미국 하와이 코나에 있을 때 다시 와서 선교 훈련을 받으라는 부름이 있었습니다. 나는 그 길이 하나님이 원하시는 나의 길인지 확신이 없어서 거절했습니다. 그러나 그건 핑계였고 남들처럼 결혼해서 믿음의 가정을 꾸리고 싶은 마음이었습니다. 이것을 왜 허락해 주시지 않는지 하나님을 원망했었습니다.

부름에 대해 하나님의 뜻을 구하기보다는 내 꿈을 좇아 한국어교사 자격증을 따려고 공부를 했습니다. '무엇이 어디서부터 어떻게 잘못된 걸까? 하나님 뜻을 의심하며 코나에 가지 않았기 때문일까?' 곰곰이 병이 생긴 까닭을 생각해보았습니다.

입원해서 검사를 받으러 가는데 나를 안내해주는 자원봉사자 한 분이 내게 말했습니다.

"어떤 꼬마가 묻더군요. 자기가 아픈 게 본인의 죄 때문이냐 아니면 엄마의 죄 때문이냐고요. 그래서 누구의 죄 때문도 아니고 하나님께서 영광 받으시기 위한 거라고 했어요. 중보자이신 예수님께서는 지금 이 순간 눈물을 흘리시며 너를 위해 기도하신다고 말해 줬어요."

'그렇지 하나님은 이런 식으로 벌을 주시는 분이 아니신데…….' 이분의 말을 듣고 나는 내가 병에 걸린 이유를 깨달았습니다.

"원래 담당자가 따로 있는데 그분이 오늘 아침 다리를 다쳐서 내가 왔어요. 먹을 수 있으면 내가 피자 한 조각 사주고 싶은데……."

입원해서 이때 처음으로 웃었습니다. 각종 검사 때문에 금식을 하고 있던 내가 얼마나 애처로워 보였으면 이분은 피자 한 조각을 사주고 싶다 했을까요. 하나님은 내 질문에 이렇게 답하고 계셨습니다.

"예수께서 길을 가실 때에 날 때부터 맹인 된 사람을 보신지라. 제자
들이 물어 이르되 랍비여 이 사람이 맹인으로 난 것이 누구의 죄로 인
함이나이까? 자기이나이까? 그의 부모님이니까? 예수께서 대답하시
되 이 사람이나 그 부모의 죄로 인한 것이 아니라 그에게서 하나님이
하시는 일을 나타내고자 하심이라. 때가 아직 낮이매 나를 보내신 이
의 일을 우리가 하여야 하리라. 밤이 오리니 그 때는 아무도 일할 수
없느니라. 내가 세상에 있는 동안에는 세상의 빛이노라. 이 말씀을 하
시고 땅에 침을 뱉어 진흙을 이겨 그의 눈에 바르시고 이르시되 실로
암 못가에 가서 씻으라 하시니 이에 가서 씻고 밝은 눈으로 왔더라."

요한복음 9:1-7

모든 검사 결과 난소암이 3기 이상일 거라고 했습니다. 돌이켜 보면
좀 더 빨리 발견할 수 있었는데 기회를 놓쳐버린 것이 안타까웠습니다.
대수술이 불가피하니 항암치료로 종양의 크기를 먼저 줄이자고 했습니
다. 세브란스병원은 협진 제도가 잘되어 있었습니다. 주치의 선생님은
루푸스로 진단이 내려지면 항암치료를 받는 게 더 위험할 수도 있으니
류마티스 내과 선생님과 상의하겠다고 하였습니다. 치료를 받을 수 있
다고 해도 이미 저체중에 쇠약해진 몸으로, 아주 힘들다는 항암치료며
수술을 견뎌낼 수 있을지 걱정이 되었습니다. '욥의 심정이 이러했겠지?'
친자식처럼 애지중지 기르던 강아지를 입양 보내고, 병간호를 해 주

실 부모님 댁에 들어가서 지내기로 했습니다. 독립해서 잘 살던 나의 일상은 이렇게 무너져 내렸고, 내 목숨은 풍전등화와 같았습니다.

옥한흠 목사님의 욥기 강해를 인터넷으로 들으며 삶의 주권자는 내가 아니고 하나님임을 다시 한 번 더 확인했습니다. 내가 누리고 살던 것들이 모두 하나님의 은혜였다는 것도 깨달았습니다. 하나님은 참 많은 것을 허락해 주셨는데, 나는 내게 주어지지 않은 것들에 대해 불평만 하고, 나누면서 살지 못했습니다. 나는 지난날들을 회개하고 울었습니다. 반성과 회개를 통해 나는 몸보다 마음이 더 병들어 있었다는 것을 깨달았습니다.

하나님께서는 절망 속에 아픈 나를 혼자 놔두지 않으셨습니다. 암에 걸린 걸 알기 전부터 위로자를 보내주셨는데 이 위로자가 오숙희 집사님입니다. 이분은 보건 공무원으로 의료 선교를 떠나게 된 분인데 나와는 친하지 않아서 조금은 서먹서먹했습니다. 그런데 이분은 몇 주째 나를 붙들고 불치병에 걸렸지만 기적적으로 소생하여 열심히 신앙생활을 하는 분들의 이야기를 해 주었습니다. 암 선고를 받고 나서 이분이 해 준 이야기가 큰 힘이 되었습니다. 이분 이외에도 힘들고 지칠 때마다 기다렸다는 듯, 나를 위로해 주는 분들이 있었습니다. 이분들을 통해서 하나님께서 나를 얼마나 사랑하시는지 알 수 있었습니다.

어느 날은 누군가가 희망의 메시지가 담긴 동영상을 보내주었고, 어느 날은 누군가가 성경구절을 보내주었고, 또 어느 날은 누군가가 사랑과 격려의 메시지를 보내주었습니다. 어느 날은 누군가 사진이나 글을 통해 유머를 선물해 주기도 했습니다. 그리고 나를 위해 기도하는 분들이 점점 늘어났습니다. 신앙생활을 하는 학교 선생님들, 인천 제2교회 GSM 선생님들과 교인들, Heritage Baptist Church 교인들, YWAM에서 슈퍼바이저였던 Mark Han 목사님이자 선교사님, 태국인 Nam, 나이지리아에 있는 Jamile, 탄자니아에 있는 Elizabeth 등 많은 분들이 나를 위해 개인으로 또는 중보 기도팀과 함께 기도했습니다. 오숙희 집사님은 금식 기도까지 하였습니다. 특히 태국에서 아이들을 양육하는 사역을 감당하고 있는 Nam은 한국 방문 중에 나를 문병하러 왔습니다.

"하나님께서 순수한 아이들의 기도를 더 잘 들어주실 거야. 아이들과 함께 기도할게."

그는 나의 처참한 모습을 보고 태국에 돌아가면 아이들과 함께 기도하겠다고 약속했습니다. 그가 이 말을 하는데 나는 너무나 살고 싶었습니다. 건강해진 모습으로 태국에 가서 나를 위해 기도해 준 아이들 앞에 증언하고 싶었습니다.

"하나님께서 너희의 기도를 들어주셔서 내가 지금 여기 왔단다, 애들아!"

다행히 루푸스는 아니어서 항암치료를 시작했습니다. 이때 받은 격려의 메시지 중 하나가 큰 힘도 되고 유용했습니다. '잘 먹고 운동하는 건 내가 할 수 있는 것이니 열심히 하고, 나머지는 모두 우리 삶의 주권자이신 하나님께 맡기자.'

첫 번째 항암치료 후 간수치가 올라갔습니다. 이 수치가 내려가지 않으면 약을 바꾸거나 용량을 줄여야 한다며 소화기내과 진료를 받으라고 했습니다. 진료실에 들어가자 의사 선생님은 모니터를 바라보고 있다가 말했습니다.

"간수치가 여러 가지 있는데, 환자분처럼 특정 수치만 높은 게 더 안 좋을 수가 있어요. MRI검사를 해봐야 할 것 같습니다. 이상이 있으면 2박 3일간 입원해서 조직 검사를 받아야 합니다."

이렇게 아슬아슬한 줄타기 곡예 속에서 치료를 시작했고, 이런 곡예는 투병생활 내내 계속되었습니다. MRI 검사 결과 이상 소견이 없어서 조직 검사는 받지 않았지만 지난 7개월 동안 종양이 다시 커진 적도 있고, 장운동이 멈춰 금식하며 치료를 받기도 했습니다. 항암치료는 면역력을 저하시키므로 특히 감염에 주의해야 합니다. 이런 항암제를 맞는 것 자체가 늘 죽음을 옆에 끼고 사는 것과 같다고 합니다. 두 번의 수술과 여섯 번의 항암치료를 견뎌내고 나는 살아있습니다.

첫 수술 이후 받은 항암치료 경과는 수치상으로는 매우 좋았고 체중도 7kg이 늘었습니다. 이런 상태에서 두 번째 수술 날짜가 잡혔는데 불안했습니다.

"다 잘 될 테니 걱정하지 말고 좋은 꿈 꿔요."

수술 전날, 주치의 선생님은 이렇게 나를 안심시켜 주었지만 여전히 불안하고 초조했습니다. 수술을 앞두고 한 장면이 꿈처럼 펼쳐져 보였습니다. 나를 수술하는 분은 의사 선생님이었지만 수술용 메스를 쥐고 계신 분은 예수님이셨습니다. '아! 예수님.' 잠시 흔들렸던 내 마음은 다시 평온해졌습니다. 하나님께서 나를 계속 사용하실 거면 살려주실 테고 그렇지 않다면 천국으로 데려가시고, 그 후 남은 가족들은 위로해주실 거라는 확신이 생겼습니다.

'아! 예수님.' 잠시 흔들렸던 내 마음은 다시 평온해졌습니다.
하나님께서 나를 계속 사용하실 거면 살려주실 테고
그렇지 않다면 천국으로 데려가시고,
그 후 남은 가족들은 위로해주실 거라는 확신이 생겼습니다.

예상과 달리 종양이 많이 남아있어서, 열네 시간에 걸친 대수술을 받고 깨어난 곳은 중환자실이었습니다. 어디선가 찬송가 소리가 들려왔고 중환자실이 천국처럼 느껴졌습니다. 수술은 성공했다고 했습니다. 중환자실에 이틀 있다가 일반 병실로 옮겨가게 되었습니다.

"그렇게 큰 수술을 받고 이렇게 빨리 깨어나서 산소호흡기도 안 끼고 이 방을 나가는 환자는 처음이에요."

중환자실의 간호사는 몇 번이나 내게 이렇게 말했습니다. 이때 뇌사자가 생겼고 그의 기증으로 급히 이식수술을 받아야 하는 환자가 있었는데 격리실이 부족한 상황이었습니다. 나를 빨리 회복시켜 주신 이유는 그 환자의 수술 때문인 것 같았습니다. 이 또한 하나님의 섭리가 아니었을까요?

수술을 받게 하고 회복시켜 주신 분도, 수술이 진행되는 동안 그리고 수술 후 생과 사의 갈림길에 놓인 나의 생명 줄을 붙잡아 주신 분도, 분명 하나님이십니다. 내게 일어난 일을 기적이라 부르고 싶습니다. 그리고 더 큰 기적이 일어났는데 그건 내 마음이 평온해진 것입니다. 모두 시기적절하게 내게 보내준 메시지 덕분에 일어난 기적이라고 믿습니다.

수술 후에도 여전히 남아 있는 미세 암세포를 제거하기 위해서 항암치료를 더 받아야 했습니다. 수술 후 겪었던 끔찍한 환상과 후유증으로 몸과 마음은 지쳐갔고 인내심도 바닥을 드러냈습니다. '내가 다시 중환자실에 들어갈 일이 생긴다면 우리 식구들은 어쩌지? 특히 내 후원 아동이 나 때문에 후원이 끊어지면 어떻게 하지?' 하는 걱정이 컸습니다. 나는 남아 있는 삶을 좀 더 의미 있게 살고 싶다는 생각에 몇 달 전부터 어느 아이를 후원하기 시작했습니다. 컴패션 코리아의 1:1 양육 프로그램을 통해 연결된, 중미 니카라과에 사는 네 살배기 귀염둥이가 내 후원아이입니다. 스페인어를 배워서 이 아이와 편지 교환을 하고 싶다는 꿈도 꾸었었습니다. 그러나 항암의 고통 속에서는 이것도 내 이기적인 선택처럼 여겨졌습니다. 무엇보다 잠시라도 육체적 고통에서 벗어나고 싶은 마음뿐이었습니다.

"엄마, 너무 힘들어요. 저 항암 포기하고 싶어요."

당신 자신의 몸도 편찮으신데 나를 간호하느라고 힘드신 어머니에게 이 말을 하고야 말았습니다. 너무 슬퍼하는 어머니를 보는데 이것이야 말로 이기적인 선택이라는 것을 알았습니다. 항암치료가 고통스럽더라도 나을 수 있다는 희망을 품고 내가 살아주길 바라는 가족들의 마음을 헤아리지 못했던 것입니다.

담임 목사님이 권유해 주신 시편을 다시 읽고, 노트에 옮겨 적으며 큰 위로를 받고 마음을 새롭게 했습니다. 나의 능력 밖의 일들은 다 하나님께 맡기고 주어진 오늘 하루를 열심히 살자고 결심했습니다. 그리고 가족도 주변 사람들도 모두 내가 섬겨야 할 대상이라는 걸 잊지 말자고 다짐했습니다. 미안한 마음에 괜히 어머니에게 짜증을 부리곤 했는데, 이런 짓도 더 하지 않기로 했습니다.

'하나님께서 살려주실 거면 내가 아무리 많은 사람들 속에 섞여 있어도 감염시키지 않으실 거야'라는 믿음으로 퇴원하고 처음 주일 예배에 참석했습니다. 발병하고 6개월 만의 일입니다. 그리고 가족과 함께 보내는 시간을 늘리고, 부분 가발도 주문했습니다.

유기성 목사님의 시편 23편 설교 말씀에 큰 감동을 받았습니다. 다윗 왕이 "주께서 내 원수의 목전에서 내게 상을 차려 주시고 기름을 부어 내 머리에 부으셨으니 내 잔이 넘치나이다"라고 한 것처럼 나의 잔도 이미 감사할 일로 넘치고 있었습니다. 나는 하나님께서 내가 원하는 것을 주시지 않았다고 여긴 적도 있었습니다. 하지만 내가 구하지 않은 더 많은 것을 주셨다는 것을 고백하지 않을 수 없습니다. 최선을 다해 나를 치료해준 의료진이 있고, 나를 위해 기꺼이 희생하는 가족이 있고, 격려와 기도로 함께하는 수많은 천사들이 있었습니다. 모든 것이 감사할 뿐입니다. 창문 밖에는 추운 겨울을 이겨내고 아름답게 피어날 꽃들도 있었습니다.

"하나님, 감사할 일이 나의 잔에 넘치고 있습니다. 이를 깨닫게 하신 주님, 고맙습니다!"

. . . . . .

이 글을 쓴 우창숙 님은 초등학교에서 영어를 가르치면서 교회와 해외에서 봉사하던 중에 난소암 3기 진단을 받고 믿음을 굳건히 다지면서 치료를 받으며 회복하였으나 2015년 8월 하나님의 부르심을 받았습니다.

오늘도
함께 살아갑니다

유숙연

"**여보,** 내 다리가 자꾸 공중으로 떠올라가는 것 같아. 밖에 나가 바람 좀 쐬고 싶어."

남편이 떠나던 날, 남편은 아침부터 답답하다며 밖으로 나가고 싶어했습니다. 오늘을 넘기지 못할 수도 있다는 주치의의 말에, 고3 작은아들은 장로님들과 함께 서울로 올라오는 중이었습니다. 큰아들이 저녁 6시쯤 직장에서 돌아와 아빠 곁을 지키는 동안 나는 병문안 오셨던 손님과 병실 밖에 있었습니다. 아들이 다급히 부르는 소리에 재빨리 뛰어들어갔습니다. 아아, 그이는 이미 정신 줄을 놓고 있었습니다. 남편은 두 팔을 들고 위를 바라보며, 한 시간 남짓 마치 방언기도를 하듯 우리가 알 수 없는 소리를 하고 있었습니다. 하늘 문이 열렸음을 직감했고 그날 밤 사랑하는 남편은 영영 우리 곁을 떠나갔습니다. 나는 '당신은 정말 좋은 남편이요, 최고의 아빠였다고…… 고맙고 사랑한다'고 말하고 싶었습니다. 하지만 죽은 자도 살리시는 하나님께 더 기도해보자며 아빠를 보내지 못해 울고 있는 아들 앞에서 나는 그 인사마저도 할 수 없었습니다. 앞이 깜깜했습니다. 너무나도 아깝고 너무나 그립고 너무나 보고 싶은 내 남편을 이제 이 세상에서는 만날 수 없게 된 것입니다. 아무 생각도 나지 않았고 눈물만 하염없이 흘렀습니다. 신실한 주의 종, 너무나 사랑하고 존경했던 남편을 그렇게 보낼 수밖에 없었습니다. 언젠가 남편은 이런 말을 했습니다.

"우리에게 일어난 이 상황에 대해서 하고 싶은 질문이 많지만…… 그저 선반 위에 올려놓고 나중에 천국 가서 하나님께 왜 그러셨는지 물어보자."

지금도 남편 친구들은 천국 가면 친구를 왜 그렇게 일찍 데려가셨는지 꼭 물어보고 싶다고 합니다. 나도 우리에게서 사랑하는 사람을 이렇게 일찍 데려가신 하나님을 이해할 수 없었습니다. 아니 용서할 수 없었습니다. 왜 하필 나냐고 묻고 또 물었습니다.

20대 초반에 첫사랑으로 만나 오빠로, 연인으로, 영적 멘토로 30년을 늘 붙어 있었던 남편이 떠났습니다. 그가 없는 삶을 한 번도 생각해본 적이 없었습니다. 갑자기 혼자가 되고 보니 현실을 받아들이기 힘들었습니다. 더군다나 익숙한 환경에서 떠나야 하니 더욱 그랬습니다. 특히 모든 걸 쏟아 사랑했던 교회와 성도들을 떠나는 것은 너무 힘들었습니다.

나는 지금도 우리의 첫 사역지이자 마지막 사역지였던 그 교회가 참 그립습니다. 성도들도 보고 싶습니다. 성도들의 차 번호와 같은 차가 지나가면 나도 모르게 다시 뒤돌아보던 수많은 날들, 교회를 가면 저기는 누가 앉아 예배드리던 자리, 저기는 아무개 집사님 자리, 이렇게 정신없이 생각에 빠져 있다가 눈물범벅이 되어 집으로 돌아오던 날들이 되풀이되었습니다.

남편의 병을 발견한 때가 떠오릅니다. 어느 날 친하게 지내는 선배 목사님의 병문안을 갔습니다. 선배 목사님은 폐암 말기로 삶이 몇 개월밖에 남아있지 않다고 했습니다. 이 소식은 너무나도 큰 충격이었습니다.

"김 목사도 검진 한 번 다시 받아 봐."

그 목사님은 남편에게 검진을 받아보라고 권하였고, 그 목사님의 일이 남의 일 같지 않았습니다. 그래서 남편은 다음날 병원에 가서 검사를 받았습니다. 그런데 검사를 받았던 병원에서 빨리 서울의 대학병원으로 가 보라고 연락을 해 왔습니다. 얼마나 놀랐던지, 지금도 그때를 생각하면 가슴이 두근거리고, 그때의 감정이 되살아납니다. 설마 했던 일이 우리 앞에 닥친 겁니다. 이렇게 투병 생활이 시작됐습니다.

수술 후 견디기 힘든 항암치료, 남편은 말할 것도 없고 곁에서 지켜보는 가족 모두 힘든 시간이었습니다. 수치에 울고 웃는 나날이었습니다. 항암치료 후, 먹지 못하는 안타까움과 급기야 다 빠져버린 머리카락에 망연자실해 하던 모습이 지금도 눈에 선합니다. 드디어 힘든 항암치료를 다 마치고 3개월이 지나 첫 번째 검사를 했습니다. 검사 결과 아무 이상이 없다고 하자, 남편은 기뻐하며 사역현장으로 복귀하려고 준비했습니다.

그런데 얼마 지나지 않아 남편이 갑자기 견딜 수 없는 다리의 통증을 호소하였습니다. 며칠에 걸쳐 검사를 하고 초조하게 결과를 기다렸습니다. 수술한 부분이 아닌 다른 부위에서 이름을 알 수 없는 신생 암이 발견되었다고 했습니다. 이때의 당혹감, 절망감, 두려움과 분노는 말로 다 표현할 수 없었습니다.

다시 항암치료를 시작했습니다. 힘든 항암치료 중에서도 남편은 매주 설교를 준비하고 강단에 섰습니다. 방사선 치료를 해보고 싶었지만 주치의 선생님이 방사선 후에는 휠체어에 앉든지, 침대에 누워 있을 확률이 크다고 하였기에 남편은 끝까지 서서 설교를 하고 싶다고 방사선 치료를 거부했습니다.

"하나님, 주의 종을 살려주세요. 자비를 베풀어 주세요.
히스기야처럼 생명을 연장시켜 주세요."

성도들과 함께 하나님께 매달리고 또 매달렸습니다. 끝까지 기적이 일어나기를 간절히 바라며 눈물로 금식기도를 했습니다. 그러나 아들들 결혼하는 것도 보고 손자도 보고 싶다던 남편은 소박한 소망을 이루지 못하고 2006년 9월 1일 천국으로 갔습니다.

남편의 장례식을 마치고 20년이나 살던 곳을 떠나 서울로 이사했습니다. 그리고 1주일 만에 큰아들이 군에 입대했습니다. 낯선 곳에서 하루하루를 견디는 게 더 힘들었습니다. 어디에 그렇게 많은 눈물이 고여 있었는지 혼자 울고 또 울었습니다. 하루가 얼마나 길던지 '언제 천국 가서 남편을 다시 만날 수 있을까' 하는 생각이 종일 나를 괴롭혔습니다. 이렇게 몇 개월이 지났습니다.

'심란한 마음도 추스르고, 평소 하고 싶었던 공부를 해볼까?' 하는 마음에 대학원에 진학했습니다. 대학원 한 학기를 간신히 마치고 나니 정신이 번쩍 들었습니다. '돈도 없는데 그 비싼 학비는 다 어떻게 감당하지? 내가 무슨 목적으로 이 공부를 하지? 계속해야 할까?' 마음이 흔들렸습니다. 앞으로 무엇을 하며 어떻게 살아야 하는 지도 막막하기만 했습니다.

답답한 마음에 3일 작정 금식기도를 하러 갔습니다. 기도가 나오지 않아 "아버지!" 부르고는 엎드려 울기만 했습니다. 이런 나에게 하나님께서는 "두려워하지 말라, 내가 너를 도울 것이다"라는 말씀으로 다가오셨습니다. 정신이 번쩍 들어서 주님께 간구했습니다.

"저를 책임져 주세요.

하나님이 애들의 아버지, 내 남편이 되어주세요."

용기를 내어 말하고는 엎드려 엉엉 울었습니다. 목사의 아내로 평생 교회와 성도들을 섬기며 살아왔다고 자부했는데, '지금 내가 붙잡고 있는 것은 무엇인가?' 하는 생각이 들었습니다. '남편, 애들, 건강, 시간, 재능, 몸, 다 내 것이 아니고 하나님이 나에게 잠시 맡겨주신 것들이구나!' 새삼 깨달아졌습니다.

상황은 그대로였지만 기도를 통해서 새로운 관점이 생겼고, 이를 통해서 내 상황을 바라볼 수 있는 용기와 지혜가 생겨났습니다. 나도 새로운 삶을 살아갈 수 있다는 확신이 생겼습니다.

기도를 마치고 내려와 최선을 다해 열심히 공부했습니다. 그 많은 학비도 적절한 때 생각지도 못한 방법과 사람들을 통해 하나님께서 주셨습니다. 특히 시골 작은 교회에서 적지만 마중물이 되면 좋겠다고 보내주신 학비는 평생 잊을 수 없을 겁니다. 늦은 나이에 공부하려니 힘들어서 포기하고 싶을 때도 있었습니다. 하지만 학비를 보내주시고 나를 격려하고 응원해주는 분들의 기도와 헌신을 배신할 수 없었습니다. 그래서 더 열심히 공부했습니다.

그러던 중 김복남 전도사님의 소개로 세브란스병원 임상목회교육CPE에 참여했고, 과정을 마칠 수 있었습니다. 이로부터 몇 개월 후 논문 학기 때인데 마침 사역자를 구하던 세브란스병원 원목실로 파송을 받아서 일하게 되었습니다.

남편이 떠난 후, 세브란스병원 쪽은 바라보기도 싫고, 가기도 싫었습니다. 그래서 연세대에 입학한 작은아들 입학식에도 참석하지 않았습니다.

이랬던 내가 신촌 세브란스병원에서 사역하게 되었으니, 하나님의 인도하심은 놀랍다고 밖에는 달리 표현할 수가 없습니다. 그런데 산 넘어 산이라고, 하필이면 내가 담당한 병동 중, 한 병동이 남편을 떠나보낸 바로 그 병동이었습니다. 거기로는 도무지 발걸음이 떨어지지 않아 그 병동 심방을 할 수 없었습니다. 담당한 지 한 달이 다 되도록 병실 심방을 하지 못하고, 매일 아침 그 병동의 환자 명단을 가지고 예배실로 가서 하나님께 하소연했습니다.

"아버지 저 못가겠어요. 마음이 너무 아파요.

왜 하필이면 그 많은 병동 중에서 저를 거기로 보내셨어요?"

내가 생각해도 내가 참 못났다고 여겨졌습니다. 한 가지가 해결되면 감사할 줄 모르고 또 다른 것을 원망하다니……. 그 날도 그 병동 환자 명단만 가지고 하나님께 떼를 쓰며 기도하는데 하나님께서 말씀하셨습니다.

"내가 너를 도울 테니 두려워하지 말고 가 보아라."

용기를 내어 9층으로 바로 올라갔습니다. 살며시 병실 문을 열고 조심스럽게 안으로 들어갔습니다. 그 방은 바로 남편과 우리 가족이 마지막까지 사랑을 나눈 병실이었습니다. 마침 비어 있어서 남편이 떠나던 날을 생각하며 조용히 앉아 있었습니다.

그런데 참으로 표현하기 어려운 경험을 했습니다. 병실 사방의 벽에서 여러 소리가 들렸습니다. 고열로 잠을 이루지 못하는 남편과 우리가 함께 불렀던 수많은 찬송 소리가 들렸습니다. 마지막이 될지도 모르는 안타까움에 한 마디 한 마디 힘을 주어 말하고, 귀 기울였던 우리 부부의 이야기 소리가 들려왔습니다. 병문안 오셨던 수많은 이들의 따뜻하고 절절한 기도 소리도 들렸습니다. 고마워하고, 미안해하고, 안타까워하던 기도 소리들이 들렸습니다.

누구보다 부지런하였고, 환자를 사랑하였던 주치의 정현철 교수님과 이미 퇴직하셨지만 안타까워하며 애써주셨던 파트장 노정숙 선생님을 비롯한 98병동 천사 간호사들의 표정과 목소리도 거기 있었습니다. 마지막 순간, 배변하기 힘들어하는 남편을 정성 다해 도와준, 너무나도 고마워서 평생 잊지 못할 것 같은 선생님의 미소도 보였습니다.

'내 곁에 참 좋은 분들이 많이 있었구나!' 마음이 따뜻해지고 평온해졌습니다. 여기까지 인도하신 하나님께 진심으로 감사를 드렸습니다.

영적으로 무지하고 미련했던 나는 처음 병동 배정을 받았을 때 하나님께서 내게 짓궂게 하신다고 불평했었습니다. 하지만 이것이 나를 치유해주시는 하나님의 방법이었던 것을 깨닫게 되었습니다.

비로소 나는 그 병동 심방을 다니게 되었습니다. 내가 맡은 환자들과 그 가족들이 엮어내는 날마다의 병상 생활이 소중하게 느껴졌습니다. 그래서 마음을 다해 환우들과 그 가족들을 보듬었습니다. 내가 겪었던 아픔의 시간을 똑같이 겪고 있는 환우들과 가족들이 잘 이겨낼 수 있기를 진심으로 기도했습니다. 환자들의 투병 과정에 함께 한다는 것, 인생의 가장 힘든 순간을 가장 가까이서 볼 수 있다는 것, 한 사람의 인생을 압축적으로 경험한다는 것이 내게 큰 복이라는 것을 날마다 감사하게 되었습니다.

생각해보면 세브란스병원과 연세 동산의 곳곳에 우리 부부의 발걸음이 닿지 않은 곳이 없습니다. 큰아들 입학식 때 기뻐하며 돌아보던 학교의 이곳저곳, 힘들 때마다 찾아가 울며 기도했던 기도실, 아무 말을 할 수 없어 묵묵히 손잡고 그냥 함께 걸었던 병원 복도들, 검사를 위해 찾았던 모든 공간들······.

세브란스병원 원목실 교역자로 일하게 된 후, 처음에는 어딜 가도 보이는 그이의 모습과 추억 때문에 울기도 많이 울었습니다. 이제는 어딜 가도 남편과 우리 가족이 나눈 이야기들과 당시 입었던 옷이며 그의 표

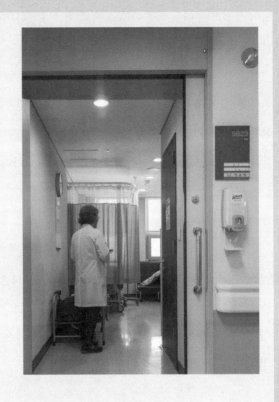

비로소 나는 그 병동 심방을 다니게 되었습니다.
내가 맡은 환자들과 그 가족들이 엮어내는
날마다의 병상 생활이 소중하게 느껴졌습니다.
그래서 마음을 다해 환우들과 그 가족들을 보듬었습니다.

정이 생생하게 떠올라서 아주 좋습니다. 이곳 세브란스병원에서 나는 남편을 추억하고 남편의 응원 아래 일하고 있습니다. 그래서 정말 기쁩니다.

나를 '상처 입은 치유자'로 회복시켜 주셔서 같은 처지에 있는 분들을 섬기게 하신 주님께 감사를 드립니다. 나는 주님의 은혜에 감사하며, 세브란스병원의 의료진, 직원들과 환우들을 위해 날마다 기도합니다. 그분들이 걷고 있는 인생길에서 주의 크신 섭리를 영적인 눈으로 볼 수 있기를 소원합니다.

우리는 누구나 언제든지 환자가 되거나 환자 가족이 될 수 있습니다. 누구든지 한 번은 꼭 가야 하는 길, 삶의 마지막 시간에 대해 더 자주 더 자연스럽게 이야기할 수 있는 분위기가 조성되었으면 합니다. 열린 시각으로 이 세상의 마지막 시간을 맞이하고, 도와주었으면 하는 마음입니다. 죽음은 삶의 한 과정이라고 생각합니다.

남편은 남양주 영락동산에 다른 가족들과 함께 누워 있습니다. 나와 아이들은 남편이 보고 싶을 때마다 그곳에 가서 남편이 좋아했던 찬송도 화음으로 부르고, 울고 웃으며 남편을 추억합니다. 남편이 생전에 좋아했던 냉면을 먹을 때는 더 많이 이야기합니다.

이렇게 우리는 여전히 남편과 함께 살아가고 있습니다. "아빠가 없더라도 너희의 진정한 아빠인 하나님 아버지가 너희를 책임지실 것이다"라고 아들들에게 유언한 대로 두 아들은 잘 커서 각자의 길을 당당히 걷고 있습니다. 모두 하나님의 크신 사랑과 은혜 덕분입니다.

협력하여 선을 이루시는 하나님의 은혜에 감사하며 주께서 허락하신 나의 길을 오늘도 기쁘게 걸어가고 있습니다.

이 글을 쓴 유숙연 님은 세브란스병원 원목실 교역자로 사역하고 있습니다.

머뭇거리기에는
시간이 너무 짧다

김은해

2010년 2월 9일, 폭설이 내려 학교가 쉰다는 연락을 받았습니다. 나는 뉴잉글랜드 보스턴의 변덕스러운 날씨에 5년째 잘 적응하고 있었지만 100년이 넘는 기숙사 건물의 수시로 끊기는 인터넷은 도무지 적응할 수가 없었습니다. '밀린 책이나 읽어야지!' 하고 책을 폈다가 고국에 있는 친구가 보고 싶어서 전화를 했습니다. 친구는 갑자기 '왜 이제야 전화를 했냐?'면서 내가 모르는 소식을 전해주었습니다. 대학 동기인 원제가 어느 교회 예배에 참석했다가 주차를 돕던 중 급발진 차량에 치는 사고로 세브란스병원에서 뇌수술을 하고 중환자실에 있다고 했습니다. 그 소식을 듣고 나의 머릿속은 창 밖의 눈처럼 하얘졌습니다.

원제는 내가 1996년 연세대학교 신학과에 입학했을 때부터 친하게 지내던 동기 친구입니다. 나보다 한 살이 적었지만, 다른 남자 동기들보다 훨씬 말도 잘 통하고, 섬세하고 여린 친구였습니다. 군대 제대 이후, 원제는 '기독교인의 실천과 행동'에 대해 진지하게 고민했습니다. 대형 교회보다는 작은 교회를 돕겠다면서 당시 우리 아버지가 목회하던 개척 교회에 후배들을 데리고 주일학교 교사로 봉사했습니다. 주일학교 아이들은 원제를 무척 좋아했습니다. 몇몇 아이들은 학교생활과 친구에 대한 고민을 털어놓고 조언을 구하기도 했습니다. 원제는 우리 가족과도 매우 가까웠습니다.

졸업 후, 원제는 자신이 믿고 있는 것을 실천하는 목사가 되겠다며 소외된 곳으로 갔습니다. 첫 목회지는 철원이었는데, 그곳에 있는 군부대에 가서도 복음을 전했습니다. 이 부대는 눈이 많이 오면 자동차로 갈 수 없는 곳이었는데, 그런 날이면 원제는 자전거를 타고 가서 복음을 전했습니다. 틈틈이 농사를 배우고, 나무로 집도 짓고, 유기농 채소 요리도 배웠습니다. 사고가 났을 때는 소박한 목회를 꿈꾸던 아내를 만나 결혼한 지 1년 4개월째였습니다.

'뉴스에나 나올 법한 사고를 내 친구가 당하다니……'

착하고, 정직하고, 열정이 많은 원제가 그렇게 엄청난 사고를 당했다는 사실이 믿어지지 않았습니다. 친구들은 국제전화로 원제의 위중한 상태를 알려왔습니다. 뇌가 부어 있어서 여러 차례 수술을 받는다고 해도 식물인간이 될 것 같다고 했습니다.

원제가 깨어나기를 기다리면서, 나는 도저히 학교에서 책을 읽으며 사색을 하고 교수들이 내 준 숙제를 할 수 없었습니다. 숙제의 주제들은 친구의 소생만을 기다리고 있는 내게는 너무나 먼 이야기였습니다. 실오라기 같은 생명의 끈을 잡고 있을 원제의 사투를 생각하면 이 세상은 원제의 고통과는 상관없이 돌아가는 것 같았습니다.

"주님! 왜요? 제발!"

나는 아무도 없는 교회에 들어가 십자가에 매달려 있는 예수님 상을 바라보며, 이렇게 외쳤습니다.

"예수님! 살아 계시다면 어떻게 이러실 수 있어요? 원제는 예수님의 길을 따르는 사람이 아닌가요? 누구보다 순수하고, 선량하고, 소박한 사람인 것 아시잖아요? 도시의 대형 교회보다 소외되고 낙후된 곳으로 간 정직한 목회자잖아요? '잎새에 이는 바람에도 괴로워하던' 순결한 사람이라는 것, 당신이 더 잘 아시지 않나요? 왜 고결한 영혼에게 비참한 시련을 주시는 거예요? 너무 가혹하잖아요! 이러시면 당신이 정의의 하나님, 살아계신 하나님이라고 어떻게 믿겠어요? 선한 사람들을 보호하시는 사랑의 하나님이라면서요? 의사들이 힘들다 해도 하나님은 창조의 주님이라 하셨으니 제발 기적을 내려 주세요. 원제를 살려 주셔서 하나님의 영광을 드러내게 해 주세요. 기적을 보여 주시면, 당신이 살아 있다는 것을 꼭 전할게요!"

마음 깊은 곳에서 나는 이렇게 하나님께 윽박지르며 떼를 썼습니다. 원제를 살려 주시면 다시는 신의 존재에 대해 의심하지 않겠노라 약속했습니다. 원제의 생명을 건 영혼의 거래였습니다.

사고 소식을 듣고 두 달 후 부활절 다음날 새벽 3시, 원제가 떠났다는 친구의 전화를 받았습니다. 그때 일기에다 이렇게 썼습니다.

　하나님은 나의 간절한 요청을 거절하셨다! 왜 나의 기도에 침묵하시는지 도무지 받아들일 수 없다. 나는 하나님과 특별한 관계로 맺어진 3대째 기독교인이 아닌가? 왜 내게 이런 일이 벌어질까? 권사인 우리 할머니는 금가락지를 빼어서 교회를 짓고, 아들을 하나님께 바치셨는데……하나님! 평생 동안 개척 교회, 농촌 교회 목사로 헌신한 사람이 우리 아빠잖아요. 아빠의 목회를 도우며 모든 것을 참고 검소하게 살았던 사람이 우리 엄마인 것 모르세요? 내가 다른 공부도 아닌 신학 공부를 하겠다고 문화도 언어도 다른 미국에 와서, 귀머거리 3년, 벙어리 3년을 참고 있는데, 정말 내가 보이시나요? 친한 친구 원제를 허무하게 데려간 하나님, 전 당신을 정말 믿을 수 없어요! 이건 사랑의 하나님이 아니잖아요?

　원제의 죽음은 나에게 지금까지 믿어온 신앙과 신학이 뿌리째 흔들리는 질문을 하게 만들었습니다. 하지만, 답이 없었습니다. 아니, 내가 듣고 싶은 답이 없었습니다. 원제의 장례식 때 많은 친구들이 슬퍼하며 안타까워했다는 소식도, 원제의 아버지가 그리스도인으로 세례를 받았다는 소식도, 원제가 몸담고 있던 교회의 교인들이 너무나 미안해하며 안타까워했다는 소식도 내겐 위로가 되지 못했습니다.

　"은혜야! 너무 슬퍼하지 마. 어차피 나중에 다 천국에서 만날 거잖아.

우린 모두 부활할거야."

신앙이 깊은 친구들이 내게 전해 준 위로의 말은 하나님께 거절당했다는 실망감 때문에 도움이 되지 않았습니다. 기독교의 '믿음'은 '과학적이고 합리적으로 설명하거나 증명할 수 없는 신비의 영역을 인정하는 것'이라는 신학적 설명을 머리로는 받아들여도, 가슴으로는 받아들일 수 없었습니다. 내게는 너무나 불성실하고, 무책임하고, 무력한 답변이었습니다. 차라리 '모른다'고 하는 게 더 정직하게 느껴졌습니다.

나의 간곡한 청을 거절한 하나님을 변호하는 답변들은 아무것도 듣고 싶지 않았습니다. 원제의 죽음에는 우리가 알 수 없는 하나님의 깊은 뜻이 있을 것이라는 위로의 말도 싫었습니다. '선량한 원제를 데려가신 하나님이야말로 모든 인간에게 냉혹하고, 차갑고, 가혹한 신이 아닌가?' 하는 생각이 떠오를 때마다 분노가 치밀어 올랐습니다. 원제의 죽음은 나에게 냉담하고 무자비한 하나님의 응답이었습니다.

나는 자유롭고 비판적인 기독교인으로 자랐습니다. 어릴 때, 아버지의 목회활동을 보면서 한국교회에 대해 불만이 많았습니다. 특히, 남녀차별적이고, 위선적인 기독교인들의 모습이 못마땅했습니다. 하지만, 신학은 공부하고 싶었습니다. 한국에서 대학원까지 신학을 공부한 뒤, 미국으로 건너가 신학 공부를 계속하였습니다. 유학 생활 중에 미국 연합감리교회에서 활동을 했는데, 그곳에서 나는 다양한 사람들과 여성들을 존중하는 미국 연합감리교회의 모습에 감동을 받았습니다. 그때 나는 미국 신학교에서 교수가 되어 세계 각지에서 온 학생들을 가르치는 꿈을 꾸고 있었습니다. 그것이 성공한 삶처럼 보였습니다. 어린 시절 아버지가 농촌에서 힘들고 외롭게 목회하는 것을 보았기 때문에 목회 현장에서 고생하고 싶지 않았습니다. 나는 정말 아버지처럼 살고 싶지 않았습니다.

보스턴 유학 중에 나는 한인교회가 아닌 현지 미국인 교회에서 활동했습니다. 미국 문화와 목회에 빨리 적응하기 위해서였지만, 마음속으로는 한국교회를 떠나고 싶었기 때문입니다. 보스턴은 청교도들의 신앙의 뿌리가 있는 곳이라 그런지, 내가 추구하던 신학과 영성을 배우기에 적합한 곳이었습니다. 기독교 신앙을 다양하게 표현할 수 있었고, 여성 목회자들이 교회와 신학교에서 활발하게 활동하고 있었습니다. 그 모습이 너무나 부러웠습니다. 나도 빨리 저들과 같이 교회와 신학교에서 활동하는 사람이 되고 싶었습니다.

미국 교회나 신학교에서 목사로 활동하기 위해서는 병원의 임상 목회 경험이 필요했습니다. 그래서 나는 코네티컷 주 하트포드 병원에서 인턴 원목 실습을 시작했습니다. 병원이 대도시의 위험한 슬럼가에 있어서 일주일에 한 번씩 당직을 서며 응급실에 들어온 오토바이 사고 환자, 총격 사건의 환자, 가정 폭력으로 상해를 입은 환자들을 돌보는 일이 많았습니다. 텔레비전 뉴스에 내가 돌봤던 환자의 사례가 나오기도 했습니다.

나와는 다른 인종의 환자들과 다양한 문화를 가진 환자들을 만나 모국어가 아닌 언어로 목회상담을 하면서 고통 받고 있는 인간의 영혼을 돌보는 일은 생각보다 쉽지 않았습니다. 환자들과 병원 직원들을 만날 때마다 '난 한국 사람이라 문화도 다르고 생각도 다르고, 영어도 어눌한데, 무슨 말로 어떻게 다가가나? 날 이상하게 보면 어쩌지?' 하는 위축된 마음이 들었습니다.

영어로 상담하는 일에는 아무래도 한계가 있으니, 환자들의 말을 많이 들어주었습니다. 말로 표현하는 것보다 사람들의 손짓, 눈빛, 표정, 목소리 톤에 민감하게 반응하려고 애썼습니다. 그러나 나의 걱정과 우려와는 달리 환자들은 "당신 같은 원목은 처음이야. 당신은 정말 훌륭한 목회자야!"라며 나를 격려해 주었습니다. 미국의 문화와 영어가 점차적으로 익숙해져 가면서 나는 미국 목사가 되는 과정을 차례차례 밟아가고 있었습니다. 하지만 내가 병원 실습을 한 이유는 미국 교회나 신학교에서 일하기 위한 필수 과정이었기 때문이었습니다. 병원 실습이 끝난 뒤, 다시는 병원에 오고 싶지 않았습니다. 나는 정말 죽음이 싫었습니다.

2010년 4월 6일, 원제가 세상을 떠난 후, 마음에 커다란 구멍이 난 듯 허전했습니다. 인간의 삶이 너무 허무했습니다. 한 순간 예상치 못한 사고로 갑자기 세상에서 사라질 수도 있다고 생각하니, 살아 있는 모든 것이, 죽는다는 사실이 너무나 두려웠습니다.

'원제가 33년의 짧은 인생을 그렇게 갑자기 마무리했는데, 내가 그렇지 않을 거라는 보장이 없지 않은가?' 원제의 죽음은 나에게 '삶에서 주어진 시간들은 너무나 소중한 것'이라 말하고 있었습니다.

당시 수업시간에 백인 여자 교수님이 나의 이야기를 듣고 나의 이야기가 성 어거스틴의 〈고백록〉의 한 장 같다고 하였습니다.

"삶에 대한 권태와 싫증이 무겁게 나를 누르고 있었으며, 죽음에 대한 공포가 무섭게 엄습하여 왔습니다. 내가 내 친구를 깊이 사랑하면 사랑할수록 내게서 그를 앗아간 죽음이 잔악한 원수처럼 더욱 더 밉고 무서웠다고 나는 믿었습니다. 그리고 나는 죽음이 조만간 모든 사람들을 삼켜 버릴 것이라고 생각했습니다. 즉, 죽음이 내게서 내 친구를 앗아 갔기 때문이었습니다. 친구가 떠나간 세상은 슬픔과 절망으로 변했고 그저 눈물과 한숨만이 내게 작은 위로를 안겨 줄 뿐이었습니다. 그러나 역시 울고 난 후에 내가 직면한 것은 불행한 현실이었습니다."

어거스틴, 『고백록』 4장, 크리스챤다이제스트, 106-108쪽

'내가 학교에서 다른 사람들이 쓴 이론들을 공부만 하다가 어느 날 갑자기 호흡이 멈춘다면, 나의 인생은 한 번도 가슴 뛰는 일 없이 끝나는 것인가?' 이런 생각이 떠오를 때마다 두려웠습니다. 동시에 원제의 친구로서, 원제의 정신과 영혼은 살려 둬야 한다는 생각이 커졌습니다. 원제가 꿈꿨던 목회를 '누군가' 실현해서 원제의 빈자리를 채워야 한다면, 내가 그 '누군가'가 되는 것이 나의 몫이라고 여겨졌습니다. 당시 나는 미국에서 학기를 마치느라 원제의 장례식에 참석하지 못했습니다. 너무나 미안했습니다. 하지만 원제와 같은 처지에 있는 누군가의 마지막 모습을 지켜준다면, 나중에 원제를 볼 면목이 생길 것 같았습니다.

결국 나는 15년 동안 학교에서 공부한 신학 교수의 꿈을 접고 다시 병원으로 들어갔습니다. 내가 간 곳은 애틀랜타에 있는 에모리 대학교 병원이었습니다. 나는 그곳에 원제와 같은 이들을 위로해주려고 갔는데,

그게 아니었습니다. 하나님께서 친구를 잃은 나를 위로하시려고 모든 것을 예비해 두셨던 것입니다. 훌륭한 임상목회 전문가들, 나와 다른 인종적인 배경을 가진 원목들과 동료들이 나의 이야기를 들을 때마다 나를 진심으로 위로해 주었습니다. 환자들도 "한국 여자 원목은 처음 만나봐서 신기하다." 하면서 고통과 절망을 겪고 있는 자신들과 함께 있어 주어 너무나 고맙다며 사랑과 격려를 아끼지 않았습니다. 그곳에서 나는 원제의 죽음을 마음껏 슬퍼했고, 비슷한 상황에 처한 환자들을 위로했습니다. 가난한 16세 흑인 소년이 훔친 차로 교통사고를 내고 응급실에서 허망한 죽음을 맞이했을 때 그의 부모도 지켜주지 않았던 병실을 대신 지켜주었습니다. 원제와 같은 나이인 33세에 루푸스라는 병에 걸려 생을 마친 젊은 여자의 가족들과 함께 밤을 지새우면서, 원제 아버지 연령과 비슷한 그녀의 아버지의 고통도 함께 했습니다. 여러 의료진들이 마지막까지 최선을 다해 꺼져 가는 생명을 살려내려고 노력하는 것을 보니 내 친구 원제를 살리려고 밤을 지새워 수술한 세브란스병원 의료진이 떠올랐습니다.

환자들 중에는 아름답고 품위 있게 죽음을 맞이하는 경우도 있었지만, 고통스럽고 힘들게 죽음을 맞이하는 환자들과 보호자들도 있었습니다. 그들을 대할 때는 마음에 커다란 구멍이 나는 것처럼 괴로웠습니다. 어찌 죽음이 아름답겠습니까? 죽음의 순간은 두렵고 무서웠습니다. 임종을 앞둔 환자들을 위해 기도해달라는 부탁을 받고 병실에 들어설 때마다 느껴지는 스산한 죽음의 공기, 다 타고 난 재와 같은 가냘픈 육신을 보는 것은 결코 쉬운 일이 아니었습니다.

환자의 고통을 덜어주려고 간 나는 오히려 살아 있는 나에게 더 집중하고 있었습니다. 다른 사람의 고통을 함께 짊어져 주는 것은 환상이었습니다. 도저히 누군가의 고통을 덜어줄 수 없었습니다. 예수님이 십자가를 지고 가시다가 예루살렘 여인들에게 "나의 죽음에 대해 슬퍼하지 말고, 당신들과 당신의 자녀들에 대해서 슬퍼하십시오"라고 하셨던 그 연민과 위로는 인간의 힘으로는 도무지 가능한 일이 아니었습니다. 힘든 환자를 볼 때마다 매번 마음속에서 자책감과 미안함, 부끄러움, 두려움이 일어났습니다. 숨고 싶었습니다.

하지만, 내 안의 존재가 영혼의 씨름을 하고 있는 순간, 이상하게도 내 발은 바닥에서 떨어지지 않았고, 오히려 임종 환자의 손을 붙들고 있는 게 아닙니까? 내 안의 존재는 나에게 '그에게는 이 세상에서 마지막으로 누군가의 따뜻한 손길이 필요하며, 그는 이 세상에서 매우 사랑을 받았던 사람이라는 것을 기억하게 해주라'고 속삭였습니다.

하루에도 몇 번씩 마주하는 비극적인 죽음 앞에서 사도 바울의 고백이 나의 고백이 되었습니다.

"나는 과연 비참한 인간입니다. 누가 이 죽음의 육체에서 나를 구해줄 것입니까?" 로마서 7:24 공동번역

때때로 말로는 도무지 설명이 안 되는, 고통이 심한 환자들이나 보호자들을 만날 때면, 내가 해줄 수 있는 위로나 격려의 말을 찾을 수가 없었습니다. 그냥 그분들의 아픔과 절망 속에 함께 있어 주는 것이 내가 할

수 있는 일의 전부였습니다. 예수님께 나의 연약하고, 나약하고, 무력한 모습을 고백할 수밖에 없었습니다.

병원에서 교통사고를 당한 환자들의 가족들에게 사고 소식을 알리는 전화를 하고, 보호자를 위로하고, 위급한 상황과 고통 속에 있는 사람을 돌보는 일은 책으로 공부한 것과는 달리 매우 실질적이었습니다. 학교에서 "하나님은 어디 계신가?"에 대한 답을 이론적이고 추상적으로 배웠는데, 병원에서 환자들과 지내면서 "하나님은 인간을 통해 활동 하신다."는 사실을 피부로 느끼고, 고백하고, 지금 내가 살아있다는 사실 하나 만으로도 감사할 수밖에 없음을 배우게 되었습니다. 언제든지 꺼질 수 있는 가련하고 연약한 인간의 생명은 무한한 하나님의 사랑과 자비, 도움 없이는 한 순간도 홀로 버틸 수 없었습니다.

어느 날, 나를 병원에서 지도하던 60대 백인 남자 원목님이 내게 물었습니다.

"이젠 영적인 뿌리로 돌아가야 하지 않겠소?"

섬광처럼 강렬한 말이었습니다. '영적인 뿌리'라 함은 내가 어릴 때부터 주님을 받아들이고 성장했던 한국교회였습니다. 그분은 내가 얼마나 고향을 그리워하고 있는지 간파하고 있었던 것입니다. 내가 미국 교회의 목사가 되겠다고 떠나온 곳, 아버지처럼 살지 않을 거라고 나왔던 그곳, 하지만 나의 영혼을 성장시켜준 할머니, 아버지와 어머니가 자라난 그곳이 바로 나의 영적인 뿌리가 아니겠습니까!

자식들을 위해 새벽녘과 밤중에 늘 무릎을 꿇으며 기도하는 어머니들이 있는 곳, 힘든 일이 생길 때마다 한숨 짓고 눈물을 흘리며 기도 소리로 교회를 가득 채우는 사람들이 있는 곳, 하나님이 지금 자신들의 인생 문제에 해답을 주시지 않으면 자지도 않고 먹지도 않겠다며 금식기도를 하며 떼쓰는 사람들이 있는 곳, 성경 말씀 그대로 몸으로 '거룩한 산 제사'를 드리는 사람들이 있는 곳, 바로 한국교회였습니다.

한국교회는 분명히 어린 시절 아버지의 힘든 목회로 인해 내게 아픔과 상처와 분노를 준 곳이었습니다. 하지만 제가 한국교회를 사랑하지 않았다면 아프지도 않았을 것이고, 화나지도 않았을 것이고, 상처받지도 않았을 것입니다. 그래서일까요? 나는 미국 친구들에게 "미국 교회의 목회자나 신학교 교수가 된다 하더라도 언젠가는 한국으로 돌아갈 거"라고 말해왔습니다. 8년 간의 미국 유학 생활을 뒤로한 채, 계획했던 신학 교수의 꿈을 접고, 나는 한국으로 돌아왔습니다.

2014년 10월부터 나는 세브란스병원 원목실의 교역자로 사역을 시작했습니다. 세브란스병원에 온 첫 날, 중환자실 담당인 곽수산나 전도사님을 만났습니다. 곽 전도사님은 5년 전 원제가 중환자실에 입원했을 때의 일을 똑똑히 기억하고 있었습니다. 이 분은 나에게 두 달 동안 중환자실에서 원제의 모습이 어땠는지, 원제의 가족들을 어떻게 위로해 주었는지, 의료진이 어떻게 돌보아 주었는지 전해 주었습니다. 이분은 그 당시 많은 사람들이 안타까워하는 모습을 보면서, 원제가 참 좋은 목사였음을 느낄 수 있었다고 말해주었습니다.

나는 원제의 마지막을 지켜준 분을 만났다는 사실만으로도 큰 위로를 받았습니다. 의식도 없이 누워있었던 내 친구를 생생하게 기억하는 전도사님이 고마웠습니다. 비록 원제의 몸은 이 땅에 없지만, '참 좋은 사람이었어요. 잘 사셨어요.'라고 누군가의 기억 속에 그의 존재가 남아 있다면, 원제는 이 땅에서 사라진 것이 아니라는 생각이 들었습니다. 어느 날, 원제가 머물렀던 중환자실에 갔는데, 의식 없이 산소 호흡기에 의지해 가쁜 숨을 이어가는 환자들의 모습과 이들을 정성스럽게 돌보고 있는 의료진이 눈에 들어왔습니다. '원제도 저랬겠지. 원제의 마지막도 누군가 함께 있었겠지.' 감사하고 따뜻한 마음이 들었습니다.

얼마 전, 한 환자를 심방했는데, 그분은 갑작스러운 암 진단을 받고 항암 치료를 받는 중이었습니다. 그분은 나를 보더니 이렇게 고백했습니다.

"전도사님! 전 어머니 기도 때문에 이곳에서 하나님을 뵈었습니다."

왜 그렇게 느끼셨냐고 물었더니, 그분은 어머니께서 이북에서 오신 분이었는데 늘 가정보다는 교회를 먼저 생각해서 어릴 때 어머니가 못마땅했다는 것입니다. 아들이 교회 다니는 것을 꺼리며 제대로 신앙생활을 하지 않는 것 같아 어머니는 늘 새벽기도를 하셨다고 했습니다. 그분의 어머니는 항상 아들과 그 가족들을 위해서 기도했고, 손녀들에게 특별한 신앙 교육을 시켰다고 했습니다.

환자는 〈삶과 죽음을 진지하게 공부하는 모임〉에 주말마다 다니면서 나름대로 어떻게 죽을 것인가에 대해 준비해왔다고 했습니다. 자신의 삶을 다른 사람들을 도와주면서 살기를 바랐는데, 얼마 전 간암 판정을 받고 죽음의 고비를 여러 번 넘기면서 지금 이렇게 살면서 치료를 받고 믿음을 회복하게 된 것은 바로 어머니의 기도 때문이었다고 그분은 간증

했습니다. 하나님이 어머니 기도에 응답하고 계시는 것을 이제서야 깨달았다고 했습니다.

그분은 퇴원한 지 두 달도 되지 않아 다시 입원을 했고, 위급하다는 연락이 왔습니다. 병실에 들어가 보니, 간암 말기로 간성혼수가 왔고, 배에는 복수가 차고, 황달이 심해지고, 신장 기능이 떨어지는 상황에서 말로는 설명할 수 없는 고통을 겪고 있었습니다. 환자의 죽음이 임박했다는 것을 모두 느끼고 있었지만, 희한하게도 그에게서는 따뜻한 기운과 평안함이 느껴졌습니다. 그분은 나를 보고 힘겹게 말을 이어가며 제게 말했습니다.

"전도사님! 모든 것이 주님의 은혜입니다. 고통 속에서도 감사해요."

그리고 말을 잇지 못했습니다. 환자의 아내는 그가 내게 못다 한 이야기를 이어갔습니다.

"전도사님! 그이의 기도 제목은 두 딸이었어요. 두 딸을 참 사랑했는데, 아직 시집을 가지 못해서 걱정을 많이 했어요. 숨 쉬는 것도 힘들었을 텐데, 저와 딸들에게 '미안해, 미안해' 외치더군요. 극심한 고통을 겪는 중에도 우리를 걱정했어요. 참 훌륭한 남편이자, 아빠에요. 딸들은 아빠의 죽음에 대해 믿음으로 버티고 있어요. 제가 제일 연약해요. 하지만, 남편의 마지막 시간을 통해 하나님께서 저를 부르시는 것을 깨닫고 있어요. 남편을 못 가게 붙잡는 것은 제 욕심 같아요. 그이가 고통 당하는 것을 더 못 보겠어요. 하나님께서 편안하게 데려가시기를 기도할 뿐이에요. 남편은 예전부터 시신을 기증하겠다고 했지만, 저는 한참 동안 반대했어요. 이제는 남편의 소원을 들어주려고 해요.

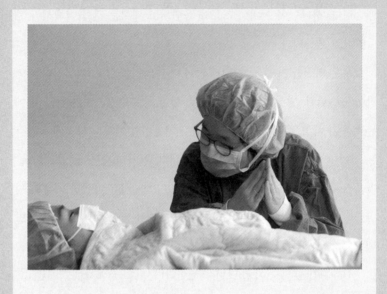

환자의 죽음이 임박했다는 것을 모두 느끼고 있었지만,
희한하게도 그에게서는 따뜻한 기운과 평안함이 느껴졌습니다.
그분은 나를 보고 힘겹게 말을 이어가며 제게 말했습니다.
"전도사님! 모든 것이 주님의 은혜입니다. 고통 속에서도 감사해요."

그이는 참 잘 살았어요."

그 순간, 환자는 가쁜 숨을 겨우 쉬어가며 도무지 알아들을 수 없는 말을 반복하며 입술을 움직이고 있었습니다.

"주여! 아버지!"

자세히 들어보니 그 말이었습니다. 이 땅에서 마지막 남은 시간을 '주여! 아버지!' 라는 가장 강력한 기도를 하고 있는 환자의 모습을 보는데, 갑자기 내 친구 원제의 마지막 모습이 겹쳐졌습니다.

원제에게도 말로 표현할 수 없는 육체의 고통이 엄습했을 것입니다. 그때, 나는 친구와 가족들을 위해 견뎌내 달라고, 미국에서 학기가 끝나 방학이 되면 돌아갈 테니 그때까지만 버텨 달라고 기도했었습니다. 그러나, 나의 간절한 기도는 욕심이었습니다. 원제는 이미 이겨낼 수 없는 고통 가운데 있었고, 의식이 깰 수 없을 정도로 가혹한 고통의 상태에서 마지막으로 가족들과 친구들을 위해 "주여! 아버지"라는 기도를 했을지 모릅니다. "이렇게 아파서 미안해. 친구들아! 나를 위해 기도해줘서 고마워!" 하며 작별인사를 했을 것 같았습니다.

원제의 죽음은 "한 알의 밀알이 썩지 않으면 많은 열매를 맺지 못한다"는 예수님의 말씀을 가슴으로 이해하게 된 사건이었습니다. 대학 동기인 다른 한 친구는 어린 시절부터 부모님이 '저희의 아들이 선교사가 되게 해주세요!'라고 기도한 것 때문에 신학 공부를 하고 신학대학원까지 마쳤지만, 결국 그는 고향으로 내려가 농사를 지었습니다. 자신이 스스로 원한 것이 아니라 부모의 기도 때문에 선교사가 되는 것이 마음 내

키지 않았기 때문입니다. 하지만 그 친구는 원제의 죽음 이후 선교사가 되어 인도로 나갔습니다. 원제의 아내는 대학원에서 '외국어로서의 한국어 교육'을 공부하며 새로운 선교를 준비하고 있습니다. 원제의 아버지는 예전에 원제가 목회자의 길을 간다는 것을 굉장히 반대하였는데, 원제의 죽음 이후 아들의 신앙을 받아들였습니다. 원제의 아버지께서는 언젠가 저에게 이런 말씀을 하셨습니다.

"은해야, 난 여전히 원제가 떠났다고 생각하지 않아. 원제는 멀리 어딘가에 간 것이야. 인생이 얼마나 짧니? 백년을 살았다고 해서 많이 산 것이겠니? 우주의 눈으로 보면, 서른 세 살의 원제의 삶이나, 백수를 누린 사람이나 얼마 차이 없어. 우리도 곧 원제가 있는 곳에 갈 거야. 인생을 너무 욕심내서 살지 말거라."

누군가는 원제가 짧은 시간을 우리와 함께 했기 때문에 그의 인생이 피지 못한 꽃봉오리로 진 것 같다며 안타까워했습니다. 그러나 저는 그렇게 생각하지 않습니다. 짧은 인생이었지만 원제는 많은 것을 이루고 떠났습니다. 어느 날, 인도에 선교사로 간 친구가 나에게 이렇게 말했습니다. "원제가 우리 곁을 왜 그렇게 빨리 떠나야만 했는지, 아직도 모르겠어. 근데, 해답 없는 문제가 더 좋은 문제가 아닐까?" 원제의 죽음은 여전히 하나님에게 많은 질문을 하게 합니다. 이 해답을 찾기 위해 나는 세브란스병원에서 근무하고 있습니다. 오늘도 나는 수술실과 병동을 돌며 환자들 속에서 날마다 새로운 원제를 만나고 있습니다.

. . . . . .

이 글을 쓴 김은해 님은 세브란스병원 원목실 전도사입니다.

은탁이는 나의 천사

장미영

햇살 좋은 가을의 어느 날 행복한 결혼식
사랑이 전부인 어린 신부는 마냥 함박웃음입니다.
스치듯 보이는 가족들과 친구들의 눈물은
그저 결혼식 풍경의 일부일 뿐······.
그 넘치는 눈물들이 하고픈 이야기가 있었나 봅니다.

모든 것을 걸었던 남편의 사업이 무너졌지만
그래도 다행입니다.

얼마든지 다시 일어설 젊음을 가졌습니다.

홀로 당해내는 시댁의 핍박이 있지만

그래도 다행입니다.

혹여 배 속의 아이에게 전해질까 털어낼 여유가 있습니다.

출산준비도 못 한 채 홀로 아이를 낳게 되지만

그래도 다행입니다.

태어난 아이로 인해 아빠의 석방이 앞당겨질 수 있다 합니다.

남편의 폭행도 빚쟁이들의 독촉도

시어머님의 욕설도 떠맡겨진 생활고도

그저 일상일 뿐입니다.

이미 알고나 있듯 어린 신부는 묵묵히 그 길 위를 걸어갈 뿐입니다.

스물을 갓 넘기고 만난 그는 4살 위의 호탕한,

그리고 방탕한 깡패 같은 사람.

새 학기가 시작되는 3월.

직장생활을 하며 입학한 야간대학에서 시작된 인연입니다.

봄, 여름, 가을, 그렇게 그를 지켜보며 생각합니다.

누군가 그를 잡아 주어야만 할 것 같아서

그가 바르게 살도록 도와주고 싶어서

그해 겨울 소꿉장난하듯 어린 신부가 되었습니다.

화려한 드레스의 웨딩촬영 없이도

풋풋한 설렘의 신혼여행 없이도

포근한 둘만의 보금자리 없이도

행복으로 기억되는 시간들은 추억이라 새길 것 하나 없이

그 겨울 속에서만 잠시 머무릅니다.

새로운 가족이 생겼습니다.

남편이 된 그와 그의 어머니, 그의 누나네, 그리고 배 속의 아기

하지만 신부는 늘 혼자입니다.

입덧으로 힘든 시간에도 신부는 혼자입니다.

결혼예물을 팔아 사기꾼을 잡으러 다니던 그는

가진 것을 다 잃고 돌아와

술과 여자를 파는 장사를 하느라 곁에 없습니다.

태교에 힘쓰던 시간, 신부는 혼자입니다.

집안에 사람을 잘못 들여 아들을 망하게 했다 합니다.

곧 태어날 배 속의 아이가 불운하니 없애버리라 합니다.

귀를 막고 입을 막고 홀로 아이를 지킵니다.

끝없이 눈물이 흐르는 출산의 시간 신부는 혼자입니다.

그는 지난날의 죄 값으로 철창에서 나오지 못합니다.

만삭의 몸을 이끌고 백방으로 뛰어다녀 보지만

그의 친구들, 그의 가족들은 등을 돌릴 뿐입니다.

오로지 혼자만의 선택입니다.

그 넘치는 눈물도 뒤로하고 택한 길입니다.

힘든 현실에 쫓겨 거칠게 변해가는 그 역시 감당해내야 합니다.

어둠 속 흙바닥에 끌려다니고

웅크린 채 발길질을 당하면서도

스스로 선택한 그 사람이기에 참아냅니다.

소중한 내 아이의 아빠이기에 참아냅니다.

그러나 점점 병들어 갑니다.

의심이 커져가는 그의 마음

믿음이 사라지고 횡포가 늘어가는 그의 모습

함께 병들고 나약해집니다.

서로에게, 아이에게 함께함의 의미를 찾을 수가 없습니다.

그렇게 엄마 아빠가 된 지 사 년

각자 홀로서기.

아빠를 잃은 아이가 7살 되던 해

각자의 길에 섰지만

또다시 느껴지는 동정과 연민이 있습니다.

각자의 길에 섰지만

뒤늦게 느껴지는 가족에 대한 그리움이 있습니다.

생각해 봅니다.

얼마만큼이나 더 겪고 잃어야만 깨달음을 얻을 수 있는 무지한 존재인가

한 번의 이별로는 부족했던 모양입니다.

그렇게

아픔 뒤에 찾아와 엄마 아빠를 다시 한 번 세우는 나의 은탁이입니다.

아빠를 쏙 빼닮은 얼굴에

영리하고 웃음 많은

너무도 사랑스러운 나의 은탁이입니다.

전과 다름없이

여전히 고단하고

여전히 고달프며

여전히 시달리는 하루하루지만

전과는 다르게

그래도 기운 내고

그래도 참아 내고

그래도 이해하며 살아가게 합니다.

그렇게 은탁이는 아빠의 자리, 엄마의 자리, 형아의 자리를 지켜줍니다.

그리고 4살 된 은탁이는 동생의 자리까지 지켜주는 작은 형아입니다.

그리고 일곱 살 된 은탁이는 아빠, 엄마, 형아, 동생의 가슴에 새겨집니다.

엄마 껌딱지 은탁이가 어느새 훌쩍 자라 형아가 되었습니다.

이제는 동생 손을 잡고 어린이집에 가는 멋진 형아랍니다.

은탁이는 빨강반, 동생은 파랑반

그런데 파랑반인 동생이 자꾸만 빨강반으로 옵니다.

아직 아기인 동생은 형아가 있는 빨강반이 좋은가봅니다.

귀찮고 화날 법도 하지만 은탁이는 매번 조용히 동생 손을 잡고 파랑반으로 데려다줍니다.

듬직하고 의젓한 작은 형아 은탁이입니다.

빨강반 친구가 책을 보고는 제자리에 꽂아 두지 않습니다.

친구에게 말합니다.

"책을 다 봤으면 있던 자리에 갖다 놓는 거야"

개구쟁이 친구는 못 들은 척합니다.

은탁이는 어질러진 책을 들고 제자리에 꽂아 둡니다.

착하고 반듯한 사랑스런 나의 은탁이입니다.

한통의 전화,

은탁이가 갑자기 머리가 아프다며 울고 있다는 빨강반 선생님의 다급한

전화입니다. 며칠째 통 먹지도 못하고 피곤해하여 동네병원을 한차례 다

녀 온 뒤였습니다. 좀 더 자세한 검사가 가능한 병원을 찾아갔습니다.

종종 다리가 아프다며 주물러 달라더니,

얼마 전 장을 보러 가던 길 갑작스레 구토를 하더니…….

흔히들 겪는 성장통이 아니었습니다.

계절이 바뀌며 유행하는 장염도 아니었습니다.

나의 은탁이, 많이 아팠구나, 엄마가 더 일찍 알지 못해 미안해 아가.

척추까지 전이된 뇌종양입니다.

뇌수술을 시작으로 항암치료, 방사선치료, 조혈모세포이식.

일 년 반의 짧고도 긴 이야기가 채워집니다.

흔히들 겪는 성장통이 아니었습니다.
계절이 바뀌며 유행하는 장염도 아니었습니다.
나의 은탁이, 많이 아팠구나, 엄마가 더 일찍 알지 못해 미안해 아가.

이제 막 한글을 깨치기 시작한 은탁이는 연필로 크레파스로 여기저기 긁적이며 엄마에게 자랑을 하느라 신이 납니다. 색종이를 접고, 오리고, 붙이며 갖가지 모양 만들기에 바닥이 엉망이 되어도 그저 싱글벙글 입니다.

그런데 어느 날부턴가 그 재미있던 일들이 짜증스러워집니다.

자꾸만 흔들리는 손 때문에 색종이 모서리를 반듯하게 맞춰 접을 수가 없습니다. 그림 밖으로 튀어나가는 크레파스 때문에 예쁘게 색칠놀이를 할 수가 없습니다. 뇌수술 후유증으로 왼쪽 팔과 왼쪽 다리가 은탁이의 말을 잘 들 어주지 않습니다. 이제 은탁이가 아끼는 반짝반짝 불빛의 파워레인저 운동화는 달릴 수 없게 되었습니다. 이제 은탁이의 색칠놀이는 조금 더 오래 걸리고, 조금 더 삐뚤댈 것입니다.

하지만 충분히 감사합니다.

혼자서 두 발로 뒤뚱뒤뚱 걸을 수 있으니 감사합니다.

왼손을 도울 부지런한 오른손이 있으니 감사합니다.

여덟 시간의 수술 후에 만난 은탁이가 여전히 엄마를 기억하고 여전히 엄마 곁에서 웃고, 울어주니 더없이 감사한 일입니다.

뇌수술로 졸였던 마음을 진정시킬 새도 없이 바로 항암치료가 이어집니다. 자그마한 몸, 심장 가까이 뚫어놓은 혈관을 타고 들어가는 독한 항암 약물들을 그저 바라볼 수밖에 없는 엄마입니다.

힘든 수술 후 약해진 몸을 대신해 주삿바늘을 옮겨 꽂고 싶은 마음이 수도 없이 치밀지만 아무것도 대신 해줄 수가 없습니다.

그저 곁에서 웃어줄 뿐입니다.

생명의 약으로 온전히 기능하기만을 바랄 뿐입니다.

뭉텅뭉텅 빠져나가는 머리카락처럼 암세포들 역시 무차별적으로 공격당하리라 믿고 또 믿습니다.

따뜻한 봄, 옷도 마음도 한결 가벼워지면서 은탁이의 방사선치료가 시작됩니다. 매일 통원하며 치료를 받아야 하기에 400km 가까이 떨어진 은탁이네 집에서는 병원을 오갈 수가 없습니다. 한 달 중 절반이나마 집에서 지내던 시간조차 허락되지 않는 것입니다. 아픈 은탁이를 데리고 어디에서 어떻게 지내야 할지 막막합니다.

아직 말문이 트이지 않은 기저귀 신세의 막둥이가 눈에 밟힙니다.

새 학년이 되어 새로운 환경에 적응해야 할 큰 녀석이 애틋합니다.

끝없이 이어질 것만 같은 치료. 더욱 힘겨워질 것만 같은 시간.

현실 속에 놓인 나약한 인간의 마음입니다.

그에게도 마찬가지의 힘든 시간일 테지요.

아빠로서 가장으로서 무겁게만 느껴지는 답답한 현실일 것입니다.

숨을 쉬고 싶었던 모양입니다.

적게나마 은탁이 앞의 보험금을 미리 챙겨둔 그는 큰 소란 없이 곁을 떠나줍니다. 베개 하나 이불 하나 들고 선 그는 자신을 바라보는 세 아이를 뒤로하고 돌아섭니다. 아이들이 아빠를 잃는 아픔의 순간, 큰 숨 몰아쉬며 찾아오는 편안함이 있습니다.

이제는 온전히 은탁이의 치료에 집중할 수 있습니다.

더 이상의 흙탕물이 일진 않을 것입니다.

그렇게 그는 짊어지고 있던 무거운 짐을 내려놓습니다.

그렇게 나는 움켜지고 있던 힘겨운 짐을 놓아버립니다.

그렇게 가장 고된 시간, 가장 하나 되어야 할 시간에

우리는 각자 다른 시간, 각자 다른 삶으로 갈 방향을 새로이 새깁니다.

두 달여의 방사선치료 기간 동안 엄마와 떨어진 막둥이는 말수가 늘어

귀엽게 옹알옹알합니다.

넉넉히 쟁여놓은 기저귀가 무색하도록 가뿐하게 기저귀를 떼어냅니다.

예쁜 담임선생님을 만난 큰 녀석은 즐거운 학교생활을 이야기합니다.

쉼터에서 만난 소중한 인연들은 새로운 가족이 되어 마음을 나눕니다.

은탁이가 아니었다면 모르고 살았을 많은 것들이 있습니다.

귀한 손길들이 모여 만들어진 소아암 환우들을 위한 쉼터.

큰 병원이 없는 지방의 아픈 아이들을 위하여 마련된 감사한 곳입니다.

세상은 아직도 따뜻한 곳임을, 나의 삶 또한 그렇게 따뜻하게 전해지기

를 소망으로 품어봅니다.

방사선치료 이후 이어지는 항암치료는 예상보다 긴 시간이 필요합니다.

치료가 더해질수록 회복이 더디고 부작용이 심해집니다.

많이도 아프고 많이도 힘들었을 나의 은탁이

극심한 통증과 수도 없이 찌르는 주삿바늘에도 불구하고 이십 사 시간

엄마를 독차지할 수 있는 병원생활이 은탁이는 좋습니다.

그래서였을까요.

계획 외의 입원과 치료가 더하여져 일 년을 꽉 채우고도 남을 만큼의 시간을 보내고 나서야 가장 크고 힘한 마지막 산을 마주하게 됩니다.

이제 한 달여의 시간이 필요한 마지막 치료만이 남았습니다.

새로운 삶을 꿈꾸고 준비해봅니다.

보다 탄탄한 울타리가 되어주고자 야간대학의 학업을 병행합니다.

더 고단하고 더 힘에 부칠지도 모릅니다.

하지만 함께 성장하고 함께 헤쳐나갈 가족이 있습니다.

그렇게 힘을 주고 용기를 주는 나의 아이들입니다.

은탁이가 아픈 것을 알기 약 한 달 전의 일입니다.

근근이 이어오던 살림 중 갑자기 보험가입을 하게 됩니다.

아무런 수입도, 계획도 없이 무모하다고밖에 할 수 없는 일입니다.

하지만 그 무모한 일은 예정된 일처럼 순조롭습니다.

그리고 그 무모한 일은 준비된 일처럼 변화시킵니다.

얽히고설킨 실타래를 풀기 위해 찾아온 은탁이일까요.

그를 만나며 중단되었던 학업이 은탁이를 통해 이어집니다.

그를 만나며 기울기만 했던 살림이 은탁이를 통해 살찌워 집니다.

은탁이로 인해 다시 연결되었던 그와의 인연은 은탁이로 인해 자연스레 매듭지어집니다.

긴 터널을 빠져나오듯 조금씩 밝아짐을 느낍니다.

그에게도 스며드는 빛이 있기를 바랍니다. 너무 늦지 않도록.

예상했던 마지막 한 달은 오롯이 은탁이와 엄마와의 시간입니다.

일차 조혈모세포이식으로 이미 한차례 겪은 과정입니다.

쉽지 않고 짧지 않은 무균실에서의 시간이겠지만 마지막일 것입니다.

이제껏 잘 견디고 잘 이겨낸 나의 은탁이와 웃으며 집으로 향할 것입니다.

한 달이 흘렀습니다.

은탁이와 엄마는 무균실에서 나옵니다.

하지만 함께 집으로 향하지 못합니다.

잠든 채로 은탁이만을 홀로 중환자실로 들여보냅니다.

젖먹이 아이를 떼어 놓는듯합니다.

저절로 눈물이 흐릅니다.

자꾸만 흘러내리는 눈물의 이유를 알 수가 없습니다.

그 눈물 또한 하고픈 이야기가 있었나 봅니다.

곁에 있을 수도 바라볼 수도 없는 나의 은탁이

중환자실 주변을 맴돌며 일주일만, 열흘만, 보름만 기다리고 또 기다립니다.

시간이 조금 더 걸릴 뿐입니다.

얼마든 더 기다릴 것입니다.

은탁이는 분명 엄마를 바라보며 품에 안길 것입니다.

은탁이가 눈을 떴습니다.

고통을 덜기 위한 깊은 잠속에 있던 은탁이가 깨어났습니다.

무엇을 찾는 것일까요.

은탁이의 눈동자는 엄마에게 머무르지 않습니다.

너무 오랫동안 잠들어 있었구나.

아직 잠에서 깨어나고 있는 우리 은탁이구나.

그래. 엄마가 기다릴게.

천천히 우리 은탁이 너무 힘들지 않게 천천히 일어나 엄마랑 눈 맞추자꾸나.

기도뿐입니다.

은탁이를 통해 기도하게 되고 예배드리게 됩니다.

그리고 그 시간 속에 보내주신 귀한 자녀들을 통해 귀한 삶들을 보게 됩니다.

그리고 깨닫습니다.

살아계신 주님을, 곁에서 손 내미시는 그분을 느낍니다.

그렇게 다가오셔서 거듭나게 하셨습니다.

많은 시간 함께하시고 많은 순간 역사하시며

깨닫지 못하고 헤매는 중에도 이끌어 주셨던 그분께 뒤늦게 돌이킵니다.

오래 참고 기다리신 그분의 진정한 사랑을 바라보듯

은탁이의 눈동자가 엄마를 바라보길 기도하며 기다립니다.

기다림은 오래 이어지지 않습니다.

그 오래지 않은 기다림은 엄마를 지켜주기 위한 은탁이의 기다림이었습니다.

은탁이의 기다림 안에서 새 생명을 얻습니다.

은탁이의 기다림 끝에서 새 삶을 살아갑니다.

은탁이를 통해 그 무엇보다 소중한 것을 깨닫습니다.

그분의 사랑을, 그분의 보살피심을 바라보게 한 나의 은탁이.

그렇게 천사 같은 은탁이는 제 할 일을 다 마친 듯 눈을 감습니다.

은탁이의 선물처럼 주어진 오늘입니다.

은탁이의 기다림 중 인도하시고 이어주신 지금의 교회를 섬기며 기쁨과

감사로 살아갑니다.

은탁이가 아프기 조금 앞서 이미 곁으로 보내주셨고

은탁이가 떠나기 조금 앞서 알게 해주신 귀하신 목사님을 따르며

주님 품 안에서 편안히 미소 짓는 은탁이와 함께 내일을 기대하며 살아

갑니다.

제 삶으로 엮어내 주신 이야기 안에 주님의 향기가 베여 있길 바랍니다.

짧은 고백이나마 전할 수 있는 귀한 이 시간을 감사드립니다.

머지않아 만남의 그 날에 이르기까지

허락하신 이때에, 보내주신 이곳에서

뜻을 구하고 말씀을 따르며 살게 하옵소서.

마음으로 치료해주신 한정우 선생님을 비롯하여

은탁이를 기억하고 은탁이와 함께 해주신 많은 분들을 가슴에 새기고 기

도합니다.

은탁이로 인연 맺어진 귀하신 목사님을 비롯하여

주님 안에서 감싸주시고 보살펴주시는 흥해성광교회의 소중한 분들을

마음에 담고 기도합니다.

감사합니다. 사랑합니다.

주님의 손

♫ 어두운 내 모습 초라한 마음에 주님 오셔서

나를 만지시니 빛으로 인도하네.

고단한 마음과 지친 내 어깨에 가만히 오사 나를 안아주네.

포근하게 감싸시네.

따스한 손이 나를 붙드시네. 주님의 손길이 밝음으로 이끄네.

의로운 손이 나를 이끄시네.

어둠 가운데 헤매고 있을 때도 언제나 날 사랑하사 함께 하시네. ♫ ♪

이 글을 쓴 장미영 님은 중2 큰 아들과 6세 막내아들과 함께 학업을 계속하면서 살고 있습니다.

완전한 치유를 증언한
딸 정원이

김성환

"인생은 연극이다. 이 세상은 무대이고, 우리 인간은 배우이며 연출
  자는 하나님이다."

셰익스피어는 이렇게 말했습니다. 하나님은 우리 각자에게 역할을 맡
기셨습니다. 권력 있는 사람, 명예 있는 사람, 부자, 가난한 사람, 장애우
혹은 암환자 등등. 그런데 소생할 수 없는 말기 암환자 배역을 받은 배우
가 "왜? 하필 나에게 이런 역할을 주느냐" 하며 불평하고 이를 연기하지
않는다면 연극은 완성될 수 없습니다. 그가 불평하지 않고 묵묵히 맡겨
진 역할을 충실하게 연기한다면 연극은 완성되고 관객에게 박수를 받을

겁니다. 물론 연출자뿐만 아니라 함께 공연한 배우들에게도 칭찬을 받을 겁니다.

이 글에서 암환자 역을 맡은 배우는 김정원입니다. 정원이는 목회를 하는 가정의 맏딸로 태어나서 두 살 아래 남동생과 여동생을 보살피며 집안의 어려운 형편을 헤아리며 자랐습니다. 먼 곳의 학교에 다닐 때에도 어린 동생들의 등교를 챙기곤 했습니다. 추운 겨울, 동생에게 장갑과 목도리를 벗어주고 꽁꽁 언 손으로 가방을 움켜쥐고 학교로 뛰어가기도 했습니다.

이렇게 성장한 정원이는 27세가 되었고, 외국 항공사 직원으로 임신 7개월째였습니다. 식욕이 없었고 체중도 감소했지만 입덧이라고 여겼습니다. 정원이는 인내심이 무척 강한 사람이라서 웬만한 고통에는 아프다고 하지 않았습니다. 정원이는 몸이 많이 붓고 음식물도 삼킬 수 없어서 병원에 갔더니 이미 진통이 시작되었고 임신중독이라고 했습니다.

검사 과정에서 정원이의 헤모글로빈 수치가 너무 낮게 나왔습니다 정원이는 3.5g/dl가 나왔는데 정상인은 13g/dl라고 합니다. 이런 상태에서 어떻게 직장 근무를 할 수 있었느냐며 의료진이 놀라워했습니다. 정원이는 자기가 결근하면 동료들이 자기의 업무까지 떠맡게 되는 것을 염려해서 출근을 계속했다고 했습니다. 정원이는 가족과 직장 동료들이 지켜보는 가운데 사직서를 썼습니다.

헤모글로빈 수치가 낮아진 원인을 찾기 위해 위장 내시경을 했는데 이때 위암을 발견했습니다. 이미 위암 말기라고 했습니다. 서둘러 수술을 하게 되었습니다. 정원이는 사람들이 긴장하는 모습이나 수술 준비과정을 지켜보면서 검사 결과를 묻거나 수술 경위를 묻지 않았습니다. 심각한 병이라는 걸 짐작했겠지만 그 어떤 감정도 드러내지 않았습니다. 정원이는 담담했고 오히려 가족들을 위로했습니다.

정원이는 어려서부터 신앙심이 남달랐습니다. 가정예배 때에는 놀랄만큼 성숙한 기도를 해서 어른들이 깜짝 놀라곤 했습니다. 그리고 설교를 들을 때면 잠시도 한눈팔지 않고 귀 기울여 들었습니다. 이와 같은 정원이의 신앙심은 누가 가르쳐 준 것이 아니었습니다. 태어날 때부터 타고난, 하나님께서 직접 내려주신 것 같았습니다.

이런 신앙심으로 정원이는 하나님과 더불어 모든 것을 받아들이고 인정하고 그것들에 대해 책임을 졌습니다. 정원이는 어떤 경우에도 절망하거나 좌절하지 않고 현실을 받아들이고 인정했고 현재의 삶에 감사했습니다. 그리고 희망과 용기를 가지고 새로운 삶에 도전했습니다. 이는 깊은 신앙심에서 나온 것 같았습니다. 정원이는 항상 내 입장보다 다른 사람의 입장에서 생각하며 받아들이고 인정했습니다.

정원이는 이런 평소의 삶대로 말기 암이라고 진단을 받았을 때 '왜? 이런 고통이 하필 나에게 있지' 하는 생각도 불평도 하지 않았습니다. 현재까지의 모든 과정을 신앙으로 받아들였습니다. 그리고 하나님께 모든 것을 맡기고 의료진이 치료하는 모든 과정을 침착하게 지켜보았습니다. 이런 태도는 수술 후에도 마찬가지였습니다. 수술이 잘되었느냐? 앞으로 어떻게 치료하느냐? 이런 것도 묻지 않았습니다. 그렇다고 정원이가 어떤 판단이나 느낌을 갖지 않은 것은 아닙니다. 정원이는 고통도 하나님이 일하시는 것 중 하나로 받아들이고 인정하고 믿었습니다.

정원이는 말기 암을 발견하고 2개월 반 동안 세 번의 입원과 퇴원을 했습니다. 두 번째 입원했을 때, 옆 병상의 아주머니 환자와 많은 이야기를 나누면서 함께 믿음으로 이 난관을 직시하며 싸우자고 서로를 격려했습니다. 마지막 입원을 하고 퇴원할 때, 자기 몸도 힘들었을 텐데 정원이는 이 아주머니를 하나님의 말씀으로 위로하고 격려하고 그분을 위해서 간절한 기도를 드렸습니다. 이 아주머니는 독실한 불교 신자였는데 정원이의 기도에 감명을 받았다고 고백했습니다. 그리고는 정원이 때문에 예수님을 믿고 싶다고 병원 원목실 교역자를 불러 그리스도 신앙을 받아들였습니다. 이후 이 아주머니는 세상을 떠났습니다.

힘든 투병을 하면서도 정원이는 주변 사람들이 걱정할까 봐 고통을 표현하지 않았습니다. 정원이는 투병기간 중에 한 번도 얼굴을 찡그려 보인 적이 없었습니다. 정원이는 말기 암환자에게 엄습해 오는 통증 때문에 견디기 어려웠을 텐데 남편의 출근을 밝은 웃음과 농담으로 배웅했습니다. 오히려 무서운 병과 싸우면서 간호하는 제 엄마를 격려했습니다. 이 일은 주께서 하시는 것이라고 하며, "너희는 가만히 있어 내가 하나님 됨을 알지니라"는 시편 말씀으로 자신을 격려하고 엄마를 위로했습니다. 이 진리로 정원이는 괴로운 나날들을 버티고 견뎠습니다. 제 엄마가 딸을 병실에 남겨 두고 집으로 오면서 "정원아, 주님과 함께" 하고 인사를 하면 정원이는 청아한 목소리로 "주님이 엄마와 함께!"라고 답했습니다. 정원이는 주님과 함께해서 병을 나으라고 하는 엄마보다 더 성숙하게 주님이 엄마와 함께하시기를 원했습니다.

제 엄마가 딸을 병실에 남겨 두고 집으로 오면서
"정원아, 주님과 함께" 하고 인사를 하면
정원이는 청아한 목소리로 "주님이 엄마와 함께!"라고 답했습니다.
정원이는 주님과 함께해서 병을 나으라고 하는 엄마보다
더 성숙하게 주님이 엄마와 함께하시기를 원했습니다.

정원이는 피를 토하는 고통을 겪으면서도 가족들이 걱정하므로 화장실 문을 잠그고 피를 토했습니다. 이런 모습은 뒤늦게 발견되었습니다. 어느 날 통증이 극에 달한 정원이는 도저히 참을 수가 없었습니다. 그래서 "엄마, 나 꼭 한 번만 울게" 하고는 엄마를 안고 울었습니다. 이 눈물이 정원이가 투병 중에 흘린 눈물 전부였습니다. 이때 처음 울었고 이후한 번도 울지 않았습니다. 이런 이야기를 하는 것은 정원이의 무용담을 말하려는 것이 결코 아닙니다. 고통까지도 하나님이 하시는 일 가운데하나라고 받아들이고 인정했다는 것을 말하고, 이런 믿음을 배우고 싶어서 소개하는 것입니다.

정원이는 병세로 보아 자기 생명이 얼마 안 갈 것이라는 계산도 했을 것입니다. 가족과 친구들과 막 태어난 아기와 함께 더 살면서 할 일도 하고, 해 보고 싶은 일들도 있었을 겁니다. 그러나 가정예배 때 정원이는 찬송 '내 주여 뜻대로 행하시옵소서. 살든지 죽든지 뜻대로 하소서……'를 가쁜 숨을 몰아쉬면서도 평소보다 더 우렁차게 있는 힘을 다해 불렀습니다. 가족들이 돌아가며 기도할 때도 정원이는 사력을 다해 한마디씩또박또박 속죄를 간구하고 당신의 뜻이라면 "아멘"하면서 순종하겠다고 기도했습니다. 이 예배 다음날 정원이는 하나님의 부르심을 받았습니다.

정원이는 하나님의 천사로 우리 가정에 왔고 우리와 27년 동안 함께살면서 삶과 신앙이 어떠해야 하는지를 보여주었습니다. 그리고 바른 신앙으로 산다면 평화와 감사와 기쁨이 넘치게 된다는 것을 유언처럼 남겼습니다. 정원이의 아름다웠던 삶과 투병하는 모습은 우리 가족과 주변 사람들에게 큰 감명을 주었습니다. 정원이는 연출자이신 하나님께서 맡겨주신 배역을 충실하고 훌륭하게 연기했습니다.

벌써 25년이 지났지만 정원이는 우리와 함께 웃으며 정을 나누어왔다고 믿습니다. 이 글을 쓰는 지금도 마치 딸이 살아 있는 것 같은 착각이 들 만큼 생생하고 마음이 따뜻합니다. 정원이는 비록 우리 곁을 떠났으나 세월이 흐를수록 우리와 늘 함께 있다고 믿습니다. 육으로 있을 땐 우리와 함께 있는 것이 시간과 공간 등 여러모로 제한을 받았습니다. 그러나 하늘 몸을 덧입고 있는 정원이는 오늘도 하늘 양식을 먹으며 우리 곁에 함께 있습니다. 우리는 정원이 덕분에 감사했고 새로운 차원의 삶을 발견해서 열심히 살고 있습니다. "살아온 세월은 아픔뿐이지만, 그러나 고통스러운 많은 시간을 정원이와 함께 하면서 나는 그 고통마저도 사랑하게 되었습니다." 정원이의 엄마는 이렇게 정원이와 함께했던 우리의 삶을 고마워했습니다. 그리고 정원이가 떠나기 전 사력을 다해서 불렀던 찬송이 우리의 삶이 되어야 한다고 고백했습니다.

♬ 내 주여 뜻대로 행하시옵소서
내 모든 일들을 다 주께 맡기고
저 천성 향하여 고요히 가리니
살든지 죽든지 뜻대로 하소서 ♪♪

정원이는 결코 젊은 나이에 삶에서 도중 하차한 것이 아닙니다. 정원이는 아름다운 삶을 살았고, 이 세상에서의 삶을 최고로 마무리했습니다. 더 이상 질병으로 고생하는 일이 없는 '완전히 치유된 존재'가 정원이와 같은 사람이 아닐까요? 정원이의 삶은 신앙의 완성이고, 더 이상의 치유가 필요치 않은 '완전한 치유'를 증언하는 삶이었다고 생각합니다.

이 글을 쓴 김성환 님은 강남세브란스병원에서 원목으로 은퇴하신 목사입니다.

고난은
하나님의
사랑 방식이었습니다

이나경

    날개가 아주 큰 새가 있습니다. 이 새는 날 수도 없고 잘 걷지도 못해서 어린아이들이 던진 돌에도 맞고 사람들에게 쉽게 잡히는 '바보'입니다. 폭풍이 몰려와 모두가 폭풍을 피해서 숨죽일 때 이 새는 폭풍이 거센 절벽 끝에서 날갯짓을 합니다. 바람이 거세어질수록 새는 더 힘차게 날갯짓을 하다가 마침내 절벽에서 뛰어내립니다. 평소엔 잘 걷지도 못하게 질질 끌리고, 거추장스럽고, 우스꽝스러운 날개는 공중에서 멋지게 펼쳐집니다. 이 새가 한 번 날개를 펼치면 추가 날갯짓 없이 6일간을 날고, 2개월이면 지구를 한 바퀴 돈다고 합니다. 이 새는 가장 높고 가장 멀리 나는 '활공의 명수' 앨버트로스Albatross입니다. 앨버트로스는 하늘을 믿는 노인, 신천옹이라고도 불리는데 이는 바람을 믿고 바람의 힘으로 날기 때문입니다. 앨버트로스는 폭풍을 자신이 날 수 있는 기회로 여겨 폭풍을 믿고 절벽에서 뛰어 내려서 비상飛翔합니다.

앨버트로스의 비상과 저의 이야기를 통해서 고난에 대해 이야기해 보려고 합니다.

2001년 겨울 서울에 눈이 엄청 많이 내렸던 날 밤, 귀가를 하던 저는 택시에서 내리다가 택시 문짝에 외투 자락이 끼이는 바람에 다쳤습니다. 강남세브란스에 입원해서 치료를 받았지만 평소에도 아팠던 허리는 여전히 아팠습니다. 뒤로 걸어보라고 하신 의사 선생님의 조언을 처방 삼아 매일 뒤로 걸었더니 통증이 덜했습니다.

어느 날도 둘째 아이를 제 앞에 세우고 뒤로 걷기를 하는데 아이의 걸음걸이가 이상했습니다. 집 근처 병원에 갔더니 큰 병원에 가보라고 해서 강남세브란스로 가서 몇 가지 검사들을 받았습니다. 이 검사들을 받는 동안에도 아이의 걸음걸이는 더 이상해지고, 넘어지기까지 했습니다. 소아과 의사는 먼저 걸음부터 교정하자고 재활의학과로 보냈고, 이 과에서는 뇌성마비 같다고 해서 MRI를 찍었는데 뇌종양이라고 했습니다. "뇌종양? 뇌성마비보다 더 심한 병이냐" 하고 묻는 제게 의사 선생님께서는 별 설명 없이 신경외과로 가라고만 했습니다. 저는 소아 뇌종양 명의들을 알아내고는 명의들 모두에게 외래 예약을 했습니다.

"수술을 할 수 없습니다."

아이를 진료한 명의들은 전화로 서로 말을 맞춘 듯 모두 똑같이 말했습니다. 저는 수술을 할 수 없다는 의사들이 실력이 없다고 여겼지 아이의 병이 심각하다고는 여기지 않았습니다. 세브란스병원에서는 수술을 할 수 있으리라고 믿었지만 이곳에서도 똑같이 "수술할 수 없다"고 했습니다. 마지막 희망과 기대가 사라지면서 저는 무너져 내렸습니다.

"뇌간교종은 수술할 수 없는 종양이고 뇌간은 하나님의 영역입니다. 그러니 기도하시고……."

교수님께서 저를 위로해주시고 친절하고 자세하게 아이의 병에 대해 설명해주셨지만 믿을 수가 없었습니다. 마지막 진료 예약 순서였던 S병원에도 갔지만 거기서도 마찬가지였습니다.

아이의 병에 유일한 치료방법이라는 방사선 치료를 마치자마자 우리는 지방으로 이사를 했습니다. 지방의 자연환경과 유기농 식단 등이 아이 건강 회복에 도움이 된다고 믿었습니다. 저는 아이의 건강을 위해 갖은 노력을 했고, 아이와 같은 병인 환우 카페에서 도움을 주고받았습니다. 아이는 시골집에서도 어린이집을 다니며 잘 지냈고, 의사들이 말한 시한을 넘겨서도 잘 지냈습니다. 이 소식을 듣고 뇌종양 환아들의 부모들이 우리를 찾아오기도 했고 한 가족은 우리와 함께 살기도 했습니다.

"엄마, 아빠 싸우지 마세요."

아이가 발병하고 2년쯤 지난 어느 토요일, 우리 부부는 어떤 문제로 다투고 있었는데, 밖에서 놀던 아이가 들어와 이렇게 말했습니다. 이때 저는 흠칫 놀랐는데 아이의 목소리가 너무 슬펐기 때문입니다. 다투는 제 부모가 측은한 듯 보던 아이는 비틀거리며 신을 벗고 거실 소파로 가서 쓰러지듯 앉았습니다. 이 모습을 제가 눈여겨 보고 어떤 조치를 했어야 했습니다. 그러나 저는 싸운 것 때문에 속상해서 잠을 자고 말았습니다.

"아이가 이상해."

남편의 소리에 놀라 깼더니 아이는 코피를 쏟은 것 같았고 열이 나고 몸을 떨고 불러도 대답을 못 했습니다. 119를 불렀지만 우리 집에 오는 데는 시간이 많이 걸린다고 해서 우리는 아이를 차에 태우고 내달려서 치료를 받았던 서울 병원에 왔습니다.

"이제 괜찮은 거죠? 왜 그랬던 거죠?"

"집에 데리고 가세요."

"……."

응급실에서는 아이가 소생 불가하니 집에 데리고 가라고 했습니다. 이 말은 아이를 데려가서 '그냥 죽게 하라'는 뜻이었습니다. 이것을 누가 받 아들일 수 있을까요? 의사들에게 사정사정해서 간신히 아이를 중환자실에 들여보냈지만 곧 가능성이 없다고 퇴원을 종용했습니다. 중환자실 병상을 내어놓으라는 병원의 끊임없는 요구는 끔찍했습니다. 소아 뇌종양 명의인 W 교수라면 아이를 소생시킬 거라고 믿고 저는 W 교수의 진료를 강력히 요청했습니다. W 교수가 가능성이 없다고 하면 퇴원하겠다고 하니 마침내 W 교수가 와서 아이를 봤습니다. W 교수는 아이가 발병하고 그간 아무 일도 없이 잘 지낸 것은 천만다행이었다고 위로하고 이미 뇌사 상태이니 그만 포기하라고 했습니다. 아이는 잠을 자는 것 같은데 누가 이 현실을 받아들일 수 있을까요? 우리는 차라리 뇌사 판정을 해 달라고 요구했습니다. 실은 '뇌사판정이 나기 전에 우리 아이는 깨어날 거'라고 믿었기 때문에 그렇게 요구한 것입니다.

병원에서는 뇌사 판정 절차에 들어갔지만 우리는 아이가 깨어나길 믿고 중환자실 앞에서 기다렸습니다. 그런데 밤이면 이상한 소리가 들렸습니다. 이 소리는 너무나 아픈 환자들이 간신히 뱉어내는 신음들 같기도 하고, 아우성 같기도 하고 살려달라는 애원 같기도 하고, 고함 같기도 하고, 악다구니 같기도 하고, 부르짖음 같기도 했는데 너무나 끔찍하고 간절했습니다. 우리 아이도 소리를 지르는 거 같아서 급히 중환자실 문을 밀어보았습니다만 문은 열리지 않았습니다. 잠시 후 간호사가 중환자실 밖으로 나왔기에 달려가서 말했습니다.

"우리 애가 소리를 지르는 것 같아서……."

당직 간호사가 아이는 여전히 그 상태로 있다고 대답하고 들어갔지만 잠시 후 또 같은 소리들이 들렸습니다. 소리는 아득하게 깊은 늪에서 내지르는 절규 같기도 하고, 제 바로 옆의 벽 틈새를 헤집고 나오는 비명 같기도 했습니다. 이 소리에 깼다가 간신히 잠이 들면 또 소리가 들려서 또 깨고 이렇게 하길 반복했습니다. 다음날 밤도 똑같은 소리들이 들렸습니다.

이러는 사이 뇌사 1차 판정이 났습니다. 어린이의 경우는 2차 판정까지 나야 뇌사로 인정된다고 하니 기적이 일어날 시간은 충분하다고 여겼습니다. 그런데 누가 우리를 찾아와서 장기이식센터 코디네이터라고 소개를 하는데 소름이 돋았습니다.

"맙소사, 지난밤에 들었던 소리들이 장기기증을 의미하는 겁니까? 하
나님! 우리 아이를 살려주셔야지 우리 애의 장기로 남들을 살리라는
말입니까? 하나님! 아니지요?"

뇌사 판정을 요구한 건 하도 퇴원을 종용하니 아이가 소생할 시간을
확보하려고 한 것이지, 장기 기증은 생각해보지도 않은 일이었습니다.

기적은 일어나지 않았습니다. 겨우 일곱 살 나이에 가는 아이가 아무
것도 이루지 못하고, 남기는 것도 없이 가니 무의미해서 장기 기증을 하
기로 했습니다. "뇌사했으므로 아무 고통도 느끼지 않는다"는 의료진의
설명에도 불구하고 아이가 아플까봐 걱정이 되었습니다. 장기 기증 수
술 전에 '마지막으로' 보라고 해서 아이를 보는데 아이는 잠을 자듯 편안
했습니다. 이름을 부르면 곧 깨어날 것 같았습니다.

"걸이야!"

그러나 아이의 대답 대신 들린 건 '두두, 두두두~' 급하게 안으로 들
어오는 의료진의 발자국 소리였습니다. 여러 대의 앰뷸런스에서 내린 의
료진들은 팀마다 아이스박스를 들고 서둘러 수술실 안으로 들어가는데
제 아이의 장기를 떼러 온 백정들 같았습니다. '남들은 살리고 수술실에
들어가는데, 우리 아이는 제 장기들을 도려내 주고 죽으러 들어가는구
나! 그토록 원했지만 수술도 불가능한 종양이라고 해서 못 들어가 본 수
술실을 우리 아이는 죽어서야 들어가는구나!'

아직 온기가 가득한 아이의 손을 잡는데 아이에게 미안한 마음뿐이었

습니다.

'걸이야, 미안하다. 너를 건강하게 지켜주었어야 하는데 ……'

미안해서 감히 '사랑한다, 사랑했다'는 말도 할 수 없었습니다. 자식의 죽음을 지켜보아야 하는 어머니 마리아의 비탄이 제 비탄이 되었습니다.

'아, 그분의 마음이 이랬겠구나!'

저는 그만 슬픔에 쓰러지고 말았습니다. 깨어 보니 저는 장례식장의 빈 영안실에 누워 있었는데 이곳은 장기 기증을 마치고 주검이 되어 올 아이를 맞아야 하는 영안실이었습니다.

많은 분들이 오셔서 위로하고 함께 해주었지만 저는 더 슬펐고, 아이의 장례식을 마치고도 아주 오랜 시간을 자책하며 보냈습니다. 제가 아이 아빠와 다퉜기 때문에, 구급차가 빨리 올 수 없는 곳으로 이사해서, 정기검진을 하지 않아서, 너무 빨리 포기하고 뇌사 판정을 요구해서, 그밖에 여러 가지 이유들로 아이가 떠난 것 같았습니다. 전에 옳고 현명하다고 선택하고 결정했던 것들이 모두 어리석은 짓거리로 여겨졌습니다.

제일 심각한 건 이런 의문과 회의였습니다. '죽으면 그냥 무無 아닐까? 아이가 간 곳이 있기나 있나? 그곳이 있다면 그곳에서 아이는 잘 있나?' 이 답들을 찾으려고 성경은 물론이고 타 종교의 경전들과 사후세계를 다룬 책들을 미친 듯 뒤졌습니다. 그리고 꿈에서라도 아이를 보고 싶어서 약을 먹고 잠을 청했고 자고 또 잤습니다.

이러던 어느 날, 아이가 저를 불렀습니다.

"엄마!"

아이가 저를 부른 곳을 보니 그곳은 제가 알던 천국보다 더 천국 같았습니다. '지금은 우리가 거울로 보는 듯 희미해도 그때는 얼굴과 얼굴을 마주하고 보는 듯 생생하다'고 한 말씀처럼 모든 것은 선명하고, 강렬했습니다. 행복이 충만했고, 그 행복은 제게도 생생히 전해졌습니다. 아이는 생전보다 더 건강하고 행복하고, 더 지혜로워 보였습니다.

"엄마, 행복하셔야 해요, 안 그러면 제가 슬퍼요!"

아이는 이렇게 당부하고 사라졌지만 아이의 목소리와 꿈에 본 장면은 너무도 생생했습니다. 또 꿈으로 아이를 보고 싶어서 잠을 청했지만 더 이상 아이는 나타나지 않았습니다. 아이는 천국에서 잘 있다는 것을 알려주고, 제게 행복하라고 당부하기 위해 꿈으로 나타난 것 같았습니다. 이 꿈을 꾼 후 저는 더 이상 아이 걱정은 들지도 않았고 아이 당부대로 행복하려고 노력했습니다.

돌이켜보니 저는 아이를 병에서 낫게 하려고 모든 것을 했지만 가장 중요한 것은 하지 않았습니다. 그때 저는 기도하지 않았습니다. 아이의 종양 부위는 하나님의 영역이라고 의사 선생님께서도 말씀하셨는데, 저는 기도하지 않았습니다. 어릴 적부터 제게 숱한 고난을 주신 하나님이 미웠고, 의학으로는 불가능하다고 했지만 제 노력으로 아이를 낫게 할 수 있다고 여겼습니다. 그때까지 외면하고 살던 하나님을 찾기 힘들었습니다. 정확히 저는 회개를 할 수가 없었습니다. 기도했더라면 하나님께서는 저의 간구를 들어주셨을 것이고, 그렇지 않더라도 저는 좀 더 빨리 하나님의 사랑을 깨달았을 겁니다.

저는 아이를 병에서 낫게 하려고 모든 것을 했지만
가장 중요한 것은 하지 않았습니다.
그때 저는 기도하지 않았습니다.
기도했더라면 하나님께서는 저의 간구를 들어주셨을 것이고,
그렇지 않더라도 저는 좀 더 빨리 하나님의 사랑을 깨달았을 겁니다.

저는 아이가 먼저 떠난 이유를 알지 않고는 아무것도 할 수 없는 상태로 오래 있었습니다. 이 이유를 모르는 채로 죽는다면 저 세상에 가서 그분께 따져 보려고 했습니다. 한참을 이러고 살았는데 저의 질문이 잘못됐다는 것을 알았습니다. 질문이 잘못되었으니 답을 알 수 없었던 것은 당연했습니다. 하나님을 믿는 제가 생로병사의 세계관으로 아이의 병사를 해석하고 있었던 것입니다. 이렇게 물었어야 했습니다.

"왜 우리 아이가 먼저 가면 안 되는 거지?",

"우리 애가 먼저 가면 안 되는 이유들이 뭐지?"

하나님께서 부르시면 누구나 가는 건데 내 아이는 예외여야 한다고 여겼던 겁니다. 저는 어리석었습니다. 이유보다 의미를 묻고 찾아야 했습니다. '아이가 저에게 오고, 그것도 미숙아로 태어나고, 수술도 할 수 없는 병에 걸려 먼저 간' 사건의 의미를 묻고, 이를 통해 하나님께서 이루려고 하시는 게 무엇인지 물었어야 했습니다.

이런 과정을 거치고, 의미를 물어가면서 저는 변했습니다. 생계를 위해서 하던 일들을 그만두었습니다. 생계는 핑계였고 사실 돈이 우상이었던 생활이었는데 그렇게 살면서 소중한 삶을 낭비할 수 없었습니다. 그리고 '싸우지 마'라고 한 아이의 마지막 말을 유언처럼 받들어 시시비비를 따지고, 옳고 그름을 가르던 짓도 하지 않으려고 노력했습니다. 저는 생계의 강박감에서 놓여나 의미 있는 삶을 살려고 노력하게 되었고, 미뤄놓았던 저의 꿈을 위해 정진하게 되었으며, 남들의 고통에 공감하고 아픈 이들을 돕게 되었습니다.

이런 변화는 무엇 때문일까요? 주님이 제 안에 들어오신 겁니다. '내가 문 밖에 서서 두드린'고 하셨듯이 주님께서는 고난을 통해서 저를 부르셨고 제가 대답하니 제게 와서 저와 함께 사시게 된 겁니다.

> "무릇 내가 사랑하는 자를 책망하여 징계하노니 그러므로 네가 열심을 내라 회개하라.
> 볼지어다. 내가 문 밖에 서서 두드리노니 누구든지 내 음성을 듣고 문을 열면 내가 그에게로 들어가 그와 더불어 먹고 그는 나와 더불어 먹으리라." 요한계시록 3:19-20

앨버트로스의 이야기로 돌아가 봅니다. 모두가 피하고 숨죽이는 폭풍이 앨버트로스에게는 고난이 아닙니다. 앨버트로스에게는 날개가 질질 끌려서 잘 걸을 수도 없고 사람들에게 잘 잡혀서 멸종 위기에 처하게 되는 땅이 고난입니다. 공중이 아니라 지상이 고난 처입니다. 땅 끝, 벼랑에서 뛰어내려야만 고난을 끝낼 수 있으니 앨버트로스에겐 벼랑 끝이 고난의 종점입니다. 벼랑에서 뛰어내림으로써 앨버트로스는 고난을 끝내고 비상하는 겁니다.

제가 고난에서 벗어날 수 있었던 것도 앨버트로스와 마찬가지였습니다. 앨버트로스에게는 그의 날개에 맞는 바람이 있어야 하듯 저에게도 제게 맞는 폭풍 같은 고난이 있어야 했습니다. 하나님은 제게 고난의 벼랑에서 뛰어내리라고 폭풍으로 북돋우고 몰아치신 겁니다. 저에게 몰아닥친 폭풍 덕분에 저는 삶의 잘못된 벼랑에서 뛰어내릴 수 있었습니다.

믿고 용기를 내기까지 많은 시간이 필요했습니다. 고난이라고 여겼던 것들이 고난이 아니고 하나님의 사랑이었습니다. 고난은 하나님께서 저를 사랑하신 방식이었습니다. 앨버트로스가 바람을 믿고 바람의 힘으로 비상하듯 저도 고난으로 제게 문을 두드려 주신 주님을 믿고 주님의 사랑으로 비상할 수 있길 소망합니다.

■ ■ ■ ■ ■ ■

이 글을 쓴 이나경 님은 영화 〈한경직〉과 〈열두 개의 학교를 세운 윤효량〉 그리고 〈매질 많이 해야 황금으로 빛난다, 이봉주〉 등을 쓴 작가입니다. 삶의 최대 폭풍이었던 아들의 뇌종양을 계기로 뇌종양 환우들을 돕고 대한뇌종양협회를 조직해서 우리 사회의 건강과 행복을 위해서도 애쓰고 있습니다.